KB032268

"저요, 꼭 행복해질 거예요."
루샤

"우리는 이미 돌이킬 수가 없단 말이다."
우케이 카이토

"전부 부서지고, 하얗게 물들 거예요"
녹지 않는 눈밭에서 소녀는 웃는다.
미나리스

두 번째 용사는 복수의 길을 웃으며 걷는다 5

~허영에 잠긴 마을 사람들~

키즈카 네로
Kizuka Nero

“저요, 꼭 행복해질 거예요!”

“당연히 전부
부숴버려야겠죠?”

프롤로그

마치 지면에 엷게 쌓인 눈 같은 세계.

햇살을 받아 반짝반짝 빛나는 설경은 환상적이고 몹시 아름다워서.

저는 줄곧 들뜬 채 그 위를 돌아다녔습니다. 세상이 끝없이 펼쳐져있다고 여겼던 그 시절의 저는, 곧 그렇지 않음을 절감하게 되고 말았습니다.

정신을 차렸을 때 울타리는 마치 호통을 치듯 제 눈앞에 갑작스레 나타났습니다.

세계를 둘러싸고 있는 울타리의 존재를 깨닫지 못한 저는, 거기에 몸을 세게 부딪혀버렸습니다.

처음으로 겪는 아픔에 머리가 멍해졌고, 울타리의 정체가 무엇인지 알 수도 없었고.

멍하니 고개 돌려서 바라봤더니.

……그곳에는 짓밟혀 흙이 뒤섞인 지저분한 지면이 있을 뿐.

고개를 되돌릴 틈조차 없이 진흙과 자갈이 섞인 눈덩이가 날아와 몸을 때리고.

지저분한 저를 얕잡아 보는, 그늘에 숨어서 웃는 얼굴을 보며.

그렇게 겨우 깨달습니다.

제가 있었던 장소는 그리 넓은 장소가 아니었습니다.

제가 아름답다고 여겼던 풍경은 마냥 아름답기만 한 곳이 아니었습니다.

눈에 엷게 뒤덮여 있는 지면 아래에서 히죽히죽 웃음 지으며 더러운 진흙을 흩뿌리죠.

진흙투성이가 된 상대에게 접근조차 않고 돌을 던져서 쫓아냅니다.

토끼(저)에게 그 장소는. 토끼(저)에게 그 마을은.

그곳은 분명 그런 세계였습니다.

제1장 알은 부화하고, 용사는 말썽거리에 한숨을 쉰다

도시 더틀러스의 여관, 지금 막 정오를 알려주는 교회의 종소리가 울려 퍼졌습니다.

한 밤이 지나고 두 밤이 지나도록 주인님께서는 아직껏 깨어나지 못했습니다.

사건의 뒤처리를 맡아달라고 주인님께 부탁받았습니다. 그러니까 슈리아와 교대로 주인님을 간병하고 있습니다.

"……주인님."

침대에 누워 계시는 주인님의 뺨을 어루만집니다.

뺨에는 아직 막 아문 상처 자국이 남아 있네요.

"……."

쓰러졌던 직후에 비하여 안색은 많이 나아졌습니다.

정말 고통에 시달렸던 것도 처음 하룻밤뿐 지금은 평온하게 잠든 상태입니다.

지금 당장에라도 눈을 뜰 것 같은데도 방에는 가느다랗게 숨소리만 울려 퍼집니다.

"괜찮아, 괜찮아, 괜찮아요……."

자기 자신을 타이르면서 두근두근 가슴 울리는 심장을 부여잡았습니다.

이런 느낌은 싫습니다. 너무 싫습니다.

어머니가 돌아가셨던 때의 그 느낌.

주인님이 생명의 위기에 처한 게 아니라는 사실은 잘 압니다. 그렇지만 자꾸만 떠올리게 됩니다.

바짝 말라서, 점점 약해지다가, 마지막에 웃고 숨을 거두고 말았던 어머니를.

그때도 저는 아무것도 못 하고 지켜봤습니다. 그리고, 이번에도 역시…….

무력한 자신이 너무 싫습니다.

"……으음."

"주인님?!"

곧이어 천천히 주인님의 눈이 뜨였습니다.

그 순간 제 마음에서는 울음을 터뜨릴 듯한 깊은 안도와, 이전보다 더 노력해서 주인님과 함께 설 수 있는 사람이 되어야겠다는 결의가 치솟았습니다.

아니요, 의무감에서 비롯되는 결의와는 다릅니다. 소망입니다.

복수자로서 주인님과 쭉 함께하고 싶으니까요.

☆

"주인님?!"

"……거참, 얼굴이 아주 엉망이잖냐."

깨어났을 때 눈앞에 미나리스의 얼굴이 보였다.

기억하고 있다.

딱히 죽을병도 아니건마는 걱정 가득한 얼굴.

『괜찮냐? 카이토. 사과라도 먹을 테냐?』

『자, 죽을 좀 쒔단다. 혓바닥 안 데게 조심해서 먹으렴.』

『오라버니, 푸딩 사 왔답니다. 돼지처럼 흘리면서 먹으면 민폐니까 마이가 먹여드릴게요.』

가끔 감기에 걸리면 아버지, 어머니, 여동생까지 가족들이 번갈아가며 얼굴을 비추고 간병해줬다.

미나리스의 지금 얼굴 표정을 쏙 빼닮았다.

저절로 쓴웃음을 지은 채 몸을 일으켰다.

"주인님! 다행이에요……! 어디 아프지는 않으세요? 식욕은 좀 있고요?"

"……걱정하지 마. 으음, 뭐라 말한들 소용없겠군. 그래, 며칠 지났지?"

"오늘로 사흘째예요. 방금 전 교회에서 점심 종소리가 울렸습니다."

"그렇구나. ……배가 고프군. 야채도 고기도 뭉글뭉글 부드럽게 푹 익힌 스튜를 먹고 싶은데."

"알겠습니다! 당장 준비할게요!!"

"기대할게, 아, 어라."

급히 방에서 뛰쳐나가는 미나리스의 뒤쪽에 대고 말을 건넸다만, 과연 들리기는 했을까.

다만 미나리스의 고지식한 성격을 감안하면 이제 잠깐 동안은 혼자가 될 수 있다.

"끄응, 후, 힘들군……."

일으켰던 몸을 다시 침대에 천천히 파묻었다.

온몸이 납덩이로 바뀐 것처럼 무겁고, 움직거릴 때마다 녹슨 인형처럼 관절에 통증이 치닫는다.

여전히 불쾌한 느낌이다. 몸 내부를 타인의 마력이 들쑤시며 다니고 있다.

"설마 아직까지 이 저주가 걸린 채 남아 있었다니."

성녀가 걸었던 저주. 그 녀석들이 성약(聖約)이라고 부르는 이 저주의 발동 조건은 내가 【대죄의 검】에 속한 심검을 사용한 다음 심검을 자기 내면으로 회수하는 것.

조건이 갖춰지면 성녀에게 대략적인 위치가 들통날 뿐 아니라 강제로 내 몸속에 성질이 다른 마력이 밀려들게 된다. 내가 쓰러졌던 것은 그러한 마력에 대한 거부 반응으로 대미지를 받았기 때문이다.

자연히 마력이 몸 바깥으로 전부 빠져나갈 때까지 이 대미지는 회복할 수 없다.

현재 위치를 발각당하는 것은 말할 나위도 없고 몸속에 자리를 잡은 마력도 역시 까다롭기 짝이 없었다.

첫 번째 때의 나에게는 거부 반응 때문에 발생하는 대미지 자체는 못 견딜 수준이 아니었다. 그러나 대죄 시리즈는 하나같이 넘치도록 무거운 대가를 요구한다.

게다가 대죄 시리즈를 사용한다는 것은 이미 버거운 전투를 치른다는 의미잖은가.

소모에 더하여 심검의 디메리트, 그리고 대미지. 그런 상황에서 위치 정보가 적에게 들통난다?

첫 번째 세계의 도망 생활은 사실상 대죄 시리즈를 완전히 봉인당했다고 말할 수 있겠다.

"……음, 슬슬 제대로 레벨을 올리는 게 좋으려나?"

지금껏 나는 레벨을 전혀 올리지 않았다. 여전히 1이다.

심검의 해방에만 경험치를 배분했기 때문에 당연하지만, 지금 능력치로는 저주 대미지 하나만도 감당이 꽤 버거웠다.

거의 다 완쾌됐는데도 불구하고 의식의 유지조차 버거운 상태를 면치 못하다니.

"아니, 안 되지. 적어도 **그 녀석**을 죽일 때까지는 버텨야지. 아쉬워서 도저히 못 하겠어."

그렇게 말하고 나는 머리를 흔들었다.

현 상황에서 치명적인 영향이 있는 것은 아니다. 지금 내 신상을 혈안이 되어 뒤지고 있는 곳은 기껏해야 왕국 하나일 테니까.

무엇보다 성녀의 저주 및 대죄 시리즈의 대가 때문에 약해지더라도 지금 내게는 공범자들이 함께하고 있다.

"……어디 해보자고. 이 정도 고통으로 그 자식의 절망을 사들일 수 있다면 싼값이지."

그렇다, 이 몸의 고통에 웃음 짓자.

몸 곳곳을 들쑤시는 통증은 놈들의 괴로움을 사들이기 위한 대가다.

언젠가 레벨을 올릴 필요성도 발생하겠지만, 지금은 아직 그때가 아니었다. 고작 이 정도의 고초 때문에 복수를 성립시키기 위한 요소를 내팽개친다는 것은 난센스의 극치다.

유일한 우려는 성녀에게 내 위치가 전달된다는 정도일 텐데, 지금 성녀는 나를 알지도 못할 것이다.

게다가 교회도 한 덩어리가 아니다. 설령 수상쩍게 여겨서 조사에 착수하고 싶다 하여도 그 녀석은 그리 쉽사리 법국을 벗어날 수 없는 입장이다.

'뭐, 당장은 앞날 걱정은 말자. 일단 이 도시에서 뒤처리를 끝내는 게 먼저잖아.'

무엇 때문이냐고 묻는다면 단순한 자기만족에 불과하다고 답할 수밖에 없는 행위일 테지만, 어쨌든 끝까지 책임지고 완수해야 할 사안이었다.

미나리스와 슈리아도 이미 행동에 나섰을 테니까.

"사흘이라……. 아직 힘들기는 하지만, 식사 후엔 나도 움직여야겠군."

지금의 나는 아직 심검도 스킬도 봉인당한 상태다.

심검을 만들어 내고자 한들 내 몸에 깃들어 있는 마력은 티끌만큼도 움직여지지 않았다. 움직이려고 해도 쓱 빠져나갈 뿐 어떤 반응도 없는 느낌이다. 거추장스럽게 자리를 잡은 마력의 거부 반응도 있고.

그러나 아무것도 못 할 정도는 역시 아니었다.

"자기가 한 짓의 뒤치다꺼리를 두 녀석에게 마냥 맡겨 놓을 순 없잖아."

다음 날, 나는 교외에 있는 빈민가를 찾아갔다.

그곳은 『라무네』를 유포했던 쓰레기 자식들이 있었던 장소, 그보다 더욱 안쪽에 위치하는 건물.

당연한 소리지만 딱히 차 따위를 마시러 온 것은 아니고, 거래를 이행하기 위해서 방문했다.

"……그래, 알겠다. 그렇다면 이쪽에서 예상했던 금액과 대충 비슷한 액수인가."

앞쪽에 있는 녀석은 이곳 빈민가를 장악하고 있는 남자다.

어디에나 있을 법한 평범한 풍모를 지닌 남자는 부하에게서 보고를 듣고 이쪽을 돌아봤다.

"물건 평가가 끝났군. 사전 협의 때 말했던 액수가 대강 맞아떨어졌어. 정확하게 절반씩이지. 자, 갖고 가게나."

짤그랑, 책상 위쪽에 놓인 것은 수많은 은화를 가득 담아낸 자루.

거기에 들어 있는 것은 그론드에게서 빼앗은 물자를 팔면 확보 가능하다고 판단되는 금액의 절반이다.

이 조건으로 계약을 맺고 이런저런 협력을 받아 냈었다. 덕분에 꽤 수월하게 그론드의 호위 역할로 잠입할 수 있었다.

"……."

"에이, 이보게. 괜한 수작을 부리지는 않았으니까 표정 피게나. 왕도에 있는 주페인 씨의 지인한테 그따위 짓을 저질렀다가는 우리 쪽도 처지가 꽤 난처해진단 말씀이야. 자네도 알 만큼 아는 사람이라면 납득할 테지?"

남자는 어깨를 으쓱거렸다.

"정 뭣하면 내용물을 직접 확인해도 좋다고. 정확하게 딱 맞춰서 준비했거든."

"……뭐, 아무래도 좋아. 이쪽의 목적은 이미 달성했으니까. 이 정도 금액이면 충분해."

이번 자금 조달은 완전한 덤에 불과하다. 위자료 대신 좀 챙기겠다는 의도가 살짝 있었을 뿐 필요 금액을 맞춘 이상은 이의가 없다.

그러니까 나는 순순히 돈을 받아 든 다음에 상대의 멱살을 붙잡아 끌어당겼다.

"음!!"

"이봐, 이 자식아!!"

적의를 드러내는 남자의 부하는 무시한 채 귓가에 속삭인다.

"돈의 액수는 아무래도 좋아. 네놈이 얼마를 빼돌렸든 딱히 상관하지 않는다. 그런데 말이지, 다른 하나의 계약을 어디 깨뜨려봐라."

강하게, 더욱 강하게, 마치 저주를 새겨 넣듯이.

"—네놈들도 기필코 박살 내주마."

"안심해라, 괴물을 약 올리는 취미는 없으니까."

눈앞이 남자는 안색 한 번 바뀌지 않고, 주눅 들지도 않고 말을 내뱉었다.

'과연 빈민가를 장악한 보스답군, 이 정도로 동요하진 않아.'

쓱 나의 공갈을 흘려 넘겨버렸다.

뭐, 거래든 취미든 약속만 지켜준다면 아무래도 좋다.

"그 말, 잊지 마라."

휙, 손을 놓아주고 나는 그 자리를 뒤로했다.

☆

"후유, 날씨가 참 좋아요. 이런 날이면 아이들의 옷도 금방 마르겠죠."

쨍쨍 내리쬐는 햇볕의 온기를 느끼면서 빨랫대에다가 작은 옷을 쭉 널어 두었습니다.

저는 빨래 바구니의 안쪽에서 마지막 한 장을 꺼내 들고는 빈 바구니 안을 내려다봤습니다.

"……."

남편이 죽고 오늘로 딱 2개월.

이전에는 상상도 하지 못했던 남편이 없는 생활도 조금씩 적응이 되기 시작했습니다.

"응, 오늘도 열심히 일하는구나, 뮨 선생님."

"어머나, 유폰."

말을 건네는 방문객은 이전부터 고아원에 여러 물품을 공급해주고 있는 상회의 여성 회주님이었습니다.

제가 어릴 적부터 알고 지냈던 소꿉친구이고 남편과 둘이 이 고아원을 지었을 때도 그 이후에도 여러모로 힘을 빌려줬습니다.

"가끔은 네가 만들어주는 식사를 먹고 싶어서 말이야. 자, 선물로 좋은 재료를 갖고 왔으니까 잘 부탁할게."

깔깔 웃으면서 손에 든 가방 안쪽의 식자재를 흔들어 보입니다.

"으음, 괜찮아요? 이런 곳에서 딴짓할 때가 아니잖아요. 자세한 사정은 잘 모르겠지만, 이래저래 큰일이 났다면서요?"

여러 상회에서 돈이 사라졌다는 소문은 전해 들었습니다.

그리고 그 재난이 유폰 상회도 덮쳤다는 것 또한 최근 분위기를 보아 짐작할 수 있었습니다.

손실을 보전하기 위해 바쁘게 돌아다녔다는 사실도 잘 압니다.

"아, 그 사건 말이지. 영문은 잘 모르겠는데 덜컥 해결돼버렸거든."

그러나 유폰은 제 염려와 달리 살짝 곤란한 기색으로 뺨을 쓱쓱 긁으며 그렇게 말했습니다.

"소문으로 들었을 텐데 말이야, 요즘에 거 뭐냐, 그 상회에서 대금으로 받은 돈이 사라진다는 얘기가 돌았잖아?"

"……그랬죠."

그 상회라는 말에 살짝 입술이 굳어졌습니다.

모험가 시절 남편이 던전에서 입수했던 『엽석(葉石)의 칼』을 노리고 압박을 가해 왔었던 상회.

남편은 결코 그 검을 팔려고 하지 않았습니다. 그러나 남편이 비명에 죽고 단 하나 돌아왔던 검은 절반쯤 협박을 당한 끝에 내어놓을 수밖에 없게 됐었습니다.

유품을 잃어야 했던 대신에 제 손에 들어온 것은 칙칙한 빛깔을 띤 약간의 금전뿐.

제게 남겨진 이 고아원을 지키기 위해서는 달리 방법이 없었지만, 그래도 그곳의 이름을 들을 때마다 마음속에 뚫린 구멍은 더욱더 넓어져 가는 듯합니다.

그론드 상회가 문을 완전히 닫았을 때도 어떤 기쁨이나 서글픔도 솟아나지 않았습니다.

“실은 말이야, 공공연하게 떠들 얘기는 아니거든? ……어느 틈인가 되돌아왔더라고.”

“네?”

“아니, 부끄러워서 말하기도 좀 민망한데, 돈이 사라졌을 때와 똑같아. 사라졌던 돈보다 아주 약간 더 많은 금액이 든 자루가 금고에 놓여 있더라니까. 아무래도 다른 상회도 마찬가지인 것 같고.”

“세상에, 정말이에요? 참 신기한 일이 다 있네요.”

“……아니, 이보세요. 「참 신기한 일이 다 있네요」라고 넘길 수 있는 게 아니잖아. 어휴, 이렇게 금고를 자기 집처럼 드나들면 우리 체면이 아주 엉망이 되는걸.”

유폰은 두 손 들었다는 듯이 어깨를 으쓱이고는 한숨 쉬었습니다.

“아무튼 말야, 결국은 좋게 끝났잖아. 간신히 여기에 얼굴을 내밀 만큼은 여유가 생겼다는 거야. 그래서 기분이 좀 내키길래 와봤고. 지치고 지친 내 마음을 치유해줄 애정 듬뿍 식사를 만들어줄 거지? 먼저 안에서 기다리고 있을게.”

일방적으로 말을 매듭짓고 유폰은 곧장 건물 안쪽에 들어갔습니다.

“앗, 어휴, 유폰도 참……. 괜찮다고 말했는데도.”

한숨을 쉬며 빈 바구니를 들어 올립니다.

조금 기분이 내킨다는 이유로 얼굴을 내밀 수 있을 만큼 상회 회주의 업무가 편하지는 않다는 것쯤 저도 잘 압니다.

정말로 저는 좋은 소꿉친구를 두었습니다.

“……이제 아이들도 돌아올 무렵이네요. 열심히 맛있는 식사를 만들어보죠."

""""선생님~!!""""

그때 호랑이도 제 말 하면 온다고 약간 먼 곳에서 목소리가 들렸습니다.

고개 돌렸더니 훽훽 손을 흔드는 아이들의 모습이 보입니다.

점심때가 가까웠기에 그만 놀고 돌아오는 길이겠지요.

"뮨 선생님~! 봐요, 봐요. 선물 만들었어요. 반짝반짝 진흙 구슬~!"

"못써, 케리. 여자는 그런 선물로 기뻐하지 않아."

"엥, 뭐야, 센파. 이렇게 반짝반짝하는데."

센파에게 핀잔을 듣고 케리가 불만스럽게 입술을 삐죽였습니다.

그 손에는 햇살을 받아 금속처럼 빛나는 진흙 구슬이 들려 있습니다.

"맞아. 뮨 선생님은 숙녀니까 센파의 말대로 진흙 구슬은 전혀 안 어울리지! 이래서 남자는 못쓴다니까!"

그렇게 말하며 두 아이의 뒤쪽에서 트리아도 돌아왔습니다.

요즘 들어서 트리아는 어른처럼 굴고 싶어 하니까 어린 남자아이가 좋아할 법한 놀이는 아마 받아주기가 어려울 테죠.

어려도 역시 여자아이니까요.

"뮨 선생님, 굽혀봐요. 굽혀보세요!"

"응? 왜 그러니?"

"아무튼요, 빨리빨리!"

"어휴, 참, 얘가. 그래, 알겠어."

뒷짐 진 손에 뭔가를 숨기고 있는 트리아가 더는 못 기다리겠다는 듯이 한쪽 손으로 저를 잡아당겼습니다.

조르는 대로 허리를 굽히자 트리아는 귀엽게 「에헷~」 웃고는 제 머리에 뭔가를 얹어줬습니다.

"에헤헷, 뮨 선생님한테 선물이야!"

"와아, 뮨 선생님, 공주님 같아!"

"멋지다! 선생님, 예쁘잖아."

"응? ……이게, 뭐니……?"

머리에 손을 가져가서 들고 봤더니 그것은 예쁜 풀꽃을 엮어서 만든 관이었습니다.

하얗고 노란 꽃을 쭉 이어서 엮은 풀꽃 관은 마치 동화에 나오는 티아라처럼 아름답습니다.

"정말 예쁘구나, 진짜 티아라 같아."

"흐흥~ 트리아가 만들었어요!!"

"나도, 나도! 트리아 언니랑 같이 만들었어요!"

"아무튼 머리에 다시 올려놔요, 어서. 하나 더 씌워줄 테니까 몸도 굽히고요!!"

"후훗, 그러면 잘 부탁할게."

제가 무릎을 구부리자 트리아가 예쁘게 엮은 화관을 머리에 얹어줬습니다.

역시 예쁘다~ 트리아와 센파 두 아이가 여자아이들끼리 꺅꺅 환하게 웃음 짓습니다.

"으음, 근데 빤짝빤짝 구슬도 멋지지 않아? 봐, 이렇게 번쩍거린다고! 여자는 반짝이는 돌멩이 같은 걸 좋아한다며?"

"어휴, 완전히 잘못짚었어. 케리도 참, 여자가 갖고 싶은 건 반짝이는 물건이 아니라『주얼리』란 말이야. 그러니까 진흙 구슬은 경우가 달라. 장신구가 더 좋아.”

“엥, 저거 아니지? 응? 센파.”

“「여자는 아름답게 꾸며야 하는 법이에요」라고 접수원 언니가 말했는걸. 그러니까 진흙 구슬은 말고 화관이 더 좋아!! 맞지? 센파.”

“흐앙? 으, 으음, 그러니까.”

트리아와 케리 두 사람 사이에 끼어서 센파가 난처한지 자꾸 허둥거립니다.

“이런, 애들아. 둘 다 진정하렴. 센파가 난처해하잖니?”

무릎을 굽혀서 케릴이 갖고 온 반짝반짝 빛나는 진흙 구슬을 받아 들었습니다.

“풀꽃 관도, 진흙 구슬도, 선생님은 정말 기쁘단다. 고마워, 애들아.”

그렇게 말하자 아이들은 눈을 마주치더니 휙 이쪽을 돌아봤습니다.

“““기뻐요? 선생님, 기운이 나요?”””

“응?”

아이들의「기운이 나요?」라는 물음에 말이 막혔습니다.

그러자 트리아가 대표인 양 이야기를 시작했습니다.

“저기, 선생님. 있잖아요, 밤에 우는 걸 봤어요. 그러니까 다 같이 상의했거든요. 기운이 나게 도와주자고. 그래서, 그래서 말이에요. 뭔가 선생님한테 선물을 주고 싶었어요. 그럼 선생님이 기뻐해줄 테니까…….”

그러고는 아이들이 또「기운이 나요?」하고 반짝반짝 빛나는 얼굴로 올려다봅니다.

저는 눈물이 나오려고 하는 얼굴을 보여주지 않고자 아이들 셋을 끌어안았습니다.

"……응, 맞아. 무척 기운이 나는구나."

"""만세~!! 작전 대성공~!!"""

품속에서 기뻐하는 작은 온기들이 아직껏 제게 무엇이 남아 있는지 다시금 깨닫게 해줬습니다.

남편이 남겨준 이 온기를 제가 지켜 나가야죠.

"그건 그렇고 이런 꽃 장식이며 진흙 구슬은 본 적이 없구나. 어디에서 배웠니?"

"까만 머리 형아가 가르쳐줬어!!"

"그리고요, 그리고요. 토끼 귀 수인 언니랑 은색 머리카락 언니가 도와줬어요."

"분명히 수렁에 빠진 관계야! 접수원 언니가 「남자 한 명과 여자 두 명이 다니면 진짜 수라장이라니까, 수라장」이라고 말했는걸."

"어머, 어머나."

……긍정적으로 봐주려고 했습니다만, 트리아가 모험가 길드의 접수 아가씨와 만나게 하는 것은 다시 생각해봐야겠군요.

고아원 출신의 아이가 구할 수 있는 직업은 별로 많지 않아서 지금 미리 모험가 길드에 아는 사람을 만들어 놓는 게 좋겠다는 생각이었습니다만, 아무래도 이래서는…….

"『고마워요.』 인사는 잘 했고?"

"""했어요~!"""

살짝 교육 문제를 떠올리면서 아이들에게 묻자 기특한 대답이 돌아왔습니다.

“그런데 있잖아요, 트리아 언니가 「고마워요~!」 까만 머리 오빠한테 인사했더니 오빠가 눈물을 뚝뚝 흘렸어요.”

“모험가라면서 울보 형아였어.”

“어머, 그랬니?”

케리와 센파의 말에 트리아도 고개를 끄덕거립니다.

“그래도 그 오빠가요, 울면서 웃더라고요. 이상해~ 말했더니 자기도 「그래, 이상하지」랬어요. 분명히 내가 어린애니까 괜히 놀렸던 거예요. 트리아는 이제 어른인데, 정말 무례한 사림이었어!!”

발끈한 트리아가 귀엽게 화를 냈습니다.

모험가 중에는 이런저런 사연을 갖고 있는 사람들이 많습니다. 아이의 고맙다는 인사말 한 마디에 울고 웃었다면 꽤 심각한 사연을 갖고 있는 분이었겠군요.

“자, 잠깐만, 뮨!! 빨리 여기에 와봐!”

그때 고아원 건물 안에서 유폰의 목소리가 들렸습니다.

분명히 제가 돌아오지를 않아서 기다리다가 지친 까닭이겠죠.

“앗, 유폰 언니의 목소리다.”

“만세, 맛있는 밥을 먹을 수 있어!!”

유폰의 목소리를 듣고 아이들은 기뻐서 까불거립니다.

아이들도 유폰과 잘 알고 지내는 사이입니다. 그녀가 오는 날이면 맛있는 식자재를 써서 평소보다 호화로운 식사를 준비하게 되니까, 유폰은 아이들에게도 무척 인기가 있습니다.

게다가 아이들은 유폰 상회가 소유하고 있는 과수원 한 곳에서 심부름을 하는 대신에, 그곳을 곧잘 놀이터로 이용하고 있습니다.

오늘도 분명 세 아이를 제외하고 다른 아이들과 함께 과수원에서 놀다 왔겠죠.

"그러면 다른 아이들을 불러와줄래? 금방 식사를 만들 테니까."

""""네에!""""

아이들은 기운차게 대답한 뒤 힘껏 달려갔습니다.

저도 식사 준비를 위해 고아원의 주방으로 들어갔습니다.

"얘가, 뭐하는 거야. 왜 이리 늦어."

문을 열었을 때 어째서인지 주방 한구석에서 유폰이 기다리고 있었습니다.

주방 중앙에 있는 탁자에는 유폰이 갖고 온 식자재가 쭉 놓여 있습니다.

모두 다 평소 먹기에는 비싼 좋은 재료입니다.

"어휴, 그렇게 재촉하지 않아도 요리는 잘 만들어준다고요."

"그게 아니라! 이거, 도대체 뭐야!!"

"네? 뭔데요?"

"에잇, 진짜! 뭐기는, 내가 더 궁금하다고!!"

평소와 달리 유폰이 당황한 모습을 보이기에 고개를 갸웃거렸습니다.

그러자 이런 제 반응이 답답했는지 유폰은 방의 구석 쪽까지 억지로 제 손을 잡아끕니다.

"이게 도대체 어떻게 된 거야, 어서 가르쳐줘."

"네? 그러니까, 대체 무슨……."

유폰에게 채근을 받아 시선을 떨어뜨린 곳에 살짝 큼지막한 나무 상자가 보였습니다.

그 안쪽에는 수많은 돈이 들어 있었습니다.

그렇지만 갑작스러운 돈에 의식을 쏟을 여유가 이때 제게는 없었습니다.

"여기 고아원, 이렇게 돈이 많았어? 나한테는 아주 큰돈도 아니지만, 척 봐도 작은 상점 정도라면 지금 당장에 개업할 수 있는 금액은 된단 말이야, 이거. 게다가, 이 검은……. 잠깐, 뮨?"

그렇게 물음을 던지는 소꿉친구의 말도 어쩐지 저 멀리서 울려 퍼지듯 들릴 뿐이었습니다.

"이거, 이, 검은……."

나무 상자 안에는 돈 말고도 한 자루의 검이 들어 있었습니다.

검집에 짙은 녹색과 밝은 황토색의 장식이 되어 있는 검.

칼자루가 나무줄기와 비슷한 질감이고, 코등이 부분도 포함하여 가느다란 나무가 서로 뒤얽혀 있는 특징적인 외형을 지닌 검.

모험가 시절, 그이가, 항상 손에 쥐고 저를 지켜줬던 『엽석의 칼』.

그이가, 유품으로 남긴 검.

"아, 아아, 아아아아아아아아아아!"

가슴 깊숙한 곳에서 끓어오르는 감정을 주체할 수가 없었고, 정신을 차렸을 때는 검을 끌어안은 채 울고 말았습니다.

더는 울지 않겠다고 다짐했는데도. 언제까지나, 언제까지나.

이런 생각은 말이 안 될 테지만, 품속에 끌어안은 검이 몹시도 따뜻하게 느껴졌기에.

마치 그이를 끌어안고 있는 것 같았습니다.

☆

달이 뜨지 않은 어두운 밤.

우리는 숲속에서 딱딱 불티를 날리는 모닥불을 쬐며 식사를 하고 있었다.

"……슈리아, 음식 투정은 관두고 야채도 꼬박꼬박 먹어."

"헉, 들켰나요?!" "『이히힛?!』"

미나리스의 수제 야채볶음에서 가지와 닮은 야채를 덜어다가 『야옹이』에게 몰래 먹이려고 하는 슈리아를 타일렀다.

용케 미나리스의 눈을 피한 범행이었다만, 내 위치에서는 또렷하게 목격할 수 있는 장면이었다.

"……슈리아? 또 편식인가요?"

"흑, 그, 그게요. 물컹거리는 느낌이 싫단 말이어요!! 이런 건 야채가 아니어요! 악마의 열매가 틀림없는걸요!"

미나리스가 생긋 웃음을 띠며 화내는 까다로운 재주를 부리자 슈리아는 깜짝 놀라서 변명하면서도 완고하게 머리를 휘휘 흔들었다.

아마도 슈리아는 우리와 만날 때까지 가지와 비슷한 야채를 먹을 기회가 없던 듯했다. 짐작건대 그 특징적인 촉감이 비위에 맞지 않는가 보다.

뭐, 마음은 이해되지 않는 게 아니다만, 그건 그거고 이건 이거지.

"거참, 저번에는 「음식은 아껴서 꼭꼭 먹어야 해요」라는 말도 했던 녀석이. 슈리아, 편식은 적당히 좀 하고…….”

“그러면 카이토 님은 꾸물꾸물 벌레를 먹을 수 있어요?”

“미나리스, 사람은 누구나 거북한 음식이 있는 법이야. 그럼, 음식 재료 한둘쯤 안 먹는다고 죽지는 않잖아.”

“주인님……. 생뚱맞은 말로 어리광 받아주지 마세요.”

나의 훌륭한 손바닥 뒤집기 변명은 미나리스에게서 빙점하의 시선과 핀잔으로 보답받았습니다.

음, 식사까지 차가워질 것 같은 느낌입니다.

“귀한 음식을 함부로 여기는 것은 용납할 수 없어요. 사, 슈리아가 좋아하는 고기와 함께 먹으면 괜찮겠죠?”

“으으……. 냠.”

“잘했어요. 슈리아는 착한 아이군요.”

“이러지 마셔요. 먹기 불편하단 말예요!”

미나리스가 가지 유사물을 고기에 싸서 내밀자 슈리아는 떨떠름한 표정을 지으면서도 눈앞의 요리를 덥석 물었다.

머리를 쓰담쓰담하는 미나리스에게 항의하면서도 우물우물 입을 움직이는 슈리아는 아주 싫은 눈치는 아니었다.

‘그러고 보니까 나도 이런 식으로 아이들에게 식사를 먹여줬던가.’

저 모습을 보고 나는 옛 기억을 떠올렸다.

내 여동생도 제법 편식이 심한 편이었기에 예전 경험을 살려서 아이들의 상대를 해줬었다.

‘이번에야말로 힘차게 살아가주면 좋으련만.’

더틀러스를 떠난 지 이제 2주가 된다.

우리는 돈을 빼앗았던 모든 상회에 살짝 덤을 붙여서 돈을 돌려주고 다닌 다음에 고아원에다가 나머지 돈과 함께 분실물을 하나 건네주고 왔다.

빈민가 녀석들에게는 고아원에 은밀히 허튼수작을 부릴 생각은 말라고 못을 박았다.

내게 가능한 것은 여기까지다. 이제는 단지 잘 살아가기를 기원할 수밖에 없다.

나에게는 욕망이 있기에 여정을 멈추고 계속 지켜줄 수도 없다. 역시 이러한 행위는 구제 불능의 무책임한 자기만족에 불과할 테지.

'실행하지 않는 선보다는 실행하는 위선이 낫다던가. 위안으로 삼기에 딱 좋은 말이군.'

절대로 잊을 수 없다.

그렇지만 나는 나아가야만 한다. 아니, 나아가는 것 말고는 다른 길이 없다.

부수고 부수고 부숴서 기필코 엉망진창으로 짓뭉개줘야 하는 녀석들이 아직껏 남아 있으니까.

그렇게 상념에 잠긴 채 식사를 하는 동안에 앞쪽의 접시가 전부 비워졌다.

"으으, 뭔가 입속이 흐물흐물하는 느낌이어요. 역시 악마의 열매가 맞아요."

싸락싸락 잎사귀 부딪치는 소리와 함께 싸늘한 바람이 불어닥쳤다.

"꺄악!! 추워요."

슈리아는 『체온 유지』 기능을 부여해서 맞춘 방한용 망토를 몸에 꽉 둘러 감았다.

본래 추운 지방에서 살았다는 미나리스와 웬만큼 나쁜 환경은 다 익숙해져버린 나는 멀쩡했지만, 온난한 기후밖에 겪지 못했던 슈리아에게는 조금 버거운가 보다.

망토 말고도 미나리스와 슈리아의 옷에는 『체온 유지』가 부여되어 있다만, 눈이라도 쏟아질 것 같은 기온에 대항할 수 있을 만큼 강력한 효과는 아니었다.

"요 며칠 사이에 확 추워졌구나. 뭐, 서쪽으로 제법 왔겠다, 내일 저녁 무렵이면 마법의 도시 카번헤임에 도착할 거야. 도시 내부를 대결계로 뒤덮은 덕에 항상 편안하게 지낼 수 있는 기후가 유지되지. 그곳까지 조금만 더 참자."

기리갈 제국을 목적지로 북쪽 방향을 따라 이동하던 우리는 국경을 넘어 제국 영내에 진입한 이후, 제도(帝都)가 아닌 서편의 『마법 국가 카번헤임』으로 이동 중이었다.

국명과 같은 카번헤임을 수도 삼아서, 그곳에 있는 마법 학원을 중심으로 운영되는 나라다. 이곳은 과거 억지로 전쟁에 동원됐던 왕국과 수인국의 마술사들이 건국했다.

여타의 대국과 비교하여 20분의 1에 겨우 미치는 영토를 보유한 작은 나라이지만, 마법 기술은 대륙 전체를 둘러봐도 수위에 들 수 있을 만큼 우수한 나라였다.

건국은 제국 성립과 거의 비슷한 시기에 이루어졌지만, 야심만만하게 영토를 넓히려고 든 제국과 달리 카번헤임은 얼마간의 영토를 획득한 뒤 국가 방위에 힘을 쏟았다.

그 결과 새롭게 만들어진 것이 각 도시를 뒤덮는 도시 결계와 나라 전체를 뒤덮는 대결계.

물리 및 마술에 모두 우수한 내성을 발휘하는 도시 결계에다가 일정 이상의 마법 적성을 지니지 못한 사람의 마법을 저해하는 대결계는 카번헤임을 수비에 유리하게, 공격하기에 어려운 나라로 바꿔 놓았다.

제국, 왕국, 수인국과 두루 인접한 위치에서도 무너지지 않은 것은 저러한 이유 때문이다.

그렇게 중립을 선언했던 카번헤임은『새로운 마법을 만들어 낸다』는 마법 학원의 이념하에서 지금은 온 대륙의 우수한 마술사들이 모여들어 마법 실력을 연마하는 장소가 됐다.

우리가 행선지를 변경한 까닭은 그 나라에 있는 던전과 학원이 이유였다.

"디저트로 작은 리코르 열매를 준비해 놓았으니까요, 구워서 먹죠. 구운 리코르는 질병 예방에도 좋다더군요."

"앗! 슈리아는 두 개를 먹겠어요!"

"네, 네. 너무 많이 먹어서 배가 아파도 나는 몰라요."

미나리스는 살짝 한숨을 쉬면서도 감귤 비슷한 크기의 리코르 열매를 네 개 꺼내 들었다. 그녀도 슈리아의 어리광을 꽤 많이 받아주는 편이다.

식사 때 쓰는 나무 꼬챙이에 꿰어 모닥불로 리코르 열매를 굽고, 조용한 공간에서 딱딱 불똥 터지는 소리를 즐긴다.

"자, 그러면 다시 한 번 카번헤임에 도착한 이후 방침을 확인해볼까."

나는 먼저 서두를 떼고 말했다.

“일단 학원에 학생으로 잠입할 거야. 뭐, 오래 죽치고 있자는 게 아니고, 기초 클래스라면 필요한 건 입학금이 전부지. 평범한 모험가도 마법을 익히러 오는 경우가 많다니까.”

그리고 말야, 나는 말을 이었다.

“너희들은 시험에 합격해서 마법의 기초 이론을 가르치는『상급 클래스』에 다녀줘야 해.”

상급 클래스는 일정 이상의 마법 소양을 지닌 인물만 입반이 허락되는 과정이며 순수한 마술사를 위한 수업이 이루어진다. 기초 클래스가『사용법』을 배우는 과정인데 반하여 상급 클래스는『구조』를 배우는 과정이라고 말한다면 이해가 쉬우려나.

“자, 그동안 내 일정 말인데, 이번에는 혼자서 던전을 돌파하겠어. 닥치는 대로 경험치를 긁어모으고 본래 쓰던 장비를 구해 와야지. 그 밖에도 할 일이 있어서 서둘러도 아마 3주쯤 걸리겠군. 그사이에 너희는 평범하게 수업을 받으면 돼.”

“네엣?! 저희를 두고 가시려고요? 너무합니다.”

“시, 싫어요! 버리고 가지 마셔요!!”

“……아니, 벌써 다 했던 이야기잖아. 그나저나 뭐냐, 그 엉성한 울음 연기는.”

미리 짜 맞춘 것처럼 흑흑 울음소리를 내는 두 사람에게 어떻게 반응해야 할까 난감해서 얼굴 일부분이 뚱하게 다물려진다.

“은근한 항의의 표현입니다.”

“몰래몰래 항의의 표시예요.”

“아니, 거참. 뭐가 은근히고 몰래몰래라는 말인지.”

한숨을 쉬는 나에게 두 사람이 입을 열었다.

“……왜냐하면 주인님을 업신여겼던 나라에 가르침을 청한다는 게.”

“필요한 줄 알아도 싫단 말이에요.”

후유, 한숨을 쉬고 미나리스와 슈리아는 둘이서 함께 고개를 쏙 돌렸다.

나라의 건립 과정을 떠올리면 당연한 소리지만, 그 나라는 마법이 차지하는 무게가 크다.

그리고 나의 마법 적성은 모든 부문에서 전무하다.

자기류의 마법 조작술을 지녔다고는 하지만 신체 강화 마법 하나도 사용할 수 없다.

심검 덕분에 무엇 하나 불편한 점은 없었지만, 간단한 마법도 쓸 수 없는 나에게, 케번헤임은 그리 변변한 대우를 해주지는 않았다.

물론 표면상은 용사라며 최저한의 예우를 갖춰줬지만, 반대로 말하자면 그게 전부였다.

“……그렇다 해도 나는 마법을 못 쓰니까 직접 가르쳐줄 수가 없잖아. 기초를 알지 못하는 자기류는 어딘가에서 막히게 돼. 실제로 미나리스는 『술식 마술』을 『마도』까지 끌어올리지 못한 상태고, 슈리아는 『괴뢰빙대(傀儡憑代)』에 너무 의존하지. 이번 기회에 제대로 배우고 와라.”

그렇다, 바로 그것이 문제였다.

나는 본래 세계의 지식을 이용해서 새로운 마법 아이템을 고안할 수는 있어도 그 발상을 실현하기 위한 술식을 구축하는 것이 불가능하다.

애당초 마력을, 마법을 사용할 수 있게 변환하지 못하는 내가 마법의 사용법을 이해할 수 있을 리 없잖은가.

미나리스는 제대로 체계화된 마법의 내용을 이해하지 못한 채 높은 적성에 의존해서 억지로 마법을 발동시키는 경향이 있다.

슈리아도 계통 외 적성은 아직껏 높은 상태로 남아 있으니까 교회가 비닉하는 신성계 마법은 무리여도 주술계 마법이라면 아마 배워서 익힐 수 있을 것이다.

"그런고로 도시에 도착하면 당분간은 두 사람 모두 고유 스킬 사용은 금지야."

""네……?""

"뭘 놀라는 거야. 평소부터 마력 사용량이 너무 많아서 자꾸 마력 취기에 시달리잖냐. 뭐든지 다 너무 가볍게 건너뛴 탓이라고. 마법의 기초를 익혀서 마력 변환 효율을 끌어올릴 것."

미묘한 표정을 짓는 두 사람에게 말을 이어서 타일렀다.

"너희 말이야, 취하면 그게, 스스로도 잘 알잖아?"

마력 취기는 이성을 억제하고 본능을 강화한다.

증상이라면 술에 거나하게 취한 경우와 비슷한데, 술과 마찬가지로 사람에 따라 취하는 방식이 다르다.

내 경우는 밤새운 다음 날의 하이 텐션처럼, 이래저래 몸이 나른해지고 주절주절 새어 나오는 헛소리를 주체하지 못하게 된다.

그에 반하여 두 사람은, 그게, 별로 남들에게 보여줄 수 없는 느낌이 되니까 말이지.

매번 달랜다고 고생하는 내 처지를 조금 이해해달라고.

"그야……."

"알긴, 알아요……."

쓱, 두 사람이 시선을 피했다.

"그, 그래도요! 주인님도 잘못이 있답니다? 「이러면 어때?」 「저러면 어때?」 이런저런 살해 방법을 막 늘어놓으니까 자꾸 복잡하게 손을 쓰게 되고 소비 마력도 올라가잖아요. 아직 시험하고 싶은 게 더 많다며……."

"게다가요, 「숙달하려면 평소부터 마구 사용하는 게 최고」라고 말씀하신 분은 카이토 님이랍니다아. 슈리아는 나쁘지 않아요오."

"윽, 뭐, 뭐어……."

그렇게 이번에는 내가 시선을 피할 차례가 왔다.

양쪽 다 짚이는 구석이 너무 많아서 반론은 차마…….

"아무튼, 이제 까다로운 적들이 늘어납니다! 복수 상대도 전투 직군이고, 마물도 슬슬 활발해질 무렵이죠. 고유 스킬로 막 밀어붙이면 금방 위험해질 테니까 전력 강화는 필수입니다! 이걸로, 끝!"

그때 마침 딱 지글지글 소리가 울려 퍼졌다.

열기가 푹 배인 리코르 열매에서 새어 나오는 과즙이 불에 떨어져서 나는 소리였다.

"어라, 슬슬 다 익은 거 아니야?"

"음, 너무나 뻔한 말 돌리기지만, 확실히 더 이상 불에 구우면 오히려 맛이 떨어집니다."

"그러면 여기 가장 큰 열매는 슈리아 몫이에요♪"

슈리아가 척, 재빨리 손을 뻗어서 구운 리코르 열매를 확보한다.

"이런, 슈리아! 버릇없잖아요. 화상 입어도 저는 몰라요."

"괜찮…… 앗, 꺄악, 앗뜨뜨, 과, 과즈비, 이, 입안에서!"

"후유, 정말이지. 이래서 주의 줬는데도."

기막혀하며 한숨을 쉬고 미나리스가 빙술 마법으로 식힌 물을 건넸다.

"으으, 혀가 따끔따끔해요. 아, 그래도, 이것도 조금……."

뺨에다 손을 얹은 슈리아의 얼굴이 해죽 풀어졌다.

여전히 복수와 관련되지 않았을 때의 슈리아는 변태적이고 유감스러운 녀석이다.

겉모습만 보면 마치 연인을 그리워하는 가녀린 소녀 같건만. 알맹이를 잘 아는 입장인 만큼 어쩌다가 이런 성벽이 됐나 싶은 생각만 들었다.

뭐, 그런 건 본래 사람마다 각각 다른 법이니까 내가 원인이 아닐까 하는 둥 쓸데없는 생각은 하지 말자. 응.

"맞아, 슬슬『쿠우 알』에도 먹이를 줘야겠군."

그렇게 말하고 나는 둥글 주머니에서 이사용 골판지 상자쯤 되는 크기의 케이스를 꺼내 놓았다.

사방에 유리를 끼우고 마른 풀을 깔아서 수조처럼 만든 케이스 내부에는 하얗게 빛나는 껍질의 알이 들어 있었다. 이 알의 정체는 왕도를 탈출할 때 병에 담아서 갖고 나왔던 한 마리의『월 이터』였다. 언젠가 어디에든 쓸 일이 있겠지 싶어서 마력을 넣은 고기를 먹여 키웠더니 부쩍부쩍 자라던 중 얼마 전 갑자기 알로 진화했다. 그리고 알이 되기 전부터『쿠우』라고 이름 붙여서 열심히 돌봐줬던 미나리스에 의해 이 알은『쿠우 알』이라는 이름을 받게 됐었다.

지면에 놓은 케이스 안쪽에서 달그락달그락 알이 흔들린다.

이런 모습이 된 이후에도 쿠우는 식사를 원하는 눈치였다.

입이 없어서 먹이를 먹지 못하지만, 손으로 들어서 안고 몸 바깥으로 마력을 흘려보내면 걸신들린 듯이 흡수하려고 했다. 그리고 어느 정도 마력을 내어 주면 도중에「배불러」라고 말하는 듯이 알을 흔들어서 마력 흡수를 멈춘다.

이것이 지금 형태의『식사법』으로 짐작되기에 이후 아침, 점심, 저녁마다 간격을 두고 마력을 먹여왔었다.

"끙, 자요, 슈리아가 나설 차례가 왔어요! 앗뜨뜨."

휙, 기합이 가득 차서 일어선 슈리아가 남은 리코르 열매를 우적우적 단번에 먹어 치우고 케이스 앞쪽까지 다가왔다.

역시 평소와 같은 광경이었다. 먼저 슈리아가 첫째로 쿠우에게 마력을 먹이려고 한다.

"자, 맛있는 맛있는 마력이랍니다~."

케이스의 위쪽 덮개를 치우고 알을 끌어안은 슈리아가 마치 갓난아기에게 우유 먹이듯 마력을 주입하고자 했다만…….

"……완전히 거들떠보지도 않는군요."

"전부 다 쭉쭉 새어 나가는군."

"흐앙!"

……여전히 슈리아가 주는 마력은 전혀 받아들이지 않는 모습이다.

기호에 안 맞는 걸까. 알이 되기 전부터 쿠우는 슈리아의 마력이 담긴 먹이는 먹은 적이 없었다.

“으으……! 대체 어째선가요. 그렇게 슈리아의 마력은 몹쓸 맛인가요……?”

“괜찮아요, 잘했어요. 슈리아는 열심히 노력했어요.”

울상을 짓고 위축된 슈리아를 미나리스가 달랜다.

“『달각달각』.”

“그래, 알겠다. 자꾸 재촉하지 마라…….”

내가 알을 받아 들자 기다렸다는 듯이 알이 기뻐하며 달각달각 흔들린다.

그다음은 평소처럼 알이 흡수를 멈출 때까지 쭉 마력을 먹여주는 게 전부였다.

그래, 그렇게 생각했던 순간이었다.

쫙.

““““어……?””””

내 손안에서 알에 실금이 갔다.

쫙, 쫘쫙!

“어, 자, 잠깐! 뭐야! 어, 어떡하지?! 어떡하라는 거야?!”

단속적인 소리와 함께 알껍데기가 쭉쭉 갈라지기에 주위를 휙 둘러본다.

“지, 진정하세요, 주인님! 케이스 안쪽에 알을 다시 집어넣죠.”

“천천히, 충격을 받지 않도록 신중하게 움직이셔요!”

“그, 그래.”

미나리스와 슈리아의 말을 듣고서 조금이나마 냉정함을 되찾은 나는 케이스 안쪽에 알을 내려놓았다.

그 순간이었다.

쫘쫘쫘쫙!!

""""앗……?""""

한계를 넘어 요란하게 울려 퍼지던 소리와 함께 알이 완전히 갈라졌다.

"……앙, 뀨웅?"

""""뀨웅?""""

쭉 갈라진 알 속에서 나타난 것은 높이 20센티미터 정도의 사람 형태를 지닌 무엇인가.

마치 본래 세계의 내 친구 스에히코가 보여줬던 여자아이 피규어 같다.

"뀨웅, 뀨, 꾸우, 해님~!"

"이 녀석은 대체……."

크기를 무시해도 이 녀석의 외형은 제법 꽤 기이하다고 여겨졌다.

기본은 평범한데, 음, 물론 특이하지만, 약간 녹색이 낀 흑발과 어딘가 미나리스에게 앳된 인상을 더한 듯한 용모를 지니고 있다.

그러나 어깨부터 손목 부근까지 겉면이 파충류를 연상케 하는 비늘로 덮여 있었고 등에는 조류의 날개가 자라났다. 꼬리는 사자처럼 가늘며 끝 쪽에 복슬복슬한 털 구슬이 달렸고 언뜻 들여다보이는 손바닥에는 마치 고양이처럼 볼록살이 붙어 있었다.

머리에는 지금 막 깨졌던 껍질과 다른 자그마한 알 모자를 덮어썼고, 귀를 내밀기 위해 뚫어 놓은 듯한 구멍에서는 토끼 귀가 둘 튀어나왔다.

단적으로 말하면 너무나 많이 갖다 붙였다. 마냥 다 얹어 놓는다고 되는 건 아니잖냐?

"뀨웅~ 뀨우, 바깥~! 빠빠, 맘마, 도옹생, 뀨우!"

정작 당사자(?)는 뭘 아는지 모르는지 작은 손으로 우리를 차례차례 가리켰다.

"뀨우~! 복슬복슬~! 푹신푹신~! 뀨우~♪"

두리번두리번 주위를 둘러본 쿠우는 케이스의 안쪽 바닥에 깔아 둔 부드러운 짚 깔개를 발견하고는 짚을 쑥쑥 말아 올리면서 기쁘게 웃고 있다.

"세상에, 정말 귀여운 모습으로 바뀌었군요. 쿠우."

"와아, 귀여워요. 진짜로 인형 같아요."

"뀨우, 아앙♪ 꺄, 꺄, 맘, 맘마……."

"어머, 저 말인가요?"

문득 짚에서 흥미의 대상이 옮겨진 듯 케이스 안쪽에서 미나리스를 향해 손을 뻗는다. 미나리스가 두 손을 그릇 모양으로 만들어 케이스 안에 집어넣자 쿠우는 그 손에 기어올랐다.

그에 그치지 않고 더더욱 곁에 다가가고 싶어 하기에 미나리스가 얼굴을 가까이 가져가자 쿠우가 희색을 띠며 볼을 맞비볐다.

"맘마~! 맘마~! 뀨우, 아앙♪"

"아, 아앗, 도대체, 안 되겠어요. 뭘까요, 이상하게 모성을 자극하는 이 느낌은."

그 동작이 **결정타**였는지 미나리스의 야무진 사람 가면이 벗겨져서 얼굴이 해죽 풀어진다.

참고로 내가 지시했던 이후 미나리스는 스킬을 쓰지 않고 표정을 단속할 수 있게 훈련했었다. 덕분에 미나리스의 스킬 『철면피』는 『후안무치』라는 상위 스킬로 변화했다.

"슈리아도, 슈리아도요!!"

"꺄우? 꺄웅~! 도옹생, 오옹생~!"

자기 내면의 무언가와 싸우고 있는 듯한 미나리스의 손에서 쿠우가 슈리아의 손으로 옮겨 간다. 거기에서도 즐거운 기색으로 꾹꾹 슈리아의 손바닥 이곳저곳을 만지다가 날개를 움직여서 날아올랐다.

"와앗?! 날았어요!"

톡, 머리 위쪽에 날아 올라탄 쿠우는 만족스럽게 슈리아의 머리를 부드러운 발볼록살로 꾹꾹 만지작거렸다.

"도옹생~! 쿠우, 언니~!"

한바탕 꾹꾹 만지더니 쿠우는 만족한 듯 만세하고 가슴을 폈다.

그리고 슈리아의 머리카락을 붙잡아 살짝 잡아당긴다.

"아야얏, 아앙, 뭔가 아랫사람으로 보이는 것 같아요. 납득이 가지 않아요오."

음, 말은 저렇게 하면서도 슈리아는 약간 기뻐하는 모습이었다.

……어린아이 장난을 받아주는 게 흐뭇하다는 이유가 전부 맞겠지?

피학 성벽을 폭발시키는 것은 아니라고 믿고 싶다. 믿어도 되죠?

그렇게 슈리아의 머리를 꾹꾹 치다가 만족했는지 이번에는 내가 있는 방향을 돌아봤다.

“뀨웃!! 빠빠~!!”

“어이쿠.”

깡충, 쿠우가 내 방향으로 머리부터 뛰어오기에 두 손으로 받아줬다.

“빠빠~?”

동글동글한 눈매로 목을 갸웃거리는 동작이 제법 귀여워서 두 사람의 반응도 이해되지 않는 게 아니다.

그러나 나는 쿠우를 본 순간 어째서인지 싫은 녀석들을 떠올려야 했다.

‘요정과 닮았나……? 아니, 크기를 제외하면 공통점이……. 게다가 요정은 이런 식으로 태어나지 않아.’

이유가 뭘까, 그 사악한 버러지들이 머릿속에 스치고 갔다.

요정은 종족 전부가 요정 여왕의 자식이고, 요정향에 있는 요정수의 열매에서 태어나 떨어진다.

조만간 요정향은 내 손으로 박살을 낼 테지만, 어쨌든 쿠우는 명백하게 요정이 아니었다.

그런데 아주 잠깐의 망설임을 쿠우는 견딜 수 없었나 보다.

“빠빠, 쿠우, 시러? 뀨우, 뀨우으아아아아아아앙! 뀨우우우우우우!!”

“잠깐! 스톱, 스톱! 『빠빠』가 날 말하는 건가? 싫지 않아, 싫어하지 않는다니까!!”

갑자기 쿠우가 엉엉 울음을 터뜨리기에 당황해서 변명했다.

“자, 자자. 아, 배가 고프구나? 마력을 줄게, 마력을 듬뿍 줄게!”

"뀨우……. 뀨웃. 지, 진짜? 빠빠, 쿠우, 싫어하지 않아? 마력, 줄 거야?"

"진짜, 진짜야. 빠빠는 거짓말하지 않아. 자."

"빠빠! 빠앗~!!"

서둘러 마력을 손바닥 위로 방출하자 쿠우는 눈물을 거두고 또 꽃 피듯 웃는 얼굴을 보여줬다.

그러고는 곧장 손바닥을 귀엽게 살살 깨물면서 마력을 받아먹는다.

유충 형태였을 때도 비슷한 방법으로 먹었었는데, 작은 치아가 살갗을 미끄러지는 게 묘하게 간질거렸다.

"후유, 겨우 달랬군."

"쿠우를 괴롭히면 안 됩니다, 주인님."

"안 돼요~. 괴롭히려면 슈리아만……."

바로 그때였다.

미나리스가 가만히 소리를 냈다.

"주인님, 열여섯 마리입니다."

"응응, 정답이야. 살짝 늦었지만 탐지 범위도 슬슬 나와 비슷한 수준에 다다랐군."

"으읏, 슈리아는 아직 둘러싸였다는 것밖에 모르겠어요."

"뀨우?"

그때, 신기하다는 듯이 쿠우가 고개를 갸웃거렸던 그 순간이었다.

""""키기긱!!""""

나타난 것은 다섯 마리의 몬스터 프론토라고 불리는 식물형 마물.

본래 세계의 말로 비유하자면 자력으로 달릴 수 있는 거대 파리지옥 마물이었다.

주둥이로 토하는 용해액은 금속제 장비를 부식시키고, 담쟁이덩굴 비슷한 식물로 구성되어 있는 팔다리는 아무리 베고 베어도 곧바로 재생된다. 완전히 해치우려면 핵이 되는 부분을 박살 낼 필요가 있다.

그런데 이때 핵이 되는 부분이라는 게 몬스터 프론토의 용해액이 담긴 주머니에 엉겨 붙은 1센티미터나 될까 말까 한 덩굴이다. 즉 평범한 칼질로 베려고 들면 주머니가 같이 찢어져서 용해액을 맞은 금속 무기는 못쓰게 된다.

따라서 검이나 창으로 싸우는 전사들은 사갈처럼 싫어하는 마물이었다.

다만 완벽하게 덩굴만 베어 가르는 솜씨를 지녔다면 검을 망가뜨리지 않고 해치울 수도 있었다. 근접 전투의 기술을 연마하는 데는 딱 알맞다.

"몬스터 프론토군, 둘이서 절반씩 상대하자. 투척 무기는 금지, 소모품 검을 써서 상대할 것."

""네에.""

"좋아, 미나리스는 검 두 자루, 슈리아는 네 자루까지……."

실패하면 뭔가 벌칙을 주겠다고 말하려 했던 그때였다.

"뀨우으아아아아아아앗!! 시러, 시러엇~!!"

"뭐야, 으앗?"

"흐읏, 꺅!"

소스라쳐서 고함을 지른 녀석은 쿠우였다.

누가 봐도 알 만큼 잔뜩 겁먹고 눈물을 글썽거리던 쿠우는 내 손바닥에서 착란을 일으키며 미나리스를 향해 날아갔다.

허둥지둥 미나리스가 받아주려고 했는데, 그러나 쿠우는 미나리스의 손을 빠져나갔다. 게다가 미나리스가 미처 못 받아 낸 것이 아니라 글자와 똑같은 의미로 쏙 곧장 **빠져나가버렸다**.

""""어?""""

믿기 어려운 광경을 목격하고 놀랄 틈조차 없이 쿠우는 미나리스의 풍만한 가슴에 뛰어들었고, 역시 똑같은 방법으로 미나리스의 몸속에 잠겨 동화됐다.

"아?! 앗?! 어?! 쿠, 쿠우!"

그 순간 미나리스가 혼란에 빠져 주위를 둘러본다.

"미나리스! 진정해라, 괜찮아?!"

"미나리스 씨! 괜찮으셔요?!"

"앗, 네, 네에. 괜찮아요. 아마, 괜찮을걸요?"

당황하는 나와 슈리아에게 미나리스는 물음표를 붙여서 대답했다.

그러나 어디를 어떻게 봐도 아무런 영향이 없는 듯 보이지는 않는다. 미나리스의 아마색을 띠는 눈동자가 바다처럼 깊은 청색으로 바뀐 데다가 용의 눈처럼 동공이 세로로 갈라졌다.

머리카락 색도 중간쯤부터 끝부분까지가 파랗게 물들었고 엷게 인광을 두른 채 광채를 발하고 있었다.

서둘러 미나리스에게 감정을 쓴 결과 상태 표시의 항목에 【????의 동화(개체명 · 쿠우)】라는 표시가 나타났다. 능력치는 전 항목에 (+???)이라고 추가 수치가 덧붙었고, 스킬 항목에는 【???의 가호

(부여)】, 【능력 각성(부여)】, 【창호조충(부여)】라고 불가사의한 스킬이 추가됐다.

"대체, 어떻게 된……."

이런 스킬도, 『동화』라는 상태도 본 적이 없었다. 가호에 이르러서는 올바른 명칭마저 알 수가 없다. 게다가 모두 하나같이 명칭에서 상상할 수 있는 내용 말고는 상세한 효과를 무엇 하나도 알 수가 없다.

표시된 정보는 텍스트 깨짐 현상이 발생한 것처럼 전부 판별하지 못할 글자가 자리하고 있다. 이런 경우는 레티시아 및 메테리아에게 감정을 걸었을 때가 전부였다.

"미, 미나리스 씨, 정말 괜찮아요?!"

"잘 모르겠습니다만……. 쿠우의 목소리가 들립니다. 게다가, 이것은……. 우훗, 우후훗! 주인님, 죄송해요. 저 마물들, 전부 저에게 주세요."

"……괜찮은 거, 맞지?"

감정으로 알아낼 수 없는 이상, 능력을 확인 가능한 사람은 당사자뿐.

정작 당사자의 스테이터스 보드에 제대로 된 글자가 출력되어 있을지 여부는 알 수 없다만, 지금 상태를 시험하고 싶다면 빨리 치르는 게 좋을 테지.

"네, 괜찮습니다. 그런데, 이거, 수인의 본능을 자극하는 것 같아서, 사냥감이 눈앞에 나타나면, 정말, 정말이지, 정말로오오오오!!"

희번뜩, 사나운 미소를 짓고 미나리스가 혼자서 마물 무리에 돌진

한다.

눈에 보이지도 않도록 빠른 속도로 몬스터 프론토를 베어 넘기는 미나리스를 노려서 한순간 늦게 용해액이 분출됐지만, 그 무렵에는 다음 사냥감에게 검을 휘두르고 있었다.

'……빠르군. 전투 본능의 강화 및 능력치 상승, 수화(獸化) 비슷한 능력인가?'

전투 본능을 증대시켜서 잠시간 능력치를 강화할 수 있는 수화는 일부 수인이 습득 가능한 도달점 중 하나.

모습까지 바뀌는 수화와는 다른 데다가 수화가 가능할 만한 역량이 지금의 미나리스에게는 없다. 그렇지만 눈앞에 있는 미나리스의 몸놀림은 명백하게 능력치가 크게 향상된 모습이다.

"캬롸아앗?!" "키기깃!!" "쿠극?!"

"우후훗! 아하하핫!"

게다가 마법을 사용할 수 없다는 결점이 딸린 수화와 달리 마법을 활용하는 데도 별문제가 보이지 않았다.

미나리스가 휘두른 검은 용해액 대책인지 칼 몸에 얼음으로 코팅을 해 뒀다. 그러나 자극되는 본능을 미처 제어할 수도 없었던 듯 검법이 내가 가르친 방식이 아닌 본능에 의존하여 휘두르는 것이 전부였다.

"으앗, 미나리스 씨, 뭔가 상태가 엄청나요. 빤짝빤짝해요."

슈리아가 무심코 중얼거린 대로 미나리스의 몸놀림에 따라 휘날리는 머리카락에 서린 빛은 장엄하다는 표현을 쓰는 데 모자람이 없었다.

다섯, 여섯, 일곱 마리를 찢어발겼을 때 미나리스는 백 스텝으로 마물 떼와 거리를 벌렸다.

"후후후, 그럼 나머지는 시험 삼아서 한꺼번에 처리해보죠."

사나운 미소를 거두지 않은 채 미나리스가 마물들을 흘겨본다.

"능력치 상승은 가호든 능력 각성이든 어느 한쪽의 스킬이겠지. 시험 삼아서 더 써볼 스킬이라면……."

"—사나운 촉아(觸餓)는 수천수억.

순환하라, 주시하라, 뒤덮어라, 번식하라.

시조는 멀고, 그러나 본인은 태고를 바라노라.

——『서먼 앤트티드』."

영창과 함께 새어 나오는 마력은 미나리스의 평소 특성에서 명백하게 변질된 것이었다.

저 이질적인 마력을 보면서, 위험한 무엇인가가 등줄기를 기어 올라오는 듯한 감각에 휩싸였다.

몬스터 프론토 무리의 가운데, 소리도 없이 개방된 것은 암흑을 쏟아 내는 검은색 아지랑이가 가득 찬 어두운 구멍.

그 안쪽에서 끼긱끼긱 끼긱끼긱, 겹겹이 울려 퍼지는 무수히 많은 소리와 더불어 흘러넘쳐 나온 것은 어느 정도의 숫자인가 알 수도 없는 대량의 흑개미와 비슷한 벌레.

""""""키에아에에 캬아아아악?!""""""

"이게 도대체……."

그야말로 집어삼킨다는 표현이 딱 들어맞았다.

미쳐 날뛰는 검은 물결은 단숨에 몬스터 프론토의 겉면을 온통 뒤

덮었고, 놈들의 단말마조차 무수히 많은 개미가 쏟아 대는 이빨 부딪치는 소리에 짓눌렸다.

전부 끝장이 나는 데 불과 10초도 걸리지 않았다.

꿈틀거리는 검은 물결은 이윽고 다음 사냥감을 잃은 채 처음 나타났던 어두운 구멍 속으로 물러갔고, 구덩이 또한 닫혔다.

남겨진 것은 희미하게 지면에 떨어져 있는 용해액의 자국뿐.

흑개미가 기어 다녔던 일대에는 몬스터 프론토의 사체는커녕 무성하게 자라났었던 잡초마저 남지 않았다. 그 자리에 남아 있는 전투의 흔적은 맨 처음 미나리스가 직접 손썼던 몬스터 프론토의 사체뿐이었다.

그때, 갑자기 미나리스의 몸이 비틀비틀 크게 흔들렸다.

"미, 미나리스?!"

'쳇, 역시 대뜸 사용하도록 놔둔 게 실수였나?!'

내 심검과 마찬가지로 강대한 힘의 행사에는 대체로 그에 비례하는 대가가 요구된다.

저 힘은 지금 미나리스에게는 버거웠을 것이다. 그렇다면 그에 대응하는 대가도…….

"우후훗."

"으, 으앗?!"

그러나 쓰러질 것 같았던 미나리스를 급히 받아주려고 한 나는 오히려 되밀려서 바닥에 쓰러지고 말았다.

"우후, 우후훗, 우후후후후훗!"

뜨뜻하게 습기를 머금은 홍소.

고개 돌렸을 때 상기된 얼굴에 보인 것은 열기를 띠고 젖어 든 눈동자.

'평소의 마력 취기는, 음, 아닌 것 같은데.'

맞닿은 피부는 고열에 시달리는 사람처럼 뜨겁고, 전해지는 고동도 숨결도 이상하게 거칠다.

"하, 하아. 주인님. 몸이, 뜨거워요. 목이 말라요."

"진정해, 일단 천천히 숨을 들이마시자. 으윽, 슈리아도 구경만 하지 말고 좀 도와서 떼어 내줘라!"

상상 이상으로 미나리스의 완력이 한껏 강화된 탓에 이미 제압을 당한 불리한 자세에서 떼어 내기는 어려울 듯싶었다.

그러나 슈리아는 딱하게도 발갛게 붉힌 얼굴을 두 손으로 감싼 채 「흐앙, 야시시해요, 야시시해요」라며 뚫어져라 쳐다보기만 했다.

"크윽, 읍, 진짜 도움이 안 되는 녀석이네!"

피학 성벽을 평소에도 마구 발산하는 주제에 이런 때 순진하게 구는 까닭이 뭔가 설명해줘라. 아니, 뚫어져라 쳐다보니까 순진한 것은 아닌가?

"끄응, 적당히 좀……."

서로 끌어안은 듯한 자세로 제압된 내 목덜미를 뜨뜻한 감촉의 혓바닥이 기어가기에 오싹한 감각이 등줄기를 치달렸다.

꺼슬꺼슬, 피부가 자극되고 닿을락 말락 어루만지는 듯 아슬아슬한 간격에서 손가락이 뺨을 간질였다.

"죄송합니다, 주인님! 제가 더는, 더 이상은!!"

절박하게 속삭이듯 새어 나오는 목소리가 들리고 곧 목덜미에 희미한 통증이 치달렸다.

푹, 미나리스의 어금니가 피부를 물어 찢는다.

“크?! 이, 느낌은?!”

“하아, 하아! 달아, 맛있어……. 꿀꺽!”

놀라서 바짝 굳었던 내 귀에 쩌억쩌억 피 빨아 마시는 소리가 들렸다.

서서히 힘이 빠져나가는 느낌, 거역할 의사를 꺾는 감각은 이미 경험한 바가 있었다.

“미, 미나리스 씨?! 아무리 흥분하셨어노 좀 지나치이요?!”

미나리스의 심상치 않은 모습을 보고 슈리아도 정신이 들었는지 황급히 이쪽으로 달려들었다.

그러나 슈리아의 완력으로 지금 상태의 미나리스를 떼어 내기란 어림없었다.

“쳇, 용서해라, 미나리스!!”

“으윽?! 끅, 으읏, 으…….”

황홀경에 빠져 있는 미나리스의 목에 손을 가져가 경동맥을 조여서 의식을 빼앗았다.

이윽고 미나리스의 몸에서 힘이 다 빠져나간다.

“뀨우, 뀨우우…….”

미나리스가 의식을 잃음에 따라 쿠우도 역시 미나리스의 몸에서 분리되어 나타났다.

쿠우는 마치 아무 일도 없었던 양 미나리스의 배 위에서 새근새근 잠이 들었다.

그 후 상태를 확인하기 위해 일단은 내 스테이터스를 열었다.

"역시『귀화 독』이군……. 제길, 고민거리가 또 늘어났잖아."

미나리스의 몸을 안아서 일으킨 다음 아픈 머리로 한숨을 쉰다.

"피요, 피 나요! 여기, HP포션이어요!"

"음, 아니, MP포션을 좀 꺼내 주겠어? 상처는 됐고. 그리고 만능 타입의 해독약을."

"네, 네네. 알겠어요!"

약간 나른한 몸으로 미나리스에게 무릎베개를 해준 뒤 작은 병 두 개의 내용물을 쭉 들이켰다.

체내의 마력을 활성화시켜서 해독약의 효과로 약해진『귀화 독』을 눌러 죽인다.

'이제『귀화 독』은 문제없겠군…….'

『귀화 독』, 정식 명칭『흡혈귀화 독』에 침범되면 이름과 같이 흡혈귀로 바뀌어 상대에게 종속할 것을 강제당한다. 흡혈귀 중 진조밖에 사용할 수 없는 독이라고 들었었다만…….

"괘씸한 놈……. 「【귀화 독】은 나 같은 진조 흡혈귀밖에 못 쓴다」라고 공갈을 쳤겠다? 아무 말이나 주워섬기는군."

그 거만한 자식, 이 세상에 남은 진조는 자신뿐이니까 대처법을 알아 둘 필요는 없다고 말한 주제에. 억지로 캐묻기를 정말 잘했다.

만약에 이번 두 번째 세계에서 다시 만난다면 안면에다가 주먹을 콱 날려버리자.

"괘, 괜찮으셔요?"

"그래, 나도 미나리스도 문제없어. 뭐, 일단은 말이지만."

미나리스의 스테이터스를 확인한 바 MP가 대폭 소모된 부분을 제외하면 평소 상태로 돌아왔다.

쿠우는 여전히 감정이 걸리지 않는다만, 기분 좋게 잠들어 있는 만큼 특별히 문제는 없을 것이다. 때때로 부는 찬 밤바람이 쌀쌀한 듯 굼실굼실 움직여서 미나리스의 옷 속으로 파고들었다.

"으응……."

서로 밀치락달치락했던 데다가 쿠우가 파고든 탓에 미나리스의 옷매무새가 많이 흐트러졌다.

맨살이 노출되어 추운지 미나리스는 몸을 뒤척였다.

"아무튼 이대로 눕혀 뒀다간 감기 걸리겠어. 모포를……."

더 이상은 보기에 민망한지라 둥글 주머니에서 모포를 꺼내 들려고 했던 그때였다.

"어랏, 쳇!!"

쨍!! 바람 가르는 소리와 함께 마력으로 강화된 화살이 나를 노리고 날아들었다.

생각하기에 앞서 반응한 몸이 화살을 쳐 날린다.

"거참, 누구냐, 넌."

화살이 날아왔던 방향에서 새된 여자의 목소리가 울려 퍼지기에 나는 그쪽으로 시선을 줬다.

"이 자식! 미나리스를 어쩔 셈이야!! 썩 떨어져!!"

나타난 자는 금발의 쇼트커트에 조금 연상으로 보이는 인간 소녀.

날카롭게 치켜 올라간 눈매에 짙은 분노를 깃들인 채, 쭉 잡아당긴 활을 이쪽에 겨누고 있다.

“거참, 아까부터 뭐가 어떻게 돌아가는 거야. 뭐든 막 욱여넣는다고 좋은 이야기가 되진 않는다고. 잠깐은 쉴 틈을 줘라.”

그래, 돌이켜보면 옛날부터 항상 이랬더랬지.

말썽거리는 언제나 실소가 나올 만큼 한꺼번에 덮쳐들었던가.

제2장 예기치 못한 재회

“후유, 역시 이 주변은 많이 춥구나.”

마차를 멈춘 곳은 침엽수가 많은 숲속.

마차의 빈틈으로 비쳐 들어오는 아침 햇살에 잠을 깨서 느릿느릿 바깥으로 기어 나왔다.

시계라는 물건이 존재하지 않는 이 세계에서는 해돋이를 기상 시간으로 삼는 게 기본이다.

아침의 쌀쌀한 공기에 감싸이면서 통에 받아 둔 물에 비치는 모습은 **전세**와 전혀 닮지 않은 금발 쇼트커트, 그런대로 말쑥한 얼굴.

닮은 부분을 꼽자면 고집쟁이 성격이 고스란히 드러나는 쓱 치켜 올라간 눈초리밖에 없겠다.

『으으, 이제, 못 버텨……. 죽겠네.』

내가 전세 때 죽기 전에 남겼던 마지막 말이었다.

야근 수당도 안 주는 블랙 회사에서 근무를 마친 뒤 치마가 주름투성이가 되는 걸 신경 쓸 여유도 없이 침대에 쓰러졌던 나는 아무래도 다시 깨어나지 못한 채 과로사로 죽어버린 듯싶다.

나, 레오네 볼트가 제법 서글픈 전세의 기억을 되찾은 때는 다섯 살 무렵.

마물도 도적도 거의 나타나지 않는 평화로운 지역에서 모험가 부부의 아이로 태어났고 『여차할 때를 위해서』라는 의미 불명의 말씀과 함께 부모님에게서 받게 된 훈련 중 머리를 얻어맞음으로써 떠올리게 되었다.

현대인이었던 무렵의 기억을 떠올린 나는 모험가라는 야쿠자 비슷한 직업에 종사하고 싶지 않았고, 본래부터 여행이 취미였던 터라 이런저런 지방을 돌아다니는 행상인이 됐다.

이웃 아저씨의 밑에서 수습 행상인 수업을 거쳐 독립했고, 이런저런 고생도 겪어 가면서 발도 꽤 넓어졌다.

타고난 고유 스킬 【드러내는 눈동자】가 『의식한 상대가 품은 감정의 색이 보인다』라는 편리한 스킬이었던 덕택도 봤고 이래저래 큰 일을 겪거나 위험한 처지에 빠지기도 했지만 결국 주위 사람들의 도움을 받아 장사는 궤도에 올랐다.

뭐, 발이 넓어졌던 이유가 「당신이 싸우고 노래하는 술주정뱅이 행상인 『날뛰는 활 레오네』 님입니까!」라서 솔직하게 기뻐할 수 없는 내용이라는 것이 고민거리지만, 내 잘못은 아니라고 생각한다.

불쑥 습격하는 마물과 도적이랑 마족이 전부 다 잘못한 거야. 그리고 또 술을 좋아하는 취향은 안 바뀌었는데도 알코올을 못 받아주는 이 몸뚱이의 잘못이다. 본래 세계에서는 못된 술버릇 따위 없었거든.

맞아, 게다가 근본은 어쨌든 간에 난폭한 사람이 많다는 것도 안 좋았다. 괜히 시비가 붙으면 나까지 난폭해지잖아.

그래도 겨우 마왕이 토벌됐고, 인류와 마족의 전쟁도 거의 사그라졌고.

항간에서는 용사가 마왕에게 몸을 빼앗겼다든가 본래 이런저런 악행을 많이 저질렀고 처음부터 마왕의 자리를 차지하려는 작정이었다든가, 그런 소문이 단박에 퍼져 나갔다.

뭔가 좀 부자연스럽다고 느꼈지만, 애당초 용사와 딱히 면식이 있지도 않은 데다가 대국 대부분이 입을 모아서 발표하는 사안에 내가 가타부타 떠들 입장도 못 됐다.

아무튼 내 주위는 마왕 토벌을 계기로 점점 평화로워졌고 가끔 나타나는 도적 및 마물을 해치우는 정도로 안정됐다. 산발적으로 난동 부리는 마족 잔당도 마왕이 토벌된 지 반년쯤 지났을 때는 얼추 몰락하면서 사람들의 얼굴에 미소가 불어났다.

그러저러해서 이제야 조금 느긋한 나날을 보낼 수 있겠구나 생각했던 나는 뜻밖에도 재차 황당한 경험을 겪게 되었다.

여행 도중에 행상에 사용하는 마차 안에서 잠들었는데도 자다 깨어난 곳은 어째서인지 어느 마을의 숙소였다. 잠이 덜 깨었나 싶어 세수하러 수통의 물을 봤을 때 전날에 봤던 것보다 명백하게 어린 티가 나는 4년 전의 내 얼굴이 입을 쩍 벌린 채 비쳐 보였다.

그 후 허둥지둥 정보를 모아 돌아다녔던 나는 하나의 결론에 다다랐다.

『거, 거짓마알. 이거 혹시 타임 슬립인 거야?』

다시 태어났다는 지난 경험만 해도 충분히 넘치도록 나한테는 감당하기 버거운 사건이었는데, 그에 더하여 약 4년의 기간만큼 타임 슬립을 경험한 듯했다.

그다음부터는 진짜로 타임 슬립인가, 어쩌면 단순히 긴 꿈을 꾸었던 게 전부는 아니었는가. 사태를 파악한다고 며칠은 머리를 감싸 쥐어야 했다. 그렇지만 갈등은 금방 멈췄다.

어쩌다가 이리되었는지 그 이유를 찾기보다는, 이제부터 어떻게 할까 하는 쪽이 더 중요해서였다.

미래에 어떤 사건이 일어나는지 미리 경험한 지금이라면 구하지 못했던 목숨을 혹시 구해 낼 수 있을지도 모르니까.

곧장 옛 기억을 가능한 한 되새겨서 조만간 본격화될 마족과의 전쟁에 대비했다. 자기 몸을 지킬 수 있는 힘을 갖추고자 예전에는 하지 않았던 적극적인 레벨 업에 나서는 한편, 고유 스킬과 미래의 지식을 이용해서 돈을 마구 벌어들였다.

매사가 순조롭게 진행 중이다. 딱 하나 저지른 실수라면 이번 세계에서도 또 『날뛰는 활 레오네』라는 칭호를 받게 되어버렸다는 사실뿐. 그렇지만…….

'장사는 거의 계획대로 되고 있어……. 그래도, 저번이었다면 이미 용사의 소문이 퍼져 나갔을 무렵일 텐데……. 더틀러스에서 일어났다는 마력 폭풍도 내 기억에는 없고……. 나비 효과? 뭐, 이런 건가?'

어푸어푸 얼굴을 물로 씻으며 생각했다.

"후유, 뭔 상관이래. 어쨌든 간에 훈련은 헛짓이 아니잖아."

"뭐가 헛짓이 아니라는 거야? 단장."

그 말과 함께 나타난 자는 칙칙한 적발의 청년, 댄.

고향의 소꿉친구이고, 내가 독립할 때 『호위』로 따라와줬다.

"댄……. 아니야. 잠깐 다음 예정을 좀 생각하고 있었어."

“다음 예정이라면, 음, 카번헤임에 가는 건 역시 관두려고?”

평소에 늘 무신경한 댄이 제법 조심하는 말투로 내게 물었다.

카번헤임의 근처에는 **그 마을**이 있다.

그래서 그 사건을 알게 된 이후 의도적으로 카번헤임 주변은 순회로에서 제외했었다.

“관두지 않아. 그 마을에 갈 뜻은 없지만, 필요 이상으로 피하지도 않겠어.”

다른 동료들에게는 타임 슬립의 이야기를 하지 않았던 만큼 걱정하는 것도 당연하지만, 체감 시간상 이미 8년쯤 지난 사건이다.

완전히 떨쳐 내지는 못했지만 필요 이상으로 피해 다녀야 할 정도로 마음의 정리가 이루어지지 않은 것은 아니었다.

“아, 진짜, 이왕에 타임 슬립이 일어나려면 조금만 더 옛날로 돌려줬더라면 좋았을 텐데…….”

머릿속에 마을을 방문할 때마다 웃는 얼굴로 우리를 맞이해줬던 한 명의 소녀가 스치고 갔다.

어째서 하필 4년이라는 어중간한 시간을 타임 슬립한 걸까.

차라리 이 세계에 다시 태어난 직후부터 다시 시작하게 해주면 좋았을 텐데. 그러면 그 모녀를 구해줄 수도 있었을 텐데.

“잊으란 말은 안 하겠는데 말이야, 너무 신경 쓰지는 마라. 네가 뭔가를 잘못했던 게 아니잖아.”

“……고마워.”

“괜찮다니까, 분명 언젠가 찾아낼 수 있을 거야. 옛날부터 내 감은 잘 들어맞았잖아?”

"어휴, 바보."

허리의 장검을 톡톡 두드리고는 일부러 익살 부리며 말을 건네는 댄의 배려가 고마웠다.

그리고 그런 이야기를 나누던 때에 목소리가 들렸다.

"와아, 레오네를 위로할 줄도 알고 댄도 성장했구나. 코흘리개 애송이였던 시절을 잘 아는 누나로서는 되게 감개무량한걸."

"앗, 안 되잖아요. 이런 장면은 몰래 감상한 다음 나중에 놀려주는 게 재밌다고요."

"너, 너희들." "이, 이 녀석들아!"

살살 놀리며 말을 붙이는 저 녀석은 풍만함에 요염함을 두루 지니는 몸매와 복장을 갖춘 여자, 슈피네.

보랏빛에 가까운 분홍색을 띤 구불구불 곱슬머리를 만지작거리며 재미있는 장난감을 발견했다는 듯이 히죽히죽 얄미운 미소를 짓고 있었다.

그 옆쪽에는 남자치고는 약간 자그마한 체격의 청년, 정크.

검은 머리카락, 이마에는 연두색 반다나를 둘렀고, 허리 양쪽에 소검을 한 자루씩 달아 놓았다.

두 사람 모두 댄과 마찬가지로 내가 독립하기 전부터 쭉 함께했던 동료다.

"정크는 여전히 겉보기와 달리 성격 참 멋지구나. 누나는 정크의 그런 엉큼한 구석을 좋아한단다?"

"저도 슈피네 씨의 그런 얄미운 구석을 좋아한답니다. 아차, 위험하잖아요."

"꺄앙, 난폭하다니까."

"시끄러워! 둘이 작당하고 놀리는 너희가 나빠!"

생글생글 웃음을 주고받는 두 사람을 향해 화살을 날린 뒤 소리 질렀다.

천연덕스러운 표정을 지은 채 슈피네는 몸을 쓱 젖혔고, 정크는 검으로 화살을 걷어 쳐냈다.

"역시 날뛰는 활……."

"으응? 방금 뭐랬어?!"

"아이고, 그쯤 해 둬라. 거 화살값도 공짜가 아니잖냐."

겸사겸사 댄에게도 화살을 날렸지만, 역시 손쉽게 검을 휘둘러 막아 냈다.

이 녀석도 같이 놀림당한 주제에 대체 왜 이렇게 태연한 걸까.

"거참. 아무튼, 후딱 아침 식사나 때우고 카번헤임으로 출발하자. 안 그래도 예상보다 더 마물과 조우율이 높아진 탓에 여정이 늦어지고 있단 말이야."

"이봐, 진짜로 그 나라의 학원에 다닐 셈이야? 내가 마법이랑은 조금 안 맞는데……."

"그래서 가는 거잖아. 검사래도 간단한 마법은 쓸 줄 알아야지. 여차할 때 곤란하니까."

불만을 꺼내려 드는 댄에게 휙 받아쳐서 대화를 끝낸 뒤 제각각 식사 준비를 하고자 움직이기 시작했다.

그때 조용히 곁에 다가왔던 댄이 내 머리를 툭툭 토닥여줬다.

"**미나리스**와 아주머니, 꼭 찾아내자."

"……바보, 댄 주제에 멋 부리지 말아줄래?"

"아이고, 너무하셔라."

문득 올려다본 푸른 하늘은 구름 한 점 없이 맑게 개었다. 오늘도 좋은 하루가 될 것 같았다.

"응, 좋아. 오늘은 순조롭게 쭉쭉 움직였네. 마물과 맞닥뜨린 적도 없었고."

딱딱, 소리가 나는 모닥불 주위에 둘러앉아서 나는 기분 좋게 구운 건육을 입에 넣었다.

이 세계에 다시 태어났던 직후는 『이딴 식사를 어떻게 먹어!』라며 현기증이 나는 기분이었지만, 체감 시간으로 30년쯤 살아봤더니 인간은 적응을 꽤 잘하는 생물이었다.

"쳇, 이번에야말로 몬스터 프론토에게 복수해주고 싶었는데."

"몬스터 프론토가 나와도 댄이 아니라 슈피네한테 처리를 맡길 거야."

"어엉?!"

"저기요? 댄 씨, 뭘 놀라고 그러세요. 저번 도시를 나와 이동하는 동안 도대체 몇 자루 검을 망가뜨렸는데요. 아무리 양산품이어도 아깝잖아요."

"그러게 말야, 애당초 몬스터 프론토를 검으로 해치우겠다는 생각을 보통은 안 하잖니? 오히려 이제까지 댄의 억지를 자꾸 들어줬던 레오네의 마음이 너무 넓었던 거야."

기막혀서 한숨을 쉬는 정크를 따라 슈피네도 동의하며 말을 꺼냈다.

"끄응, 조, 조금만 더 붙어보면 뭔가 느낌이 올 것 같다고!"

"그래도 안 돼. 왜냐하면 철제 검 도합 스물다섯 자루면 은화 스무 장이잖아. 이번 달 댄의 용돈은 없는 줄 알아."

"엉?! 거짓말이지?! 용돈에서 진짜 까려고?!"

"당연하잖아. 공짜가 아니란 말야, 공짜가. 다섯 자루어치 값은 봐줄 테니까 감사하도록."

허허, 전혀 뜻밖이라는 표정을 지은 채 신음하는 댄에게 시치미를 뚝 떼고 타박했다.

이제 반년쯤 지나면 댄은 정말 자신이 한 선언을 지켜서 몬스터 프론토를 척척 베어 쓰러뜨릴 수 있게 되니까 분명 방금 말했던『조금만 더』도 거짓말이 아닐 테지만…….

"돈은 무한하게 솟아나는 게 아니란 말야!! 신체 강화 마법을 익혀야 다음 보너스를 줄 거야."

"지, 진짜냐……. 큭, 진짜냐고……."

"자, 자요. 반대로 말하자면 열심히 노력해서 또 재도전할 수 있다는 말이잖아요? 카번헤임의 주변에는 몬스터 프론토의 상위종도 있다는 말을 들었거든요. 댄 씨도 노력해서 마법을 익히자고요."

"그야, 정크는 재주가 좋으니까 마법도 금방……. 레오네, 싸우는 소리가 들리는군. 제법 가까워."

문득, 풀어졌던 분위기를 싹 거둔 댄이 예리한 기세를 내비치면서 소리 높였다.

"슈피네, 숫자를 파악할 수 있어?"

"이미 하는 중이야. 하나, 둘……. 전부 열여섯 마리네. 상대하는 쪽은 아마도 세 명이고."

"결정 났네. 선수 필승! 자, 다들 가자!"

내가 일어서서 먼저 애용하는 활을 손에 쥐었다.

"어차피 이렇게 될 줄은 예상했지만요……. 아무튼 도와주려면 서두르는 게 좋겠습니다."

"뭐, 여기에서 이대로 캠프를 꾸려 봤자 휘말리게 될 가능성이 높잖냐."

전원이 무기를 손에 들고 일어서서 그 장소로 향했다.

"음? 굉장하군. 자꾸자꾸 마물의 기척이 사라지는데? 우리가 도착할 즈음이면 전부 끝났을 것 같구나."

"고위 모험가란 말이지? 뭐, 잘됐네. 장사 기회잖아!!"

게다가 얼마 뒤 일어날 난리를 생각하면 힘 있는 사람들과 우호 관계를 만들어 놓을 기회는 더할 나위가 없이 반갑다.

게다가 장사 인맥이 되어준다면 일석이조잖아.

"기척은 저쪽이야."

"굉장하네요, 벌써 거의 다 끝났어요."

목적지 가까이 왔을 때에는 이미 전투는 끝난 분위기였다.

"아무튼 말이나 좀 붙여보죠. 소재 매입차 교섭을 시도할 겸……."

그리고 그때였다. 겨우 도착한 목적지에서 보인 광경은 한 사람의 소년과 소녀.

흑발 소년이 낯익은 소녀의 목을 졸라서 기절시키는 장면.

곧장 머리에 피가 뻗쳐서 나는 시위에 메긴 화살을 발사했다.

줄곧 찾아다녔던 소녀를 발견한 순간, 사고하기에 앞서서 몸이 움직였다.

『수인이었으니까』.

그따위 이유 때문에 마을 사람들에게 인신매매를 당한 소녀를 구해주고 싶다는 바람을 갖고 쭉 행선지 곳곳에서 행방을 찾아다녔다.

"이 자식! 미나리스를 어쩔 셈이야!! 썩 떨어져!!"

그러던 내가 드디어 미나리스를 찾아낸 순간이었으니까.

☆

흐흠, 『미나리스를 어쩔 셈』이냐는 말이지.

'미나리스와 알고 지냈던 사이인가? 본인에게 직접 물어서 확인하고 싶지만…….'

유감스럽게도 당사자가 내 품속에서 축 늘어져 있다.

물론 내가 기절시켰지만, 미나리스의 의식은 어둠 속에 잠겨 있어 대화를 나눌 상태가 아니다.

"쳇, 귀찮게 됐군."

느닷없이 화살을 쏴 날릴 만큼 명확한 적의를 드러내고 이쪽을 노려보는 소녀.

도저히 대화가 통할 분위기가 아닐 뿐더러 미나리스와 아는 사이라면 섣부른 대응은 피해야 했다.

노예 처지에 열악한 환경에서 이리저리 끌려 다녔던 미나리스는 원래 살았던 마을의 정확한 위치를 알지 못한다고 말했다.

애당초 가까운 숲 말고 미나리스는 마을 바깥으로 나간 경험도 없었다고 했다. 기후 및 수인을 혐오하는 마을 사람들이 모인 장소라는 것까지는 알겠지만, 그런 정보만 갖고 마을의 장소를 파악하기란 여간 까다로운 게 아니다.

만약 미나리스의 과거를 아는 사람이라면 다음 복수를 위한 실마리가 된다.

'그렇다면『제압』하거나『도주』하거나.'

그러나『제압』은 유감스럽게도 상황이 안 좋다.

방금 전 화살의 일격, 모험가 중 고위에 자리매김할 만한 위력이다.

눈앞의 소녀와 나무 뒤편에 숨어 있는 나머지 세 명이 비슷한 기량을 보유했다면 적당히 봐주면서 제압 가능한 전력 차이가 아니었다.

미나리스를 품에 안은 채 나와 슈리아 단둘이 상대하기에는 이쪽에서 감당해야 할 위험이 크다.

'어쨌든 뜻하지 않게 죽이게 될 가능성이 있는 시점에서 탈락이군. 친밀한 상대라면 미나리스가 슬퍼할 테고.'

미나리스의 복수와 관련된 기억에 이 녀석들은 전혀 등장하지 않았다.

즉 미나리스의 복수 상대가 아닌 관계자라는 의미다. 그렇다면 어떤 방식의 대응을 하든 우선은 미나리스에게 확인을 구할 필요가 있겠다.

왕도의 무기 상점 아저씨 및 더틀러스의 고아원 등 내가 구하고 싶은 상대는 구했던 주제에 미나리스의 관계자를 대뜸 죽여버리는 짓거리를 해서는 안 된다.

'어쨌든 지금은 도망치는 게 유일한 방법인가. 딱히 이 녀석들한테 정보를 확보해야 하는 것도 아니잖아. 욕심부려서 위험을 무릅쓸 필요는 없지. 몸을 빼내기 위해서라도 먼저…….'

그렇게 생각을 정리하면서 나는 눈앞의 소녀에게 감정을 날렸고…… 곧이어 실패했다.

"윽, 잠깐, 뭐하는 거야!!"

"쳇, 역시 이 수준이면 안 통하는군."

노노릭 때와 마찬가지로 특성 및 스킬로 튕겨 낸 것이 아니라 마력 조작으로 감정을 막아 냈다.

역시 까다로운 상대임을 확인하면서 다음 행동으로 옮긴다.

"음, 슈리아, 물러난다!!"

"넷, 알았어요! 야옹아!!"

"이히힛!!"

"뭐야! 큭?!"

내가 일회용 투척 나이프를, 슈리아의 고양이 인형이 식기 나이프를 각각 집어 던졌다.

물론 그늘에 숨은 채 상황을 주시하고 있는 세 사람 상대로도 탄막을 펼치기 위해 다수를.

"우오오오옷?! 엇차?!"

"큭, 이미 알아차렸던 겁니까!"

"『마력 장벽(매직 배리어)』!! 앗, 뭐야, 거기 서!!"

그 틈에 미나리스를 안아 들고는 등을 돌린 채 도주를 시도한다.

물론 당연하게도 상대 역시 쉽사리 도주를 허락할 리 없었다.

"크, 거기 서!! 『중아(重牙)의 화살, 특진(特陣)』!!"

투척 나이프를 수월하게 쳐낸 금발의 소녀가 마력을 실어 강화한 화살을 발사한다.

미나리스를 안고 있었기 때문일까, 정확하게 팔을 노리는 그 사격을 심검으로 쳐냈다.

"윽, 상급 마법 사격까지 쓸 줄 알다니. 어쩌다 저런 사람을 알고 지냈던 거냐."

보통은 말이 안 되는 묵직한 사격이었기에 아직껏 깨어나지 않는 미나리스에게 괜히 물음을 던져본다.

나이프는 던져 봤자 다 튕겨 나갈 테니까 근처에 굴러다니고 있던 적당한 크기의 돌덩이를 집어 던졌다.

"으랏차!"

그러나 그 돌덩이는 나무 그늘에서 뛰쳐나왔던 적발의 검사가 널찍한 검을 휘둘러 쳐부쉈다.

"반격합니다!"

윈드 커터
"『풍신인(風神刃)』!"

마찬가지로 나무 그늘에서 뛰쳐나온 흑발의 경검사 차림 남자가 투척 나이프를, 분홍색 머리카락의 마술사풍 여자가 바람 마술을 날렸다.

"야옹아, 곰돌아!"

깡, 높은 쇳소리가 울려 퍼지며 슈리아의 고양이 인형이 투척 나이프를 쳐서 떨어뜨렸고, 곰 인형이 바람의 칼날을 집어삼켜서 흡수했다.

“윽, 양쪽 다 제법 실력자군요.”

“후유, 가벼운 기분으로 왔다가 골치 아픈 상대와 맞닥뜨리게 됐구나.”

그 말은 이쪽에서 할 대사라고 받아쳐주고 싶다만, 그럴 여유마저 없었다.

“『경속(輕速), 『시마산(矢魔霰)』』!”

다섯 대의 화살을 동시에 메긴 금발 소녀가 공중을 향해 활을 쏜다.

다섯 대였던 화살이 공중에서 분열을 일으키듯 숫자가 확 늘어나서 비처럼 내리쏟아졌다.

“쳇! 슈리아, 마력을 넣어서 금속 우산을 만들어!!”

“넷, 맡겨주셔요!!”

나는 미나리스는 한쪽 팔에 안은 채 나머지 다른 손으로【흡착검(吸着劍)】만들어 내면서 슈리아의 곁에 가까이 이동했다. 동시에 슈리아의 단단이가 우산처럼 우리의 위를 뒤덮었다.

밤이 캄캄한 탓에 눈으로 보고 확인하기 어려운 화살 빗발은 일격일격이 언뜻 보기보다 더한 질량을 갖고 있어서 굉음을 퍼뜨린다.

“『키꺄륵……!!』”

“큭, 화살 주제에 왜 이리 무거운가요!”

단단이에게 슈리아가 마력을 주입해서 쾅쾅쾅쾅, 내리쏟아지는 화살을 막아 냈다.

‘그래도, 좋아! 이제 조건은 갖춰졌다!’

나는 흡착검을 지면에 박아 세웠다.

“『흙먼지여, 지면에 모여들어라.』”

부웅, 검을 박아 세웠던 장소에서 반원형으로 황색의 빛이 퍼져 나가더니 지면을 하얀 흙먼지가 뒤덮는다.

당연히 공중에서 바닥에 떨어졌던 화살은 그 위력에 비례해서 더 많은 흙먼지를 피워 올렸다.

“크!! 시야를 막을 셈인가?!”

“잠깐만, 지금 내가 걷어 내겠어!”

마술사 차림 여성이 마력을 구축한다. 그보다 조금 더 빠르게 주변을 뒤덮는 흙먼지를 두른 두 개의 인영이 뛰쳐나와서 나무 그늘로 달음박질쳤다.

“놓칠 줄 알고!! 『풍신인(윈드 커터)』!”

뛰쳐나가는 인영을 향해 발사된 바람의 칼날은 나무줄기에 깊은 흠집을 내고 사라졌다.

“크!! 쫓아가자!!”

금발 소녀의 고함 소리에 따라 네 인물은 숲속으로 뛰어들었다.

그곳에는 이제 여전히 자욱하게 끼어 있는 모래 먼지만 남았다.

“……갔군. 서둘러 이동하자. 마력 은폐도 소홀히 하지 말고.”

“네넷, 알겠어요.”

쥐 죽은 듯이 고요한 그 장소에서 크게 우회하여 우리는 이동을 개시했다.

마지막에 힐끔, 슈리아가 달려 보냈던 대역 인형이 지나간 방향으로 시선을 향했다. 인형들을 쫓아간 네 명의 뒤에 붙여서 미행시키고 있는 찍찍스케의 모습이 보였다.

“『찍, 찍찍찍!』”

'잘 부탁한다, 찍찍스케.'

그다음은 일단 오로지 그곳을 벗어나는 데 주력했고, 미나리스를 등에 업은 채 숲속을 달려 나가면서 한쪽 눈 · 한쪽 귀로 찍찍스케의 오감을 확인했다.

"『……설마 이런 수법에 속아 넘어가다니…….』"

"『제대로 한 방 먹었는걸, 레오네.』"

아마 레오네라는 이름의 궁사가 눈앞에 나동그라져 있는 나무로 만든 인형을 보고 한숨을 쉰다.

그때까지 숲속 나무에 몸을 숨기면서 오로지 도망치라는 명령만 줄곧 수행했던 인형은 슈리아에게서 최저한으로 부여받았던 마력이 바닥난 탓에 잡동사니로 바뀌었다.

"『슈피네, 정크, 쫓을 수 있겠어?』"

"『……이 인형만 갖고는 무리야.』"

"『집중해서 기척을 뒤져봐도 걸리는 게 없네요.』"

슈피네라는 여마술사와 정크라는 이름의 경전사는 양쪽 다 복잡한 표정을 지은 채 고개를 가로저었다.

"……좋아, 거리를 감안해서 여기면 충분한가."

전달해주는 정보로 판단을 끝낸 우리는 다리를 멈췄다.

미나리스가 편히 쉴 자리를 만들어 주고 싶었고, 정보 파악도 차분하게 진행하고 싶었다.

"후유, 피곤하여요."

"아, 슈리아. 잠깐 미나리스를 부탁하자."

"네네, 알겠어요."

미나리스를 슈리아에게 맡긴 뒤 나무에 등을 기대고 둥글 주머니에서 대나무와 비슷한 식물로 만든 수통을 꺼내 들었다.

마른 목을 물로 적시며 찍찍스케가 전해주는 정보에 집중한다.

“『으윽, 으아앗!! 이제 겨우 미나리스를 찾아냈는데…….』”

“『진정하자, 근처에 있다는 것은 분명하잖아. 게다가 이렇게 잘 살아 있다고 확인도 했어. 크게 한 걸음 나아간 셈이잖냐?』”

“『댄…….』”

주저앉아 있는 레오네의 어깨에 댄이 손을 얹는다.

저런 분위기로 짐작하자면 정말 미나리스를 소중하게 여기는 것이 맞겠군.

미끼에 걸린 이유도 내가 미나리스의 목을 조르는 광경을 봐서 냉정함을 잃었던 까닭이었을까.

“노예 시절의 미나리스가 그렇게 싫은 관계를 구축할 수 있지는 않았을 텐데, 그렇다고 마을 주민은 아니겠고. 으음, 모르겠군. 도대체 미나리스와 어떻게 알게 된 사이인 거야……?”

슈리아가 지면에 두툼한 천을 깔고, 거기에 미나리스를 눕혀 이불을 덮어준 뒤 모닥불을 피웠다.

아직도 깨어나지 못한 미나리스를 보고 상념에 잠기면서, 한편으로는 레오네 일행의 분위기를 살폈다.

“『줄곧 찾아다녔는데 지금까지 발자취 하나 발견하지 못했었잖아. 게다가 방금 전 그 녀석, 미나리스를 지키면서 싸우더라고. 분명히 미나리스를 목 졸라 기절시켰지만, 미나리스가 위쪽에서 누르는 모양새였어. 자세를 감안하면 대화는 좀 나눠보는 게 좋지 않았겠냐?』"

"『그건…….』"

"『마지막에 『시마산』은, 음, 자칫하면 미나리스까지 피해를 입었을지도 몰라. 줄곧 찾아다녔던 미나리스를 겨우 발견해서 안달이 나는 마음은 알겠는데 말이다, 일단 좀 진정하자고.』"

"『게다가 방금 전에는 막 전투부터 벌였잖니? 노예로 팔린 미나리스를 정규 수단으로 구입한 사람이었다면 이쪽이 되레 범죄자로 몰리는걸. 먼저 공격한 것도 우리 쪽이었고.』"

"『…….』"

"『아무튼 다시 한 번 방금 전 장소까지 돌아가죠. 거기에서 다시 흔적을 찾아서 쫓아가보자고요. 다음번에 만났을 때 어떻게 대응할지 방침도 결정해야 될 테고요.』"

정크의 말에 나머지 두 사람도 왔던 길을 되돌아갔다.

그런 가운데 고개 숙인 채 레오네가 불쑥 중얼거렸다.

"『적당히 싸울 수 있는 상대가 아니었단 말이야.』"

불쑥 중얼거렸던 레오네의 혼잣말을 놓치지 않고 들을 수 있었던 것은 인형의 그림자에 숨은 찍찍스케와 나뿐이었다.

"어째서 이렇게까지 경계하는 거지?"

고유 스킬이라든가 뭔가 수단을 써서 위험성을 가늠이라도 할 수 있는 것인가 머리를 돌려봤다만, 고작 그만한 방법은 아니었음을 곧 절감하게 됐다.

"『……특수한 능력이 있는 검을 다루고, 게다가 그 흑발에 흑안, 그 얼굴 생김새……. 틀림없어. 그 남자의 정체는—.』"

"아니?! 뭐, 뭐라고?!"
콰득, 소리를 내며 손에 들고 있었던 수통이 산산조각 부서졌다.
뚝뚝 손을 타고 흘러서 물이 바닥에 떨어진다.
"카이토 님? 왜 그러셔요?"
"……이럴 수가, 세상에……. 대체, 어째서, 어떻게……!"
말도 안 돼, 말도 안 돼! 말도 안 돼!!
어째서 네가 그 사실을, 그 존재를 알고 있지.
잘못 들은 게 아니다. 레오네라는 이름의 소녀는 희미하게 새어 나오듯 나지막한 목소리로, 그렇지만 분명하게 말했다.

……나를, 『일본 출신의 전직 용사』라고, 그렇게 불렀다.

☆

아침의 쌀쌀한 공기가 뺨을 할퀸다.
평소보다 얼마간 빠른 기상은 별로 기분이 좋지 않았다.
"앗, 안녕히 주무셨어요?"
"……그래, 잘 잤어?"
미나리스도 쿠우도 그로부터 아직 한 번도 깨어나지 못했다.
마물 막이용 마도구 안쪽에서 아직 쓰러져 있는 미나리스를 나와 슈리아가 번갈아 간병해줬다. 뭐, 말이 좋아서 간병이지 스테이터스에 딱히 이상한 점도 안 나타나는 탓에 특별히 해줄 게 없었다.
가능한 부분을 말하자면 춥지 않도록 모닥불의 불이 꺼지지 않게 돌보는 것과 변화는 없나 상태를 살펴봐주는 정도가 고작이겠다.

쓱 올려다보면 아직껏 어스레한 하늘은 이제야 막 해가 떠오르려는 참이었다.

"슈리아, 나는 잠깐 세수 좀 하고 올게. 돌아오면 슈리아도 잠깐 눈을 붙이자. 완전히 해가 떠오르면 그때 다시 어떻게 할지 고민해 보자고."

그렇게 말한 뒤 나는 근처의 샘터로 향했다.

맑은 물이 솟아나는 샘터는 바닥까지 훤히 들여다보일 만큼 깨끗했다.

철썩철썩 얼굴을 씻자 샘물의 찬 감촉이 몸에 배어든다.

"……."

그 후 금방 일어섰던 레오네는 발길을 돌려 동료들과 함께 걸음을 옮겼다.

찍찍스케에게 계속해서 뒤를 쫓도록 지시했다만, 결국 알아낸 정보는 그 4인조가 모험가가 아니라 행상이 본업이라는 것.

그리고 카번헤임으로 향하는 도중이었고, 일단 거기에 마차를 맡긴 다음에 도시를 거점 삼아서 우리를 찾아 돌아다닐 계획이라는 사실이었다.

직접 확인해봐야 알 수 있겠지만, 행상인이라면 미나리스의 이야기에 나왔던 가끔씩 마을에 들른다는 행상인 겸 모험가 언니들 일행일지도 모르겠다.

그러나 그런 사실은 별반 중요한 문제가 아니게 됐다.

『일본 출신의 전직 용사』라고 그 여자가 분명히 말했었기에.

일본 출신의 전직 용사라고.

"말이 안 되잖아……. 어떻게 된 거야?"

내가 이 세계에서 일본이라는 고유 명사를 언급한 것은 첫 번째 세계 때와, 그리고 미나리스와 슈리아를 대상으로 말했던 것이 전부다.

그런데도 어째서 일본 출신이라는 말이 나오는가.

……이세계의, 용사라면 또 모를까 일본 출신이라니.

"게다가 『전직』 용사라니?"

백번 양보해서 나를 용사라고 판단한 것은 넘어가자.

나의 히든 스테이터스 중 『용사』의 칭호를 훔쳐볼 수 있는 고유 스킬을 소유했다면 가능성은 낮아도 절대 불가능하지는 않다.

그러나 스테이터스만 보아서는 내가 지금은 용사라고 인정받지 못한 처지임을 알 방법이 없다.

"알레시아가 보낸 추격대인가……?"

마치 스멀스멀 온몸에 배어드는 독처럼.

그 대답과 일본이라는 단어를 언급했다는 사실이 결부된다.

"설마, 또, 지구에서……!"

미처 끝맺지 못한 결론의 말은 온몸에 도는 피를 얼어붙게 만들 만큼 몹시도 싸늘했다.

목구멍 안쪽이 떡 막히는 압박감이 마음을 옥죄인다.

"아니야, 이게 오히려 말이 안 되잖아!!"

부들부들, 나는 고개를 흔들었다.

그 녀석들은 거의 틀림없이 미나리스의 관계자. 그리고 내가 소환

된 이후 미나리스와 만날 때까지 걸린 시간에는 거의 차이가 없다.

나보다 늦게 소환된 인간은 미나리스의 지인이 되지 못한다.

"젠장, 대체 뭐냐고. 그 녀석들은……."

모자라다, 정보가 너무 모자라다.

수중에 있는 정보로는 납득이 될 만한 해답에 다다를 수가 없다.

어쨌거나 무시한 채 지나갈 수는 없을뿐더러 선택 가능한 수단도 많지 않다.

아직껏 줄곧 잠들어 있는 미나리스의 이야기를 들은 다음에 급히 대응책을 마련할 필요가 있다.

그러니까 지금 내가 반드시 짚고 넘어가야 하는 사안은…….

"어째서 그때, 나는 소환 마법진을 부수지 않았을까……."

두 번째 세계의 시곗바늘이 돌아가기 시작했을 때 나는 분명히 소환 마법진을 파괴할 수 있었다.

그때는 이렇듯 두 번째 세계를 맞이하게 된 환희 때문에 머리에 가득 피가 올라왔었다.

충족되는 유열에 허우적거렸음은 부정하지 않겠다.

그러나 나 같은 존재를 절대 또 만들지 않기 위해서라도 그 마법진은 부숴야 하지 않았던가?

어려운 일은 아니었을 텐데?

"……그래, 제기랄, 또 잘못했구나."

한 차례 의문을 떠올렸을 때 대답은 어렵지 않게 가만히 입 밖으로 나왔다.

마치 눈앞의 수면처럼 마음 깊숙한 곳 바닥이 잔잔하게 움직임을 멈춘다.
아무것도 느껴지지 않는, 자신 혼자만 시간이 멈춰버린 듯 기묘한 마음의 정적은, 그렇지만 곧.
주체할 수 없이 격렬한 후회를 불러일으켰다.
"으아아아아아아아아아아아아아앗!!"
마치 몸속을 돌아다니는 피가 펄펄 끓는 산으로 바뀌어버린 듯 몸 안쪽을 휘젓는다.
어째서 소환 마법진을 남겨 놓았는가.
……대답은 결국, 내게 아직껏 본래 세계에 돌아가고 싶은 마음이 있었기 때문이다.
그 마법진은 나에게 남아 있는 거의 유일에 가까운 실마리였기 때문이다.
"젠장, 젠장!! 젠장맞을!!"
가족도 친구도 전부 다 잃어버리고도.
그 광경을 보고 또다시 절망할지라도.
"그래, 빌어먹을! 돌아가고 싶어! 당연히 돌아가고 싶지 않겠냐!!"
쿵, 쿵, 주먹으로 바닥을 내리친다.
모두가 다 사라진 본래 세계를 직접 목격한 게 아니니까.
어쩌면 본래 세계에 돌아갔을 때 따뜻했던 지난 나날을 다시 누릴 수 있는 것이 아닐까 싶어서.
희미해지고, 희미해지고, 희미해지고……. 부서지고, 그럼에도.
그런 마음이 마치 망령처럼 들러붙은 채 떨쳐지지가 않아서, 그래서.
"돌아가서 절망만 겪게 된다고 해도……. 당연히 돌아가고 싶지 않겠냐고……!"

……그러니까 무의식중에 희박한 가능성에 매달렸다.

왕국에는 또다시 소환을 실행할 만한 여력은 없다고, 이대로 마법진을 방치해도 문제없다고.

그래도 역시 그것은『잘못』이었다.

그런 불확실한 가능성에 매달리니까 정작 소중한 대상들이 손바닥 바깥으로 흘러 떨어졌다.

"몇 번을 되풀이해야 배우는 거냐……. 나는……."

겨우 쥐어짠 목소리가 새어 나온다.

구제 불능이다, 전혀 어떠한 성장도 이루어 내지 못했다.

거듭거듭 거듭거듭 그 탓에 지독한 경험을 겪어 놓고도, 그럼에도 질리지 않고.

그 달콤한 독 한 방울이 세계를 죽인다.

얄팍한 희망으로 도망쳐서, 작은 불안이라며 눈을 감은 채 알아차리지 못한 척, 보지 못한 척.

그렇게 잘못에 잘못과 더한 잘못을 저지른 끝에.

나는 지금 이곳에 있다.

"대체, 나라는 놈은. 그렇게 본래 세계에 돌아가고 싶어? 이제 헛꿈은 놓아줘도 되잖아……?"

잘못은 대체로 돌이킬 방법이 없다.

이번에도 마찬가지다. 이제 와서 왕국에 되돌아갈 수 없을 뿐 아니라 비밀통로도 벌써 막혔을 테니까 소환의 방에 진입하기도 어렵다.

"결정했잖냐……. 그날, 그때, 그곳에서, 다른 전부를 희생해서라도."

잊지 않도록, 잘못 선택하지 않도록, 스스로 가장 우선해야 할 목표를 확실하게 달성하기 위하여.

아직껏 마음속은 물결치고 있고, 고향을 그리워하는 심정이 사라진 것도 아니다.

그래도 본래 세계에 돌아가고 싶다 바라는 소망이 있었음을 억지로 힘겹게나마 내 내면에서 받아들임으로써 더더욱 확실하게 깨달았다.

본래 세계에 돌아가자는 멀고도 먼 미래의 소망 따위는 아무래도 좋단 말이다.

“전원 기필코, 이곳까지 끌어내리겠어.”

샘의 물방울에 젖은 머리카락을 한쪽 손으로 꽉 쥐어짰다.

본래 세계에 돌아가면 어떻게 될까 의식하며 상상하다가 그것이 구체적인 이미지로 떠오르기도 전에 「웃기지 마라」하며 끊어냈다.

귀환 수단이 어쩌고저쩌고 늘어놓기 이전의 문제였다.

내게는 아직 이 세계에서 못다 이룬 목표가 있다.

그 놈들을 죽여야 한다.

죽이고 죽이고 죽이고 죽이고 전원 다 죽여서 끝장을 내버릴 테다.

그때까지 나에게 희망 따위는 필요 없었다.

“가만히 주춤거릴 틈도, 뒤돌아볼 여유도 나에게는 없어……!”

그렇다, 아직은 끝나지 않았다. 아무것도 끝나지 않았다.

내 손안에 있는 것은 자신의 몸마저 불살라버릴 듯한 이 검은 열기뿐이면 된다.

“……이대로 돌아가서 한심한 낯짝을 보여줄 순 없지.”

나는 다시 한 번 샘물로 세수를 했다.

•

원래 장소에 돌아와서 졸린 눈치의 슈리아에게 누우라고 말해준 뒤 두 시간가량 지났다.

이제는 슬슬 슈리아를 깨울까 생각하던 때 미나리스에게서 목소리가 들렸다.

"으응……. 으으……."

느릿느릿 바닥에 손을 짚고는 흐리멍덩한 분위기 그대로 주위를 둘러보고 있다.

"깼어? 상쾌한 아침이군. 좋은 꿈 꿨고?"

"주인님……?"

여전히 멍한 채 눈 주위를 문지르던 미나리스는 점점 의식이 분명해졌는지 시선도 또렷해졌다.

"제, 제가……."

"쓰러지기 직전의 상황은 기억이 나나?"

"……네, 몬스터 프론토를 해치우고, 그러고 나서, 몹시, 몹시도 갈증이 나서……. 앗, 주, 주인님! 제, 제가, 무슨 짓을……."

"몸에 위화감은 없고? 괴롭거나 불편한 데가 있지는 않아?"

"왜 저를 신경 쓰세요! 주인님이야말로 괜찮으세요?!"

"진정해, 내가 한 번 물렸다고 어떻게 될 리 없잖아. 아주 팔팔하게 보이지 않냐?"

당황하는 미나리스를 살짝 안아서 머리를 쓰다듬어줬다.

미나리스는 본인이 깨물었던 위치를 몇 번이고 손가락으로 더듬어 가며 거기에 상처 자국이 없나 확인했다. 약간 간지러워도 지금은 참을 수밖에 없겠다.

잠시 가만있다가 톡톡 등을 두드려서 달래준 뒤 떨어졌다.

"일단은 자기 상태부터 확인해. 가장 큰 변화를 겪은 게 너잖아. 분명하게 말해서 나도 도대체 무슨 일이 일어났던 것인지 모르겠어. 먼저, 위험하다는 느낌은 안 들어? 스테이터스도 확인하고."

그 말에 미나리스는 자기 몸을 둘러봤다.

"저는, 괜찮은 것 같아요. 그때처럼 갈증도 딱히……. 앗, 꺄악?!"

갑자기 미나리스가 몸을 움찔거리며 소리 높였다.

"왜 그래?!"

"아, 아뇨, 옷 속에 뭔가……. 읏, 아햐, 잠깐! 그만, 흐앗!!"

미나리스의 옷 속에서 굼실굼실 뭔가가 움직이고 있다.

"아, 아하, 그러고 보니 쿠우가 네 옷 속에서 잠들었지……."

"네? 그러면 얘가!"

"『뿌훗, 답답해~ 꺄으~.』"

"꺄악?! 간지러워!"

"『쁘하앗!!』 읏, 아, 빠빠~! 맘마~! 답답했어."

미나리스의 앞가슴 위쪽으로 뿔록 얼굴을 내민 쿠우가 으읏, 신음소리를 낸다.

"뭐, 아무튼 몸에 이상은 없단 말이군? 쿠우와 동화했을 때의 기억은 얼마나 남아 있어?"

"네, 그때는 몸속 깊숙한 곳에서 빙글빙글 정처도 없이 힘이 솟아났어요. 그 대신, 마치 복수를 실행할 때처럼 흥분감이 차올랐습니다. 기력도 마력도, 쏟아붓지 않으면 안쪽에서 터져 나갈 것 같다는 느낌이 들어서…….”

미나리스는 하나하나 자신이 겪은 기억을 확인하듯 입 밖에 말을 꺼내 놓았다.

“그래서, 마지막 마법을 썼을 때, 이번에는 갑자기 몸속의 에너지가 쭉 오므라들더니……. 그게, 굉장히 배가 고팠어요……. 눈앞이, 빨간색과 하얀색으로 물들어서, 그게, 주, 주인님의 피를…….”

그렇게 말한 뒤 미나리스는 얼굴을 새빨갛게 물들이더니 손을 쏙 쥐어 입가에 갖다 대고는 고개 숙인 채 꾸물꾸물했다.

힐끔힐끔 이쪽을 쳐다보는 동작은 아무래도 미안하다는 감정에 앞서 쑥스러워하는 듯 보인다. 아니, 잠깐만, 잠깐. 그게 쑥스러워할 일인가?

“쿠우는 미나리스의 안에 들어갔을 때 기억을 떠올릴 수 있을까?”

“으응? 몰라, 몰라아. 그래도 따아뜻했어~!”

쿠우는 혀짤배기 말투로 대답하더니 뭐가 즐거운지 꺅꺅 기뻐했다.

“또 미나리스의 안에 들어가 달라고 말하면 쿠우는 들어가줄 수 있을까?”

“응? 아마도 될 꺼야~.”

그렇게 대답하면서 쿠우는 미나리스의 앞가슴 바깥으로 나온 뒤 머리카락을 붙잡아 머리 위쪽에 타고 올랐다.

“그렇구나……. 솔직히 말하자면 쿠우의 정체가 무엇인지, 그 상태도 뭐가 어떻게 된 건지 잘 모르겠다. 흡혈귀화한 듯 보이기도 했지만, 아무래도 그렇게 단순하게 정리할 수 있는 사안이 아닌 것 같아. 당분간 쿠우는 미나리스와 제멋대로 동화하면 안 된다?"

"네엣~!"

정말로 알아들은 게 맞기는 한지 미묘한 분위기로 쿠우가 대답했다.

약간 불안하지만 더 이상 뭐라고 말해 봤자 별 효과는 없을 듯싶었다.

"자, 그러면 이제 미나리스가 쓰러진 다음 이야기를 해볼까."

"쓰러진 다음 이야기라니요?"

궁금하다는 표정을 짓는 미나리스에게 나는 레오네라는 이름의 여자에 대해 설명을 시작했다.

"말씀을 들어보니, 마을을 방문했던 행상인 일행이 틀림없을 거예요."

내 설명을 들은 미나리스는 깊숙이 고개를 끄덕거리면서 대답했다.

"그런가……. 그렇다면 역시 내 다음번에 소환된 용사일 가능성은 없겠군. 가장 유력한 쪽은 나보다 먼저 소환되었을 경우인가."

얼굴 생김새가 일본인이 아닌 까닭은 혼혈이라고 가정하면 앞뒤가 맞고, 『일본』이라는 발언도 모순되지 않는다.

도대체 누가 소환을, 혹은 어째서 여태 방치했는가, 이런저런 의문은 많으나 내가 이 세계에 오기 전 은밀하게 실행했었다면 절대로 용사 소환이 없었다고 잘라 말하지는 못한다.

"어쨌든 간에 직접 물어볼 수밖에 없나. 정말로 용사인지도, 미나리스의 마을에 대한 정보도."

"……그러면 어딘가에 감금해서 정보를……."

"아니, 이번에는 강경 수단으로 캐묻고 싶지는 않군. 너도 별로 험악한 수단을 선택하고 싶진 않잖아?"

미나리스의 표정이 일순간 살짝 일그러지는 것을 나는 놓치지 않았다.

"안 됩니다, 주인님!! 작은 감상은 접어 두고, 무리해서라도 분명한 정보를 확보하는 게 중요합니다!! 제게 마음을 써주시는 것은 물론 기쁩니다만, 복수에 방해가 될 배려는 필요 없어요!"

그렇게 말하는 미나리스의 눈에는 한 발짝도 물러나지 않겠다는 싸늘하고 강한 의지가 깃들어 있었다.

"바로 그래서야. 우리가 이제부터 갈 곳은 카번헤임이지. 그 도시에는 마침 괜찮은 계약 마도구가 있어. 그 물건을 잘 사용하면 합법적으로 알고 싶은 정보를 확보할 수 있겠지. 고문에 굳이 수고를 들일 필요도 없이 말이야. 게다가 괜히 죽여서 오히려 정보가 전달될 가능성도 있잖아? 당분간 도시에서 머물러야 하는 점을 감안하면 최선의 선택 아니겠어?"

"그렇습니다만……."

"게다가 그 녀석들이 혹시 나는 모르는 『용사』라면 어떤 비장의 수단을 갖고 있을지 짐작도 가지 않는다고. 가능하면 뭐가 어떻게 튀어 나갈지 모를 사태는 피해야 할 테고, 혹시 감행하더라도 정보를 다 모은 다음이어야 해. 「몰랐기 때문에」가 가장 무섭다는 건 알잖아?"

우리는 그 때문에 전부를 잃어버렸으니까.

"……그 말씀은, 맞습니다만."

"다행히 상대측은 네게 집착하는 모습이었어. 이토록 좋은 조건이 다 갖춰졌다면 처음부터 강경 수단을 동원할 필요는 없지. ……그렇게 할 필요가 생겨나지 않는 동안에는 말이야."

아마도 아닐 것이라 예상하지만, 그 녀석들이 알레시아 왕녀와 줄이 닿았을 가능성도 있다.

혹시 사실로 확인될 경우 기필코 없애버려야 한다. 설령 미나리스가 싫어하더라도 나는 그 녀석들을 죽일 것이다.

"자, 그러면 빨리 이동하자. 어서, 슈리아도 일어나라."

"으응~ 아직 졸리어요~."

수면을 방해받고 싶지 않은 마음은 이해된다만, 이번에는 투정을 마냥 받아줄 수가 없었다.

"후, 다른 때였다면 조금은 더 재워줬을 텐데……. 쿠우, 찍찍스케, 해치워드려라."

"해치어? 해치어엇~!"

"『찍찍!!』"

"와앗?! 가, 간지러워욧?!"

서로 장난치면서 노는 쿠우와 찍직스케에게 지시 내리자 계속 누워 있었던 슈리아의 얼굴을 날름날름 핥아서 깨웠다.

얼굴을 끈적끈적하게 당해버린 슈리아는 울상 지은 채 고개를 들어 올렸다.

"후딱 그 침투성이 지저분한 얼굴을 씻고 와라, 빈유 엘프. 잠에 취할 시간이 없단 말이다."

"하윽, 이런 방법으로 깨워 놓고서, 게다가 곧장 이렇게 매도까지! 너무하셔요오! 우헤헤~."

전혀 대사와 표정이 안 맞는다만, 뭐, 평소와 다를 바 없으니까 좋다고 치자.

"그러면 빠릿빠릿하게 움직이자. 나는 말이야, 나중에 뒤쫓아 가는 것보다 미리 준비를 갖춰 기다리는 게 더욱 좋거든. 그래야 주도권을 쉽게 잡을 수 있으니까."

접촉하려면 가능한 한 빨리, 아울러 가능한 한 사람들의 눈이 많은 장소에서.

그래, 예를 들자면 도시에 진입할 때 검문소 같은 곳이 최적이겠군.

"뭣……! 뭣……! 뭣……!"

"오, 예상보다 조금 늦었군."

이곳은 카번헤임을 빙글 둘러싸고 있는 성벽의 앞.

이 나라 특유의 푸른 하늘 같은 청색 성벽에는 특수한 마법이 부여되었다고 한다. 저 성벽 주위에 따라서 도시 전체를 결계가 뒤덮고 있다.

성벽 앞쪽에는 입장을 기다리는 행렬이 기다랗게 늘어졌고, 우리는 이렇듯 대열의 최후미에 자리를 잡은 채 레오네 일행을 기다리고 있었다.

"큭!"

"이런, 손쓰기 전에 주변 상황을 돌아보라고?"

즉각 활을 꺼내 들려는 레오네에게 말을 건네서 제지했다.

솔직히 말 건넬 틈조차 없이 공격당하는 것이 아닌가 내심 흠칫흠칫했다만, 예상대로 놀라서 움직임을 멈춰줬다.

"이봐, 여기에서 난리를 피우면 골치 아프다고, 레오네."

"맞아, 진정하자."

"……나도 알아."

동료들도 달래준 덕에 레오네가 손을 멈췄다.

자제해준다면야 딱히 상관없다만 아예 시비를 안 걸어줘도 또 곤란한 관계로.

"그래그래, 이렇게 사람들 눈이 많은 곳에서는 뭐라고 둘러대도 변명이 안 통하잖나? 너희가 어떻게 생각하든 간에—."

"꺄악?!" "하윽!"

"이 녀석들은 내 여자니까."

나는 알고 지냈던 녀석들의 기억 중 그 거만한 자식의 이미지를 참고해서 가능한 한 능글맞게 보이도록 미나리스와 슈리아의 허리를 끌어안았다.

미나리스의 머리카락을 쓸어 올려서 여봐란듯이 노예 문장을 보여줬다.

"이, 이 자식!!"

"자, 그런고로……. 너희들, 이 녀석을 데려가고 싶은가 봐?"

"으응!!"

미나리스를 더욱 강하게 끌어안은 채 우쭐거린다.

"그렇다면 거래를 해줄 순 있다만? 어떡할래, 아니면 이 자리에서 위병을 불러줄까?"

가볍게 목을 까딱거리자 행렬에 서 있는 녀석들의 시선이 모여드는 것이 느껴졌다.

검문소와 가까운 곳에 있는 위병들도 힐끔힐끔 이쪽을 쳐다본다.

거친 패거리들의 분쟁을 제지하는 것도 저들의 역할 중 하나이기 때문이었다.

"……나쁜 놈."

저 말에서 느껴지는 감정은 꾸밈없는 혐오.

"그래, 마음에 들어. 칭찬이군. 그럼 일단은 얌전하게 줄이나 설까."

오랜만에 받게 된 **유쾌하게** 예리한 시선을 느끼면서 우리는 레오네 일행에게 등을 돌린 채 대열에 섰다.

"『홀딱 넘어왔어요, 쉬운 사람들이어요.』"

"『네, 정말로요. 저 사람들은 변하지 않은 것 같네요.』"

미나리스는 기쁨 반 곤란함 반, 복잡한 표정을 지었다.

대화할 때 심화(心話)를 쓰자는 것은 사전에 미리 결정한 방침이다. 저 녀석들은 내가 억지로 미나리스와 슈리아를 복종시키고 있는 쓰레기 놈이라고 생각해줘야 한다.

그게 아니라면 거래 조건으로 내세울 미나리스의 노예 해방이라는 가치가 뚝 떨어진다.

"『거참, 황당할 만큼 꾸밈없는 녀석이군.』"

저런 사람이 훨씬 더 많았다면 나는 아직껏 『용사』로 남아 있지 않았을까.

……아니, 그렇지는 않겠군.

어쨌든 간에, 무엇을 선택하더라도.

전부를 다 알게 된 이후에는, 용사로 남아 있기를 선택할 순 없었을 테니까.

“『정말 가능하면 원만한 수단으로 끝내고 싶어.』”

그럼에도 이렇게 유쾌한 녀석들은 그에 걸맞은 복을 누려주면 좋겠다.

……그런 까닭에 절대로 우리와 어우러질 수 없음을 알면서도.

“좋아, 통과하도록!”

“예, 고마워요.”

그렇게 대략 한 시간이 지난 뒤 길었던 줄도 이제야 우리 차례가 돌아왔다.

검문소에서 초병의 허가를 받고 푸르게 물든 반투명 막을 지나간다.

“꺄, 읏, 갑자기 따뜻해졌어요.”

“흐음, 겉모습이 다가 아니라 정말로 기능을 하는군요. 이토록 따뜻하면 방한용 망토는 오히려 더울 정도입니다.”

방금 전까지 살갗을 예리하게 가르는 듯 쌀쌀했던 공기가 확 달라져서 초봄 무렵의 지내는 데 편안하며 따뜻한 공기로 바뀌었다.

마법 도시라는 이름치고 거리의 풍경은 판타지틱한 느낌은 들지 않았다.

여느 도시와도 다르지 않은 평범한 풍경이 이어졌다만, 다른 도시와 다른 부분을 집어보자면 거리를 지나다니는 사람들 중 마술사의 비율이 대단히 높다는 정도일까.

"……그래서, 이제부터 어떡할 건데?"

"일단『리치먼드의 계약서』를 사러 간다. 이 도시에서 거래하려면 그 물건이 최고잖아."

리치먼드의 계약서.

그것은 카번헤임의 시조라 일컬어지는 리치먼드, 역대 최강의 마술사로 유명하고 수많은 마술 체계를 구축했던 옛 천재가 만들었다 알려져 있는 마술 계약서다.

계약을 체결할 당사자끼리 해당 시점에서 진심으로 계약을 원하지 않는 한 발동이 되지 않을뿐더러 양피지에 기록한 계약 내용의 수행을 강제해주는 매직 아이템.

나는 현물을 본 적이 없다만, 그 명령권을 행사하여 하달한 명령에는 노예 문장 이상의 강제력이 발휘되는 까닭에 그야말로 법국의 비법이라도 동원하지 않는 한 해주는 불가능하다는 설명은 들어 두었다.

"진짜냐……." "와아……." "화끈하네……."

레오네 측의 세 인물은 계약서의 가격을 알기 때문인지 저런 소리가 새어 나왔다.

계약서 중 최고봉에 위치하는 물건이다. 당연히 가격도 제법 비싸다.

"……많이 비싼가요?" "비싼 물건이어요?"

"한 장에 금화 열 장이 시세야."

"""……."""

사이좋게 동시에 물어봤던 미나리스와 슈리아에게 대답을 돌려주자 깜짝 놀라서 눈이 휘둥그레졌다.

금화 열 장이면 일본 엔화로 대략 100만 엔.

해당 물품에 대한 금액으로 비싼 값인지 싼값인지 사람마다 느끼는 바는 다를 테지만, 일반적인 경우는 큰돈임이 틀림없겠다.

실제로 저 액수의 금화를 한 번에 사용하려면 주머니가 대단히 허전해진다.

못 쓸 금액은 아니지만, 곧 미나리스와 슈리아의 입학 비용도 내야 하니까.

"『주, 주인님, 정말 그렇게 값비싼 물건을 구입하시려고요?』"

"『그래, 꼭 필요하니까.』"

작은 목소리로 말을 건네는 미나리스에게 딱 잘라 답해줬다.

뭐, 그런 물건을 사들이면 온갖 이목을 끌어모을 테니까 평범하게 구입할 뜻은 애당초 없었지만.

그러니까 미나리스야, 힐끔힐끔 돈이 들어 있는 둥글 주머니를 쳐다보는 짓은 멈춰주겠니.

슈리아는 「오늘 숙소는 초라하겠네요」라고 말하지 마라. 그리고 살짝 기뻐하는 표정도 짓지 말고. 초라한 숙소에서 묵을 필요가 없게 어떻게든 수를 낼 테니까.

"흠, 여기야, 여기."

기억을 더듬어서 도착한 곳은 허름한 고물상.

"아니, 이봐. 리치먼드의 계약서를 사러 가는 게 아니었어?"

레오네 일행의 심정을 대변해서 댄이라는 이름의 남자가 의문을 표시했다.

"여기가 맞아, 따라와."

그 말을 무시한 채 나는 가게 안으로 발을 들여놓았다.

가게 내부에는 바깥의 인상과 마찬가지로 먼지를 뒤집어쓴 통일성 없는 물품들이 난잡하게 굴러다니고 있었다.

"히힛, 어서 옵쇼."

가게를 보고 있는 사람은 굉장히 수상쩍은 인상의 노인.

이런 인간이지만 사실은……. 딱히 반전은 없고 인상만 좀 수상쩍은 평범한 노인이다. 숨은 강자라거나 사실은 거물이라거나 그렇지도 않다.

이곳은 평범하게 수상쩍은 물품을 수상쩍은 가격에 판매하는 곳, 삼류라 부르기에 적당한 가게였다.

내 취향에 딱 들어맞는다.

"뭐가 필요해서 오셨소?"

"아, 됐어. 알아서 찾아볼게. ……오, 이거, 이거야."

가게 안을 둘러보다가 선반의 옆쪽에 산더미처럼 쌓여 있는 책 가운데 목적했던 한 권을 손에 들었다.

퍽퍽, 겉면의 먼지를 털어 내면서 노인을 돌아본다.

"오오, 손님은 눈이 높으시군! 그 물건은."

"해설은 필요 없는데. 대은화 두 장에 어때?"

"호오?"

딱, 계산대에 돈을 올려놨다.

"부족한가? 그러면 한 장만 더 추가하지. 더 이상은 낼 마음이 없다만…….”

“아, 아뇨! 이 돈이면 충분합니다!!”

또다시 대은화를 한 장 더 올려놨더니 이제는 자기 것이라는 양 허둥지둥 돈을 낚아챘다.

“볼일 끝났다, 가자.”

“응? 그 책을 사러 온 거니?”

“그래, 맞아.”

짧게 대답하자 질문했던 슈피네가 의문이 담긴 시선으로 이쪽을 관찰한다.

레오네의 동료들은 영문을 모르겠다는 분위기로 나를 쳐다봤다. 그러나 그중에서 오직 한 사람, 레오네만큼은 당혹감이 아니라 역시 경계심 서린 눈으로 나를 보고 있었다.

“……장소를 옮길까. 길거리에서 적당히 끝낼 이야기도 아니고.”

낮이 중간을 지나갔을 무렵.

이동한 곳은 한창 매상을 올릴 시간이 지났는데도 제법 떠들썩한 대중식당이었다.

“그래, 이제는 좀 거래 어쩌고 이야기를 슬슬 할 수 있을까?”

앉은 자리는 가게의 가장자리 쪽 장방형 탁자.

각각 탁자를 사이에 두고 맞은편에 앉아 있었다.

한편 미나리스와 슈리아는 노예라는 관계를 강조하기 위해 자리에 앉히지 않고 세워 놓았다.

사전에 상의했던 대로「어쩔 수 없이 복종하는 거예요!」비슷한 표정을 짓고 있다.

이래저래 복잡한 기분은 좀 들지만, 외형을 봤을 때 색기가 있는 메이드복과 슈리아의 미니스커트 기모노도 도움이 됐다.

"그래, 배도 고프고 후딱 거래를 진행하자고."

나는 얼마 전 구입한 헌책을 꺼내서 표지 장정을 잡아 뜯었다.

"어?" "진짜냐!" "이거 설마."

가죽 장정의 안쪽에서 비단처럼 온기를 지닌 양피지가 나타났다.

백지의 리치먼드의 계약서다.

다만 놀란 목소리가 터져 나오는 와중에 유독 레오네는 얼굴을 굳히면서 다른 반응을 나타냈다.

"내가 너희에게 요구할 조건은 세 개야. 정보 제공과, 우리의 불이익이 될 만한 행동은 일절 금지, 그리고 일단, 계약을 해소하려는 행동의 금지까지."

"……정보 제공?"

"그래, 내 질문에 거짓말하지 않고 전부 다 대답하면 된다. 대가로 제시할 조건은 노예 문장의 제거 및 이후의 행동을 일절 강제하지 않고 미나리스의 자유 의지에 맡기겠노라 약속하지."

"그것만 갖곤 모자라. 그쪽에 불이익이 될 만한 행동을 금지하겠다면 너도 우리를 건드리지 않겠다는 조건을 추가해줘야겠어."

"흐음, 뭐, 당연하군."

역시 계약 관련은 상인답게 빈틈이 없다.

불이익이 될 만한 행동을 억제당하는 이상 이쪽에서 내키는 대로 수작을 부려도 상대측이 반항을 못 하게 된다.

"알았어. 이쪽에서는 너희에게 부당한 위해를 가할 행동은 일으키지 않을 것. 조건은 이렇게 하면 되나?"

마지막으로 조건을 확인하며 물었다.

"정말로 그런 조건이면 된단 말이지?"

더한 경계심을 담아서 레오네가 나를 쳐다본다.

솔직히 우리에게 불이익이 될 만한 행동을 금지한다는 조건만 받아들인다면 다른 것은 아무래도 좋았다. 이 조항이 있는 한 설령 이 녀석들이 어디의 끄나풀이든 간에 문제가 사라지니까.

그뿐 아니라 『불이익이 될 행동』이 되지 않기 위해서 취할 행동은 우리의 행방을 잘 숨겨줄 것이다.

뭐, 이 조건을 받아들이는 시점에서 어딘가의 끄나풀이었을 가능성은 한없이 낮아지는 셈이지만.

"그래."

나는 대답을 돌려준 뒤 조건을 계약서에 써넣었다.

"자, 이제 너희들 전원의 이름을 쓰면 끝이다."

"……일단 다 같이 문장을 한 번 더 확인할게."

마음을 놓지 않고 경계한 채 레오네는 계약서에 쓰여 있는 내용을 쭉 훑었다.

다른 멤버도 차례차례 확인을 마친 뒤 이름을 서명했다.

그렇게 마침내 나를 포함하여 다섯 명분의 이름이 들어간 계약서가 완성됐다.

"좋아, 이제 계약은 완료됐군."

내가 손에 든 계약서를 세로로 잡아 찢자 아래에서 하얀 불꽃이 타오르더니 계약서는 일순간에 싹 불살라졌다.

그리고 마지막으로 불티처럼 흩날린 작고 하얀 불꽃이 이름을 쓴 전원에게 빨려 들어갔다.

"""""""윽."""""""

즉각 머릿속에서 목소리가 울려 퍼진다.

「미나리스의 목걸이를 풀어라, 지금 당장, 한시라도 빨리.」

"크, 시끄러워. 명령하지 않아도 풀 거야."

다른 생각을 하려고 들면 잡념을 지워 없애겠다는 듯이 머릿속에 명령이 쾅쾅 울려 퍼진다.

"미나리스, 목덜미를 이리로."

"네, 넷, 주인님."

머리카락을 쓸어 올려서 목덜미를 드러낸 미나리스.

나는 손등의 주인 문장에 마력을 불어넣어서 파란 빛을 짙게 내뿜는 자신의 문장을 미나리스의 목덜미에 가져다 댔다.

마치 서로가 상쇄되듯 내 주인 문장과 미나리스의 노예 문장이 타오르는 철판 위쪽에 물방울을 떨어뜨린 듯한 소리를 내며 연기가 피어오른다.

그리고 미나리스의 목덜미에 각인돼 있던 노예 문장은 흔적도 없이 사라졌다.

그와 동시에 머릿속에서 시끄럽게 떠들어 대던 목소리도 사라져 간다.

"어디 보자, 이제야 겨우 귀찮은 협상이 끝났군. 일단 밥부터 먹자, 밥. 자, 너희 둘도 얼른 앉아라."

"네네, 알았어요! 슈리아, 고기를 먹고 싶어욧!"

"으음, 뭐랄까, 미묘하게 허전한 기분이네요……. 이제까지 별로 의식도 한 적이 없었는데 말이죠……."

""""""…………(멀뚱멀뚱).""""""

기다리다가 지쳤다는 듯이 미나리스와 슈리아가 양쪽 옆 의자에 앉는다.

휙 태도가 바뀐 우리를 보고 레오네와 동료들은 놀라움을 감추지 못했다.

응응, 괜찮네. 저 표정. 속여 먹는 재미가 아주 쏠쏠하군.

"아, 여기요. 이 가게에서 추천하는 고기 요리를 셋, 맛있게 부탁드립니다. 아, 주인님도 같은 메뉴로 괜찮으시겠어요?"

"응? 뭐, 상관없는데."

사실은 고기가 아닌 생선을 먹고 싶은 기분이었지만, 특별히 강한 욕구는 아니었던 터라 가만히 수긍했다.

그러나 내 대답에 미나리스는 토끼 귀를 씰룩 흔들거렸다.

"후유, 도대체 주인님께서는 왜 이런 무의미한 거짓말을……. 점원분? 방금 전 주문했던 요리를 하나 취소하고요, 대신 생선 요리를 하나 추가로 부탁합니다."

"카이토 님의 거짓말은 뻔히 드러나는걸요."

"엥? 왜 내가 갑자기 타박을 듣는 거야?"

평소 분위기로 티격태격 대화 나누는 틈에 이제야 재기동에 성공한 듯 레오네가 소리 높였다.

"저, 저기, 미나리스……?"

"아, 죄송해요. 아직 제대로 인사도 못 드렸었죠. 오랜만이에요, 레오네 씨. 댄 씨, 정크 씨, 슈피네 씨. 건강히 잘 지내셔서 다행이에요."

미나리스는 유려한 몸짓과 함께 미소를 지어 보였다.

"어, 어라, 뭐야. 잠깐, 잠깐만. 미나리스, 노예가 돼서 억지로 따라다니고 있던 게……."

"속임수 비슷한 짓을 저질러서 죄송해요. 그래도, 꼭 필요한 과정이었기 때문에……."

"애당초 슈리아는 노예가 아니랍니다."

미나리스는 면구스러워하며 머리 숙였고, 슈리아는 시치미를 뚝 떼고 대답했다.

"……으음, 요컨대 이게 결국은, 미나리스는 저 남자의 애첩이었다는 말이야?"

"풉, 쿨럭! 쿨럭!!"

"애, 애첩이라뇨. 놀리지 말아주세요!"

"와, 와아앗, 애첩……! 굉장히 마음이 끌리는 칭호여요."

그러던 중 마침 점원이 주문했던 요리를 들고 다가왔다.

나는 묘하게 거북했기에 재빨리 눈앞의 식사에 손을 뻗었다.

"아하, 이제 알겠군. 미나리스한테 속아 넘어가는 날이 올 줄이야."

"그러게 말이에요. 설마 이런 삼각관계를 만들었을 줄은 꿈에도 생각을 못 했어요."

이봐, 자네들, 그만두게! 이쪽은 있는 힘껏 모르는 척 딴청 중이니까!

이런 때는 정말로 난청 둔감계 주인공이란 어떤 정신 구조를 갖고 있을까 궁금해진다.

“거, 거짓말……. 이, 이게 뭐야. 나, 피에로……?”

“자, 자, 속여서 미안했어. 여기 밥값은 내가 낼 테니까 맛있게 먹고 잊어버려.”

“어휴, 아아, 진짜! 여기요! 이 가게에서 제일 비싼 요리로 4인분!”

레오네는 자포자기해서 큰 목소리로 주문했다.

“아아아앗!! 진짜! 분해라!! 미소녀를 둘이나 거느리고! 게다가 야한 메이드복에 웬 특이한 미니스커트까지 입혀서 데리고 다니길래 틀림없이 쓰레기 변태 남자인 줄 알았는데!!”

“……거 아주 거리낌도 없이 말하는구나, 이봐.”

“시끄럽거든? 뭔가 반론의 여지라도 있어? 주위 사람들 누가 봐도 다 똑같을 텐데, 뭐!”

“윽.”

도를 지나친 발언에 발끈했다만, 오히려 매섭게 노려보는 시선이 돌아왔다.

아차, 쓸데없이 긁어 부스럼을 만들고 말았다. 그것참, 이런 방향성의 화제는 피하고 싶다니까.

“그래, 원하는 정보라는 게 뭔데? 물어보고 싶은 내용이 뭐냐고!”

“우선은, 흠……. 이 도시에서 가장 질 좋은 침대가 있는 숙소를 소개해주겠어?”

"뭐?"
"어머, 어머나."
"오, 오오, 사나이군."
"음, 저기요, 이렇게 당당하시면 저희가 좀 많이 민망한데요."
어안이 벙벙하다는 얼굴로 말을 잇지 못하던 레오네는 이내 곧 덜커덩, 의자를 박차고 일어나서 얼굴을 새빨갛게 붉힌 채 소리 질렀다.
"너! 너 도대체! 그게 뭔 소리야!! 벼, 변태, 변태, 변태!! 나쁜 자식아!! 역시 뻔한 색골, 아얏?!"
"무슨 착각을 하는 거냐, 이 음흉한 녀석. 네 녀석이야말로 상당한 변태잖냐. 게다가 침 튀긴다고, 지저분하게."
얼굴을 새빨갛게 물들인 채 몸을 내밀고 소리치는 레오네의 이마를 내가 쿡 찔렀다.
거리가 좁아졌던 틈에 레오네에게만 들리도록 말을 건넨다.
"진짜 용건은 일단 밥부터 먹고 시작하자고. ……『일본』의 이야기라든가, 다른 사람들한테 얘기는 안 했을 테지?"
"아!"
움찔 반응하는 레오네에게 더 이상의 말은 건네지 않고 나는 식사를 먹기 시작했다.

"……『전생』이라니. 진짜냐. 그 가능성을 왜 떠올리지 못했을까."
일단 식사를 마친 뒤 나와 레오네만 자리를 옮겨 이야기했다.
이런저런 생각을 했었는데 저런 경우는 미처 예상을 못 했다.

이쪽 세계에 다시 태어난 일본인이고 시간이 되감기기 이전 시간의 기억을 가지고 있는 인물.

본인이 타임 슬립이라고 생각했던 현상은 일단 틀림없이 내 튜토리얼 모드에 휘말린 까닭일 테지.

내가 두 번째 세계에서 살고 있다면 레오네는 세 번째 세계를 살아가는 셈인가.

'저번 기억을 갖고 있는 사람은 나뿐인 줄 생각했는데……. 역시 전생자이기 때문인가?'

나와 레오네의 공통점을 꼽아보자면 달리 떠오르는 게 없었다.

"그래, 맞아. 그나저나 어떻게 내가 원래는 일본인이었다는 사실을 알아낸 거야?"

"영업 비밀이다. 아무러면 모험가가 대뜸 자기 수단을 알려줄 리가 있나."

"……맞는 말이기는 하네. 그건 그렇고 여신님에 튜토리얼 모드라니……."

"마지막으로 한 번 더 확인하겠는데, 누군가와 줄이 닿은 밀정 신분은 아니라는 거지?"

"되게 끈질기네. 아까 전에도 말했지만, 누군가의 밀정 역할로 행상인을 하는 게 아니야."

"확인이야, 확인."

그렇게 어깨를 으쓱거리며 넉살을 떤다.

"어쨌든 첫 번째 세계에서는 마왕으로 날조당한 데다가 지금도 오를레아의 왕녀님에게 쫓기는 처지거든. 안전 확보에 좀 예민해도 어쩔 수 없잖냐?"

"뭐, 그야 그렇기는 하지만……. 그러면 원래 세계로 돌아가는 방법을 찾는 게 네 여행의 목적이야?"

"음, 뭐, 비슷하지."

물론 진짜 목적은 전혀 아니었다만, 굳이 뒤숭숭한 소리를 늘어놓을 필요도 없다.

미나리스도 이 녀석들과 재회한 덕에 기뻐하는 눈치고, 쓸데없이 경계심을 자극해서 좋을 게 없고.

게다가 잠시나마 겪은 성격을 감안하면 솔직히 이야기했을 때 어떻게 될지 훤히 내다보인다.

"……너는 돌아가고 싶어? 원래 세계로."

"아니, 지금의 나는 이 세계에서 태어나 자란 『레오네』가 맞아. 일본인이었던 나는 이미 죽었으니까 딱히 돌아가고 싶지는 않아. 내가 쭉 살아가야 할 곳은 바로 여기야."

레오네는 망설이지도 않고 곧바로 대답했다.

분명히 본인 스스로 본래 세계에 돌아가는 문제에 대해 거듭거듭 고민한 끝에 얻은 대답이리라.

"……그런가."

자, 여담은 이 정도면 충분할 테지.

슬슬 미나리스의 마을이 있는 장소를 물어보자고 마음을 먹은 때였다.

"이봐, 슬슬 움직이자고. 숙소가 꽉 차버리겠어!"

그렇게 얼마 전부터 힐끔힐끔 이쪽 분위기를 살피던 댄이 기다리다 지쳐서 다가들었다.

그 말에 바깥을 내다보면 도시가 석양에 물들고 있는 무렵이었다.

확실히 맞는 말이다, 슬슬 숙소를 잡아 두지 않으면 최악의 경우 도시 안에서 야숙을 하게 되는 비참한 추태를 보일 수도 있겠다.

"미나리스, 슈리아. 오늘은 이만 정리하고 숙소를 잡으러 가자. 기껏 도시에 들어와서 야숙을 해야 한다면 웃음도 안 나오잖아."

미나리스의 마을 위치에 대한 이야기는 내일이라도 다시 묻도록 하자.

어차피 그것 말고도 오를레아 왕국의 동향 등 정보를 확보할 필요가 있잖은가.

내가 행방을 감춤으로써 내가 알았던 미래에서 가장 동떨어지게 되는 곳은 틀림없이 그 왕국이다. 내 지식과 달라지는 괴리는 그 나라를 기점으로 확대될 것이다.

첫 번째 때와 행동을 달리함으로써 내 지식은 조금씩 정확성을 잃어버리게 되니까.

부족한 부분을 보강하기 위한 정보는 아무리 많이 확보한들 넘치지 않을 지경이다.

그 쓰레기 왕녀가 마냥 얌전하게 틀어박혀 있을 리 없으니까.

"네, 알겠습니다, 주인님."

"네엣, 알겠어요."

두 사람이 고분고분 일어섰고 나 자신도 자리에서 일어났다.

"일단 우리는 갈 텐데, 너희는 어디에서 머물지 결정했어? 가능하면 내일 곧바로 또 대화를 하고 싶다만."

"우리 숙소는『작은 숲 고양이집』이야. 그나저나 내일 당장은 좀 무리인데. 이번에 갖고 온 화물을 꺼내서 내려야 하니까 여유롭게 대화를 나눌 짬이 없어."

"그렇군, 너희는 모험가가 아니라 행상인이었지."

"나흘 뒤 점심때 지나서 또 여기에서 만나기로 하자. 정보료는 따로 결정하고."

"돈 받을 셈이냐!"

"그야 당연하지. 상인이 공짜로 정보를 넘겨줄 리 없잖아! 계약 내용에도『거짓말하지 말 것』이 조건일 뿐 대가를 받으면 안 된다는 내용은 안 썼는걸."

……아니, 뭐, 그렇기는 한데.

"뭐, 고급 정보를 알려준다면 값은 치러야지."

수긍하고 답한 뒤 일어서서 약속대로 식사의 대금을 내려놓았다.

"그건 그렇고 미나리스, 이제 노예가 아니니까 주인님 대우는 필요 없지 않겠어?"

"아니요, 노예 문장이 있든 없든 주인님은 주인님이니까요."

"아니, 그래도 좀."

"주인님이니까요."

"……."

그렇습니까, 물러날 뜻은 없습니까.

"아, 우리는 당분간 이 도시에서 지낼 테니까 용무 생기면『작은 숲 고양이집』의 주인아주머니에게 전해줘."

가게를 나오기 직전에 목소리가 들렸다.

"그래, 또 보자고."

으음, 그나저나 교섭이 잘 마무리돼서 다행이다.

사실은 대화를 원만하게 진행할 수 있을까 제법 두근두근했었다.

나는 문제가 처리됐다는 사실에 만족하면서 미나리스와 슈리아를 뒤따라 가게 바깥으로 나갔다.

☆

우케이 카이토.

『인류 역사상 최악의 배반자, 전직 용사 우케이 카이토』.

극악무도하다고 원성 높았던 용사의 실물은 들었던 말과 다르게 별로 지독한 상대는 아니었다.

미나리스, 그리고 또 한 명의 슈리아라는 소녀를 강제로 끌고 다니는 나쁜 놈인 줄 알았지만, 사실은 전부 다 연기였다.

전체적인 인상은 소탈하달까, 살짝 촐싹데기라는 느낌을 받았다.

전세의 학생 시절에 매번 시시콜콜한 주제로 열을 올렸던 같은 반 남학생들이 떠오른다.

적어도 과도하게 줄곧 적대시해야 할 필요가 있는 상대 같지는 않았다고 대화를 나누면서 생각했다.

"……너는 돌아가고 싶어? 원래 세계로."

"아니, 지금의 나는 이 세계에서 태어나 자란 『레오네』가 맞아. 일본인이었던 나는 이미 죽었으니까 딱히 돌아가고 싶지는 않아. 내가 쭉 살아가야 할 곳은 바로 여기야."

원래 세계, 일본으로 돌아간다?

고민했던 시기가 아주 없지는 않았지만, 그런 기회가 생겨도 나는 그 선택지를 고르지 않는다.

대답한 대로 일본인이었던 나는 이미 죽었고, 지금 여기에 있는 나는 단순한『레오네』이니까.

그런가. 짧게 대답한 뒤 그 녀석은 밥값을 올려놓고 자리를 떴다.

우케이는 정말 미나리스와 좋은 관계를 구축한 듯 농담을 주고받으면서 바깥으로 나간다.

노예로 팔린 데다가 그 다정했던 어머님도 돌아가셔서 자칫하면 스스로 죽음을 선택하려고 들 만큼 절망했어도 이상할 게 없는 처지였을 텐데.

정말이지 잘된 일이다.

"아, 우리는 당분간 이 도시에서 지낼 테니까 용무 생기면『작은 숲 고양이집』의 주인아주머니에게 전해줘."

그렇게 말을 건네자 또 보자면서 우케이는 손을 훌훌 흔들었다.

'정말, 잘됐어…….'

미나리스는 좋은 상대와 만나게 된 덕에 다시 일어섰을 것이다.

괴로운 경험을 잔뜩 겪었을 테지. 곁에 없었던 어머니의 안부를 차마 묻지 못했다.

그러나, 그럼에도 미나리스는 웃음 지었다.

솔직히 왕녀에게 쫓기고 있다는 우케이와 가까이 지낸다는 게 마음에 걸린다.

그럼에도 두 사람이 곁에 함께함으로써 앞날을 행복하게 지낼 수 있다면 무엇을 더 바라겠어.

'……스킬 발동, 드러내는 눈동자.'

그러니까 마지막으로 가게에서 나가는 우케이를 스킬로 바라본 것은 단순히 확인을 위해서였다.

미나리스를 맡겨도 될 만한 상대인가.

멋진 사람을 만난 덕분에 미나리스도 행복해질 수 있다고.

그렇게 확신을 갖고 싶었다.

그렇지만 내 눈에 보인 결과는, 저 세 사람의 사이에 있었던 것은.

"……앗?! 이게, 뭐야……."

어둡고 어둡고 어두워서, 주위의 빛마저 빼앗아 삼켜버릴 듯한 거센 암흑의 불꽃.

분명 색깔을 느끼는 것에 불과한 스킬인데도 일순간에 싹 불살라지는 환상을 보게 되어버릴 만큼 격렬한 증오의 빛.

몸을 뒤덮는 오라 같은 기운에 더하여 우케이를 중심으로 다른 두 사람의 빛을 집어삼키면서 휘감겨 있는 검은 쇠사슬이 보였다.

이런 색깔은, 본 적이 없다.

이런 색깔을, 나는 알지 못한다.

"저거, 저게 도대체……."

저것이 정말 증오의 색깔이라면 내가 이제껏 봐왔던 감정들은 너무나 담백하다.

어떤 감정이라도 시간의 흐름에 따라 작아지고 옅어진다.

인간은 몹시도 강한 감정을 영원토록 유지할 수 있게 만들어지지 않았다.

그럼에도 셋을 휘감은 쇠사슬이 쩌걱쩌걱 타르처럼 끈적거리는 흑색의 무엇인가를 떨어뜨리며 억지로 감정을 분기시키고 있다.

"저래서는, 노예보다 지독하잖아……."

마음을 직접 주물러 대는 셈이다. 저래서는 차라리 세뇌였다.

저 녀석은 두 소녀들을, 그리고 자기 자신까지…….

"레오네? 무슨 일 있어?"

"……구, 구해줘야 해."

말을 붙이는 동료에게 뭐라고 대답해야 할까, 그조차 알 수 없었던 나는 대답도 하지 못한 채 작게 중얼거리고 눈앞에 놓인 컵의 내용물을 쭉 들이켰다.

제3장 당연하다는 말에 짓눌리는 절박함

“아이고, 고맙수다아.”

이상하게 사투리 섞인 의욕 없는 목소리로 배웅받으며 나는 뒷골목의 잡화점을 뒤로했다.

이런저런 가게를 돌아다니면서 학원 던전에 진입하기 위한 물자를 장만했다.

“자, 숙소로 갈까.”

카번헤임에 도착한 지 벌써 사흘이 지났다.

오던 길에 사냥했던 마물도 정식 루트, 어둠의 루트로 다 처분한 덕에 소지금은 충분히 든든해졌다.

레오네 일행에게 추천을 받은 숙소, 『천사가 쉬어 가는 나무집』은 미리 들었던 평판대로 멋진 침구를 제공해줬다.

항상 그랬듯 첫날 이후는 부엌을 빌려서 미나리스가 식사를 마련해주고 있다만, 숙소의 식사도 충분히 만족할 만큼 양질이었다.

그럼에도 나날이 실력이 좋아지는 미나리스의 요리가 한층 더 맛있어서 사실 은근히 놀랐다.

지금은 일류 요리사와 견줘도 뒤질 게 없다고 확신을 갖고 말할 수 있는 수준이었다.

“다녀왔어, 어이쿠.”

"앗, 다녀오셨습니까? 주인님."

"다, 다녀오셨어요. 으읏……."

빌려서 쓰고 있는 숙소의 방에 돌아오자 셋 늘어서 있는 침대에 각각 걸터앉은 채 두 사람이 마력 제어 연습을 하는 중이었다.

중앙의 내 침대에서는 한가운데 위치에 쿠우가 몸을 둥글리고 잠들어 있다.

쿠우는 내 지배하에 있는 취급인 듯【마축(魔畜)의 난검(卵劍)】속에 집어넣는 게 가능했다.

아무래도 이대로 거리를 데리고 돌아다닐 수는 없기에 다행이었다만, 쿠우가 말하기를【마축의 난검】내부는「뭔가 뛰웅뚱하고 꾸이융하고 뿌아앙한 느낌이야~. 바깥이 더 좋앗~」이라고 한다.

지내는 데 딱히 불편한 것은 아니라지만, 숙소에서 제멋대로 나가지만 말라고 당부한 뒤 지금은 바깥에 꺼내줬다.

그런 쿠우가 잠든 침대를 사이에 둔 채 두 사람이 수행하고 있는 작업은 마법 훈련이었다. 상세 내용은 마력을 써서 가느다란 나무 막대를 강화하는 것. 그리고 끝부분에 끈으로 묶어서 매단 철제 무게 추를 나무 막대로 들어 올리는 것.

강화가 불충분하면 나무 막대가 금방 부러지고, 너무 과하면 단순한 나무 막대인지라 자멸한다.

마법을 못 쓰는 내가 마력 조작을 훈련하기 위해 고안한 방법인데, 이게 의외로 꽤 어렵다.

미나리스는 아무래도 나보다 저런 방면의 재능이 더 뛰어난지 무시무시한 기세로 숙달되고 있다. 반면에 슈리아는 이쪽이 서툴러서 바닥에 차곡차곡 쌓아 놓았던 나뭇가지가 이제는 산을 이루고 있다.

"흠, 미나리스는 거의 다 자기 기술로 만들었군. 슈리아도 완벽하지는 않아도 이제 충분한 수준이야. 아주 잘했어."

내일은 카번헤임 학원의 입학시험이 치러지는 날이다.

지금의 슈리아도 어지간한 마술사에게 지지 않을 수준의 제어력은 갖춘 상태다.

시험에서 탈락할 걱정은 본래 안 했지만, 이 정도 실력이면 입학한 다음에도 마법을 학습하는 데 제어력이 부족해서 곤란할 경우는 아마 없겠다.

"에헤헷, 감사해요."

"앗, 바보! 긴장을 풀면……."

그때 슈리아의 손 쪽에서 뚜둑, 소리가 났다.

"아앗! 신기록이었는데!"

그렇게 중얼거리고 슈리아는 어깨를 털썩 떨어뜨렸다.

"내일이 바로 시험이잖냐. 오늘은 그만하고 일찍 쉬자."

"분부 따르겠습니다." "네에~ 알겠어요."

시험이 끝난 다음에는 레오나 일행과 만날 약속도 있다.

내일은 꽤 바빠지겠군.

"음, 도착했군."

"이야기는 들었습니다만 무척 크네요."

"이 벽도 푸른색이어요."

다음 날, 아침 일찍 방문한 학원에는 드문드문 사람이 모여 있었다.

기숙사까지 광대한 면적을 차지하고 건설된 거대한 학원은 과연 마술을 가르치는 학원답게 부지를 둘러싸고 있는 담벼락이 도시를 감싼 벽과 마찬가지로 푸른빛을 띠고 있었다.

이 벽과 똑같은 소재를 사용한 곳이 이 학원을 제외하면 기껏해야 왕성밖에 없다는 사실을 감안했을 때 이 나라에서 마술 학원의 위상이 어느 정도인가 잘 알 수 있겠다.

"다시 이곳에 오게 될 줄이야……."

입간판이 안내하는 대로 길을 따라가면 그곳에는 꽤 많은 숫자의 사람들이 늘어서 있다.

"음? 오, 어라? 여기서 만나는군."

"어라, 과연, 그래서 점심이 지난 뒤 만나자고 했구나."

우리가 향한 대열의 옆쪽, 시험을 마친 뒤 나오는 사람들 중 레오네 일행이 있었다.

저쪽도 우리를 알아보고 눈이 휘둥그레졌다.

"여기에 왔다는 건 너희들도 이 학원이 다닐 예정인 거야?"

"그렇지, 뭐. 나는 기초 클래스의 입학권만 살 계획이고, 학습 목적은 여기 둘뿐이지만 말이야."

그렇게 말하고 미나리스와 슈리아의 어깨에 손을 얹었다.

"네." "맞아요."

"응? 너는 안 배우려고?"

"그래, 나는 나대로 달리 할 일이 있거든. 마법은 안 쓰는 주의이기도 하고."

댄의 물음에 나는 대답했다.

정확하게는 못 쓴다는 표현이 옳다만.

대열의 맨 뒤에 서서 이야기하는 동안에 줄이 짧아지면서 우리가 접수를 할 차례가 됐다.

"오래 기다리셨습니다. 오늘 방문 목적은 마법 학원에 입학을 위함이 맞으십니까?"

우리는 미리 준비한 듯한 전형적인 질문에 대답하면서 명부에 세 사람의 이름을 기입했다.

"……아! 카이토 님, 미나리스 님, 슈리아 님까지 세 명. 상급 클래스를 지망하시는 분은 미나리스 님과 슈리아 님이 맞으십니까?"

"맞아, 문제없어."

미나리스도 슈리아도 당연히 상급 클래스 지망으로 기입했다.

"뭐? 미나리스가?"

우리의 지망 클래스를 듣고 레오네가 눈을 끔뻑거렸다.

뭐, 미나리스는 수인이다. 사전에 공지해준 시험 내용을 감안하면 놀라는 게 당연한 반응일 테지.

"그래, 두 사람 다 상급 클래스 지망이야."

"상급이요? 그렇지만, 저기, 미나리스에게 상급 시험은……."

정크가 난처해하는 얼굴로 되묻는다.

이번에 상급 클래스의 시험 내용은 마법으로 강화된 표적을 파괴하라는 것이다.

그렇다, 미나리스는 수인이다. 자꾸 확산되는 마력의 특질 때문에 이 시험은 상당한 난제였다.

"저 녀석이라면 괜찮다고."

그러나 미나리스와 슈리아에게는 문제없었다.

어제 미리 이번에는 솜씨를 너무 과하게 드러내지 않는 정도로 고유 스킬을 써도 된다고 말해 두었다.

안내 담당자의 유도에 따라 걸어가자 상당히 넓은 수련장이 나타났다.

바깥 담벼락과 마찬가지로 바닥 및 벽면 따위가 푸른빛을 띠고 있었다.

"그러면 바닥에 표시된 원 안에서 표적을 파괴해주십시오. 투척 따위의 수단을 쓴다거나 원 바깥으로 나온 시점에서 불합격으로 판정됩니다."

"숙지했습니다." "네, 잘 알았어요."

시험관에게서 당부를 듣고 미나리스와 슈리아가 고개를 끄덕거린다.

먼저 원 안에 들어간 쪽은 슈리아였다.

슈리아는 풀 플레이트 갑옷을 바닥에 집어 던지고 마력을 구축했다.

"그러면, 시작하겠어요! 『조사개(操絲鎧)(마리오네트)』!"

평소에는 무영창이지만 이번에는 적당히 어떤 마법인지 알릴 의도도 포함해서 영창을 덧붙였다.

슈리아의 손가락에서 눈에 보이지 않는 실이 갑옷으로 달려 나가자 평범한 갑옷이 스스로 일어선다.

갑옷은 금속 팔뚝을 휘둘러서 손에 든 검으로 대상 표정을 베어 갈랐다.

"이것은, 연금술을 활용한 사역마인가? 아니, 흙의 마력은 느껴지지 않는다……? 그렇군, 염동력 계열의 계통 외 마법입니까."

슈리아의 『괴뢰빙대』는 염동력 계열이 아닌 유사적으로 생명을 부여하는 주술계라고 여겨지는 마법이지만, 자신들의 정보를 굳이 노출할 필요가 없는 터라 특별히 정정은 하지 않는다.

"그러면 이번에는 제 차례군요."

슈리아와 교대해서 미나리스가 원에 들어섰다.

"—썩어 떨어지는 뿌리의 찬가를 경청하라. 진창에 가라앉는 독의 습지는 수화(手禍)에 추락할지어다."

미나리스의 아름다운 목소리가 울려 퍼졌다.

마력은 막힘없이 순환했고, 마법이 발동된다.

포이즌 핸드
"『독수(毒手)』."

발동한 마법은 미나리스의 조금 전방에 자줏빛 띤 구체를 생성했다.

그 구체에서 퓻, 공중을 가르면서 사람의 손 모양을 지닌 팔이 뻗어 나왔다.

자줏빛 손은 표적을 쥐어 으스러뜨릴 기세로 잡아 쥐자 표적은 츠아아아아앗, 소리를 내며 허물어졌다.

"오호라! 대단히 드문 독 마술이군요. 게다가 마력이 확산되는 쉬운 수인이면서 이만한 위력을 발휘하다니 무척 훌륭한 마술 솜씨입니다."

시험관 역할을 맡은 남자가 감탄해서 소리 높였다.

애당초 미나리스는 『환염독귀(幻炎毒鬼)』의 효과로 만들어 낸 독이 감쇠되지는 않는지라 마술 실력은 관계없었지만, 당연히 굳이 이야기할 필요는 없겠다.

"좋습니다, 두 분 모두 합격입니다. 표적은 망가졌고, 마력 조작도 충분한 수준이었습니다. 두 분의 실력이라면 반년쯤 재적할 경우 특급 클래스에 진학할 수 있을지도 모르겠군요."

시험관 남자는 기분 좋게 말을 이었다.

"올해 외부생은 우수한 분이 많군요. 시험관으로서 기쁠 따름입니다."

그렇게 두 사람 다 역시나 시험 합격증을 수령했다.

"그러면 여기 두 분의 합격증을 받으시지요. 수업을 수강할 때는 잊지 말고 지참해주십시오."

"네, 감사합니다." "카이토 님! 카이토 님! 보셔요, 보셔요!"

"두 사람 모두 잘했어."

슈리아가 팔랑팔랑 흔드는 목제 합격증에는 마법 학원답게 간단한 마법진이 각인돼 있다.

예정대로 썩 괜찮은 결과였다. 이제 당분간 학원에 출입할 수 있겠다.

그리고 오늘 꼭 진행해야 하는 사안은 레오네에게 미나리스가 살던 마을의 위치를 묻는 것.

그뿐이었다.

무사히 별다른 탈 없이 시험을 마친 우리는 레오네와 동료들의 단골이라는 가게를 찾아왔다.

점심 식사로 주문한 주인아주머니의 추천 메뉴를 기다리는 동안 우리는 잡담으로 이야기꽃을 피웠다.

"흠, 그렇군. 그래서 미나리스를 카이토가 사들이게 된 건가."

"그렇게 됐지."

미나리스와 만나게 된 경위를 물어보기에 나는 이런저런 부분을 생략한 채 빈민가에서 미나리스를 샀던 이야기를 들려줬다.

당연히 용사 관련이나 왕녀 및 왕국에 쫓기는 처지라는 말은 하지 않는다.

그 부분의 사정을 알고 있는 사람은 레오네뿐이었다.

물론 레오네에게도 우리 여행의 진정한 목적은 알려주지 않았다.

"그건 그렇고 굉장하잖니, 미나리스! 나, 깜짝 놀라버렸어."

"푸핫, 슈피네 씨. 이러지 마세요. 이제 아이가 아니란 말이에요."

꽉, 슈피네가 미나리스를 부둥켜안았다.

미나리스는 약간 곤란한 듯 반응하면서도 굳이 힘줘서 풀어내려고 들지는 않았다.

"그건 그렇고 상급 클래스에 합격하다니 깜짝 놀랐죠……. 수인은 원거리용 마법이 별로 잘 안 맞는다고 들었거든요. 거기에 뭔가 요령이라도 있는 건가요?"

"음! 그쪽은 나도 신경 쓰이더군! 외부생이 상급 클래스에 들어가려면 모험가여도 베테랑 대우는 받을 실력이 필요하잖냐?"

정크의 말을 받아서 댄이 맞장구를 친다.

"죄송해요, 그건 비밀이에요. 모험가는 자기 솜씨를 숨겨야 하는 법이잖아요."

두 사람의 의문에 미나리스는 사죄하면서도 분명하게 답변을 거절했다.

"미나리스의 말이 옳아. 자기 비결을 막 드러내는 모험가가 세상에 어디 있겠니? ……그래도 언니한테는 나중에 몰래 가르쳐주렴?"

"안 된다니까요."

"에엥……."

단호하게 대응을 취하면서도 어딘가 미나리스의 표정은 부드러웠다.

"『미나리스 씨, 기뻐 보여요.』"

"『그러게, 참 잘됐어.』"

소곤소곤 말을 붙이는 슈리아에게 작은 목소리로 답했다.

분명 어둡고 지저분한 독이 흩날리는 기억 속에서 따뜻했던 추억 중 하나였을 테지.

내 경우는 레티시아와 보냈던 나날처럼.

슈리아의 경우는 어머니와 여동생과 보냈던 나날처럼.

"뭐, 미나리스와 슈리아가 나란히 경사롭게도 상급 클래스 입학에 성공했잖냐. 슈피네 씨, 두 녀석 모두 마법은 자기류라서요, 뭔가 막혔을 때 도와주실 수 있겠습니까?"

나는 슈피네라는 마술사에게 슬쩍 부탁했다.

레오네도 같은 클래스지만, 기초적인 이론을 배우려면 순수한 마술사가 더 나을 테니까.

"물론 괜찮고말고. 두 사람 다 귀엽고, 나는 단순히 『마법 학원 졸업생』이라는 경력이 필요한 것뿐인걸. 횡재야, 횡재♪"

"와앗?!"

"아앙……?!"

불쑥 슈피네가 미나리스와 마찬가지로 품에 끌어안더니 본인의 풍만한 가슴에 바짝 갖다 붙인다.

슈리아는 놀라서 소리 높이고 토닥토닥 자기 가슴을 만진 다음은 고개를 살짝 갸웃거리다가 절망에 찬 소리를 지르면서 슈피네를 밀쳐 냈다.

“흐아아아앗!! 적이어요!! 적! 이 사람, 적이어요!!”

“에엥?!”

으르릉, 매서운 시선과 함께 적 선포를 듣게 된 슈피네.

내 마음속 여동생님께서 속삭여준다. 「오라버니, 관련되면 안 되는 문제예요」라고.

나는 우리 집의 우수한 여동생님께서 건넨 조언을 믿고 다른 방향으로 화제를 돌렸다.

“댄 씨, 그리고 정크 씨였던가?”

“편하게 댄이라고 불러.”

“저도 정크면 돼요.”

“그런가, 그럼 나도 카이토라고 불러줘. 두 사람은 어째서 마법 학원을 다니려는 거야? 검사 장비를 갖고 있으니까 역시 보조 마법 때문인가?”

“맞아, 나는 시체 강화 마법을 익히는 게 목표야.”

“저는 무기에 짧게 사용할 인챈트를 익히고 싶어서요.”

댄이 팔을 걷어 올려서 두드리고, 정크가 허리춤의 검을 어루만졌다.

“카이토도 기초 클래스에 입학한 거지? 안 다니겠다는 말은 들었지만.”

“맞아, 내 목적은 학생만 사용 가능한 대도서관과 던전이라서.”

“아하, 던전조였군.”

내 대답에 댄이 그렇게 말했다.

학원 지하의 던전에는 관계자밖에 출입하지 못한다. 학원에 병설된 대도서관도 마찬가지.

던전조란 마법을 배우기 위함이 아닌 이렇듯 학원 관계자만 사용이 허락되는 시설을 위해서 기초 클래스에 적을 두는 외부생들을 말한다.

“뭐, 그런고로 레오네 씨도 두 녀석을 아무쪼록 잘 돌봐주세요. ……뭐, 별일은 아마 없겠지만 말이죠. 마법 학원에서 수인은 드물기도 하고, 슈리아는 보다시피 생긴 게 이래서.”

“그러게요, 슈리아는 실제 연령보다 더 어리게 보이니까요.”

“끙, 혼나는 건 좋아하지만요, 아이 취급은 시잃거든요~!”

“우풋, 아니, 진정해라, 슈리아. 아얏, 아니! 아프지는 않은데 이상하게 효과가 좋네!”

슈리아가 버럭버럭 화내며 집게손가락을 갈비뼈 사이에 쓱 집어넣어서 콕콕 찔렀다.

딱히 아프지는 않다만, 찔릴 때마다 몸이 이상하게 움직거린다.

“……그래, 걱정하지 마. 둘 다 귀여우니까 말이야, 수작 부리는 바보도 많을 거야.”

줄곧 묵묵히 입을 열지 않았던 레오네에게 말을 붙이자 평범한 모습으로 대답을 돌려줬다.

그러나 맨 처음 만났을 때 수준은 아니더라도 분명 경계심 비슷한 감정이 솟구친 듯 보인다.

'……흐음, 내가 뭔가 실수를 저질렀던가?'

저번에 헤어졌을 때는 그런대로 좋은 느낌으로 관계 개선에 성공했었을 텐데.

그런데 지금 와서는 어떤 이유로 저런 태도인가.

맨 처음에는 찌르는 듯한 경계심이었다.

자칫 한 발짝만 잘못 내디딘다면 적의라고 부를 수 있을 만큼 공공연한 매서움이 드러났었다.

이번에도 역시 한껏 혼탁함에 감싸인 악의는 딱히 안 느껴진다만 어찌 된 까닭일까.

'뭐, 상관없나. 이곳에서 뭔가 일을 벌이자는 것도 아니고.'

일본 출신의 동향인끼리 본래 세계의 이야기라도 좀 나누고 싶었다만, 저런 분위기여서는 어쩔 수 없겠다.

게다가 진정한 의미에서 좋은 관계를 맺는다는 것이 불가능함은 잘 알고 있었잖은가.

왜냐하면 나는, 우리는 저 녀석들에게 스스로의 본성을 드러낼 뜻이 없으니까.

"『미나리스, 슈리아. 들려?』"

나는 오랜만에 두 사람에게 『심화』로 말을 건넸다.

"『네, 네에~ 잘 들리어요.』"

"『무슨 일이십니까? 주인님.』"

"『예정 변경이다. 뭔가 내가 또 경계당하는 분위기야. 지금 마을의 위치를 묻는 건 그만두겠어.』"

첫 번째 세계에서 죽었을 때 내 평판은 아주 지독했다.

극구 부정했다만 그럼에도 곧장 내게 가졌던 인상이 바뀌지는 않는 듯싶다.

레오네는 조금 시간을 둔 사이에 생각이 바뀌어서 내게 또다시 경계심이 솟구쳤는지도 모르겠다.

그렇다면 내가 이 자리에서 캐물어도 별 의미는 없겠다.

"『내일이든 언제든 다시 분위기를 봐서 너희 둘이 물어보도록 하자. 그렇게 해야 순순히 대답해줄 테니까.』"

물론 일전에 맺은 계약의 효과 덕분에 억지로 캐물어서 알아낼 수도 있다지만, 미나리스와 슈리아는 앞으로도 당분간 매일 얼굴을 마주해야 하는 사이잖은가.

저쪽에서 뭔가 저지른 것도 아닌데 강압적인 수단으로 굳이 관계를 악화시킬 필요는 없다.

"『그렇지만…….』"

"『너무 조바심 내지 마. 『날뛰는 활 레오네』라면 첫 번째 세계에서도 제법 유명한 파티였거든. 내가 가르쳐줄 수 없는 기술을 우호적인 관계에서 닥치는 대로 훔쳐 오도록.』"

약간 떨떠름한 기색의 미나리스를 달래고 타일렀다.

"『네 마음은 당연히 알아. 그러니까 더더욱 차분하게 생각해야지. 더 많이 가능한 분야의 폭을 넓혀야 해. 필요한 과정을 빠뜨리면 안 돼.』"

원하는 결과에 무작정 손만 뻗치다가 주위를 돌아보지 못하던 중에 발생한 뒤틀림이 발목을 붙잡는 법이었다.

첫 번째 세계에서 배웠던 교훈이다.

"『……맞는 말씀입니다, 역시 안 되겠죠. 잘 아는 사실인데도 자꾸 마음이 조급해집니다.』"

"『게다가 장소를 알아내도 곧장 움직일 만한 상황이 아니니까 힘을 쌓아 두는 게 이득이어요!』"

"자, 오래 기다렸지. 이게 오늘 우리 가게의 추천 메뉴야."

그때 드디어 점심 식사가 차려졌다.

『심화』 회의는 여기에서 종료하고, 그날은 아무 일 없이 식사를 마친 뒤 헤어졌다.

……그렇게 헤어졌다면 좋았을 텐데 상대하기도 귀찮은 바보는 꼭 어딘가에서 불쑥 솟아나더라.

"뭐야, 되게 지저분한 가게군. 기껏 이따위 망할 시골 나라까지 납셔주셨는데 아주 초라한 가게에 들어와버렸어."

쿵쿵, 일부러 저러나 의심스러울 만큼 먼지를 피워 대면서 들어온 자는 우람한 체격에 턱수염을 기른 꾀죄죄한 아저씨.

아마도 모험가인 듯 검게 칠한 검집에 넣은 대검을 등에 맸고, 노려서 한 벌로 갖춘 장비인지 몸에 걸친 것은 거뭇하고 뻔들거리는 은제 갑옷.

'아니, 진짜로 바퀴벌레 같아서 좀 많이 싫구나.'

"으엑, 저 자식, 『흑강(黑鋼)의 길』이잖아."

"안 돼, 댄! 시선 마주치지 마. 시비 걸린단 말이야."

"뭐야, 아는 사람인가?"

"……제도에서 꽤 실력을 떨친 모험가야. 저번에 장사 관계로 경쟁이 붙었던 적이 있거든. 그 이후로 뭐, 깐죽깐죽 앙심을 품고 덤비더라고."

질문에 돌아온 대답은, 뭐, 시시한 사연이었다.

"응? 아니, 이게 누구신가! 이따위 변변찮은 식당에 딱 어울리는 얼굴들이 모여 있었군. 안 그런가? 이봐들."

그러나 딱히 큰 목소리는 아니었지만, 별로 넓지도 않은 가게 안이다.

뭐, 들키지 않을 리도 없었다.

"아, 시끄러워. 버릇 고약한 멍청이 개가 멍멍거리는 기분이야. 진짜 지긋지긋하다니까."

가볍게 한숨을 쉰 레오네는 포기했는지 욕설을 내뱉었다.

레오네를 제외한 셋은 싸늘한 눈빛으로 길을 쳐다보다가 무시한 채 그대로 식사를 계속했다.

"쳇, 여전히 주둥이가 험한 여자로군. 엉? 그쪽은 못 보던 얼굴인데. 신참인가?"

혀를 찬 길의 헛수작질 목표가 가만히 지켜보던 우리에게로 향했다.

"오호, 남자는 아무래도 상관없다만, 나머지 둘은 낯짝이 꽤 귀엽잖나. 둘 모두 제대로 내 취향이군."

뚫어질세라 끈적한 시선이 미나리스와 슈리아를 훑었다.

제법 불쾌한 시선이었다.

"잠깐, 너 말이야……."

"이봐, 너희들. 내 여자가 돼라. 저런 녀석과 같이 다닐 바에야 나와 같은 파티에 들어오면 더욱 호강을 시켜—."

아, 진짜로 날파리가 많은 세계다.

"이봐, 슬슬 벌레 놈 날갯소리는 시끄러워서 못 들어주겠군. 당장 꺼져라, 주둥아리를 확 잘라버리기 전에."

거침없이 뻗치려 하는 팔을 내가 붙들었다.

"아앙? 이봐, 건방진 놈. 이 손 못 치우, 크앗?! 놔, 놔라, 이놈아?! 끅, 꺼헉!"

빠득빠득, 힘주어 쥔 팔을 적당한 때에 놓아줬다.

이것만으로도 격의 과시는 충분히 마친 셈이었다. 그러나 막 직면한 현실을 침착하게 받아들일 만한 도량이, 칭호로 불리게 됨으로써 실력과 함께 거만함이 몸에 밴 남자에게는 없었다.

"망할 꼬맹이가!! 헛소리 마라! 감히, 컥?!"

길은 등 뒤의 대검에 손을 뻗었고, 그러나 그 대검이 뽑혀 나오기보다 빠르게 나는【시초의 심검】을 만들어 내서 휘둘렀다.

목을 겉가죽만 얇게 베어 갈라서 흘러나오는 피를 검 끝으로 건져다가 들이밀었다.

"한 번만 봐줄 테니까 썩 꺼져."

"이놈!"

"이봐, 아직도 정말 모르겠어? 애써 마련한 식사 자리를 더러운 체액으로 더럽히고 싶지 않단 말이다. 군소리 말고 사라져라."

써걱, 선이 그어져 있는 목의 피부를 검 끝으로 찔러서 넘겨 젖혔다.

꽤 둔한 녀석 같기는 하다만, 검에 찐득찐득한 살기를 바짝 흘려 넣으면 바보라도 자기가 처한 상황을 깨닫는다.

"내 사람한테 집적거리지 마라, 날파리."

"윽, 쳇, 뭘 진지하게 울컥하는 거냐! 그냥 좀 놀자고 한 말이잖아! 이봐, 구경났냐!!"

길은 명백하게 허세를 부리고는 주위에 괜히 화풀이를 하며 바깥으로 나갔다.

"오오! 제법이군, 형씨!" "아주 잘했어!" "좋은 구경을 했군."

길이 떠나기를 기다렸다는 듯이 주점에 환성이 터져 나왔다. 좋은 구경거리였다고 소리 높여서 떠들어 댄다.

"꽤 익숙한 솜씨였죠. 뭐, 저만한 미소녀를 두 사람 데리고 다니면 이런 말썽에도 익숙해지겠어요. 그렇죠? 슈피네 씨."

"뭐야, 왜 나한테 물어보는 건데. ……거기를 태워버린다?"

후후후, 오싹거리는 미소를 띠고 슈피네가 웃는다.

"그나저나 말이다! 너 검 솜씨가 굉장하군! 나중에 대련이나 한번 해줘라!!"

"그래, 언제 한가할 때 마음이 내킨다면야."

반짝반짝하는 시선으로 쳐다보는 댄을 적당히 상대해준 뒤 나는 떨떠름하게 눈앞의 요리를 집어 먹었다.

☆

다음 날, 저와 슈리아, 그리고 주인님은 학원 앞까지 나왔습니다.

학원의 강의가 오늘부터 시작됩니다.

"그러면 이따가 보자. 나는 예정대로 대도서관에서 자료를 조사하고 올 테니까."

"안녕히 다녀오십시오, 주인님."

"안녕히 다녀오셔요!"

"그래, 너희도 열심히 하고."

팔랑팔랑 손을 흔들고 떠나가는 주인님을 저희는 배웅했습니다.

"자, 저희도 가죠."

"네, 네에~."

가는 길목에 놓인 안내판을 따라서 이론 학습이 이루어지는 교실로 향했습니다.

연령이 각각 차이가 나는 모험가풍의 인물들이 뚜벅뚜벅 걸어가는 가운데 건물로 가까워짐에 따라 명백하게 종류가 다른 집단이 나타나서 함께 걷게 되었습니다.

같은 복장을 갖춰 입었고, 연령은 대체로 저보다 조금 위쪽이거나 비슷한 정도.

아마도 외부생이라 불리는 저희와 달리 내부생이라 불리는 카번헤임의 엘리트들이겠지요.

'뭐, 아무래도 상관없죠. 명백하게 이쪽을 내려다보는 시선은 불쾌합니다만, 신경 써 봤자 소용없기도 하고요.'

주변 가까이에서 시끄럽게 날아다닌다면야 경우가 달라지겠습니다만, 거리를 어지럽게 날아다니는 날벌레를 하나하나 때려잡으려고 들자면 끝이 없습니다.

저자들이 향하는 곳은 오른편의 깔끔한 신축 건물.

그리고 저희는 왼편의 약간 초라하게 보이는 낡은 건물로.

저희는 곧장 건물 내부로 들어서서 『외부생 클래스』라고 쓰여 있는 공간으로 걸음을 들여놓았습니다.

교단이 정면에 있고 계단 형태로 설치해 놓은 책상들.

미리 지정했던 시간보다 조금 일찌감치 왔기 때문인지 자리에 앉아 있는 사람은 많지 않았습니다.

"으음, 좀 빨리 왔나보군요."

"늦게 오는 것보다는 나은걸요."

가벼운 잡담 소리가 울려 퍼지는 교실 안에서 일단 오른편 단의 가운데쯤에 비어 있는 자리를 잡았습니다.

"어머, 안녕~. 오늘도 귀엽구나."

"아, 안녕. 둘 다 빨리 왔네."

그러고 나서 거의 곧바로 교실에 들어온 사람들은 슈피네 씨와 레오네 씨였습니다.

팔랑팔랑 손을 흔들면서 다가온 두 사람은 저희를 사이에 두고 자리를 맡아 앉았습니다.

정면에서 보면 오른쪽부터 레오네 씨, 저, 슈리아, 슈피네 씨의 순서입니다.

"안녕하세요."

"안녕하셔요~."

"응응, 에잇, 진짜! 귀엽다니까~! 머리 쓰다듬어야지!"

"냐앗?! 그만, 그만하셔요옷!! 놓으란 말이에요옷!"

'정말 아이를 좋아하는 구석도 변한 게 없군요…….'

슈리아를 꼭 끌어안는 슈피네 씨를 보고는 마을에서 살던 무렵을 떠올렸습니다.

그때 저렇게 꼭 끌어안아줬던 아이는 저와 루샤와 케릴까지 세 사람이었습니다.

그런 시시한 기억 하나하나가 독 묻은 가시에 옭아매인 듯 따끔따끔 아픔을 줍니다.

“레오네 씨, 기억하시나요? 마을에서 지내던 때도 슈피네 씨는 곧잘 저렇게 안아주셨었죠.”

“……응.”

“레오네 씨와 동료분들은 아직도 그 마을을 방문하고 계신가요?”

“아니, 그게, 지금은 전혀…….”

“역시 마을에서 있었던 일을 들으셨군요. 어쩐지 제가 수인인 줄 알게 되고도 안 놀라시더라 싶었어요.”

“아!!”

그리고 곧 슬픔으로 일그러지는 얼굴.

아니, 아니랍니다, 레오네 씨. 저는 딱히 그런 표정을 보고 싶은 게 아니에요.

“그런 표정은 짓지 말아주세요. 저는 주인님께 구원받았어요. 이제 지나간 일은 신경 쓰지 않아요.”

그래도, 죄송해요.

그럼에도 용서하지 못할 사람들이 있습니다.

“저기, 마리스 씨는…….”

“어머니는 여행의 피로를 못 견디고 돌아가셨어요. 저도 죽을 뻔했던 처지에서 겨우 도움을 받았죠.”

“아!! 그래, 역시, 그랬구나…….”

그러니까, 저는.

“레오네 씨, 그 마을의 위치를 제게 가르쳐주시면 안 될까요? 저는 어려서 마을이 어디에 있는 곳인지도 몰랐거든요.”

“……알고 싶은 이유는, 마을 사람들에게 복수하기 위해서야?”

“그렇지 않아요. 말씀드렸잖아요? 이제 지나간 일은 신경 쓰지 않는다고요.”

“그럼, 어째서…….”

어머니의 이름을 기꺼이 이용하는.

“그 마을은 싫어요. 그렇지만 어쩌면 어머니의 유품이 조금이라도 남아 있지는 않을까 싶어서요.”

“…….”

“부탁드려요. 과연 남아 있기는 할까 모르겠지만요, 어머니와 추억이 담긴 물건을 갖고 싶어요.”

그렇게 최악의 거짓말을 했습니다.

☆

거짓말이다.

스킬로 굳이 확인할 필요도 없이 언뜻언뜻 보이는 감정이 있었다.

행상인답게 갖은 사람들과 거래하면서 길러온 사람을 보는 눈은 미나리스의 엉성하게 꾸민 구실에 속아 넘어갈 만큼 싸구려가 아니다.

미나리스가 복수를 원하는 이유는 이해된다. 그래도 복수로 미나리스가 구원받으리라는 생각은 도저히 들지 않았다.

왜냐하면 희미하게나마 나를 속이려고 한다는 죄책감의 색깔이 보이니까.

내가 알았던 미나리스는 누군가를 위해 열심히 배려할 줄 아는 다정한 여자아이였으니까.

미나리스라면 분명히 예전 모습대로 마음 다정한 평범한 여자아이로 돌아갈 수 있다.

머릿속 생각과 달리 일전에 맺은 계약이 입 다무는 행위를 용납해주지 않는다.

"……마을이 있는 장소는 오를레아 왕국의 **북동부**, 기리갈 제국의 국경선 쪽에 위치하고 있어. 여기에서 가려면 제국 쪽에서 산맥을 타고 넘는 게 지름길이겠네."

그러니까 더욱 자세한 질문을 받기 이전에 나는 대답했다.

거짓말을 하지 않아도 이 아이를 속일 방법 따위는 얼마든지 많았다.

그 정도 재주도 못 부린다면 행상인으로 버티고 살 수가 없었겠지.

"왕국 북동부……. 여기에서는 반대 방향이군요……."

"산맥의 앞쪽 가갈드라는 곳에 간다면 자세하게 위치를 물어볼 수 있을 거야."

'역시 거짓말이 아니면 문제없구나. 전혀 **다른 마을**의 위치여도 『거짓말하지 않고 대답한다』면 계약 위반에 해당되지 않아.'

불이익이 될 만한 행동을 해서는 안 된다는 제약도 표현의 범위 덕분에 돌파했다.

혹시『목적을 방해해서는 안 된다』였다면 아무 대책이 없었겠다.

"그렇군요……. 감사합니다. 그래도 직접 찾아가려면 시간이 꽤 걸리겠네요……."

일단은 용케 둘러대는 데 성공했지만, 이대로 놓아둬서 좋을 리 없었다.

"……."

'어떻게든 방법을 찾아서 미나리스가 복수 같은 서글픈 목적은 버리게 만들어줘야 할 텐데…….'

그때 교실의 문이 열리고 마술사의 로브를 입은 남성이 실내에 들어왔다.

그리고 곧장 수업이 시작됐지만, 나는 강의에 집중하지 못한 채 어떻게 해야 미나리스를 도와줄 수 있을지 하나의 생각만 갖고 머릿속에서 고민을 거듭했다.

스킬을 써서 곁눈질로 보면 두 소녀는 여전히 복수에 불타오르는 어두운 불꽃의 색과, 아울러 스킬이라고 짐작되는 칙칙한 검은빛 쇠사슬에 묶인 그대로.

이렇게 관찰하면서 알게 된 사실은 저 쇠사슬을 전원이 진심으로 받아들이고 있다는 것.

어떤 정신 간섭 계열의 힘인지 전혀 알 수 없었지만, 본래의 감정을 억지로 비틀어 내는 힘이라면 본래 감정의 반발이 깊숙한 곳에서 엿보여야 한다.

그러나 저 두 사람에게는 딱히 반발로 인한 비틀림이 안 보였다.

요컨대 두 사람의 마음은 저 쇠사슬을 풀어낸다고 한들 바뀌지 않는다. 그러니까 설령 저 힘을 간신히 무효화시키더라도 또 자기들끼리 쇠사슬을 묶고 끝난다.

먼저 본심 자체를 뒤흔드는 방법을 써서 복수에 의문을 품게 만드는 단계부터 시작해야 할 필요가 있겠다.

'어떻게든 방법을 찾아 쇠사슬의 핵 역할을 하는 우케이를 설득해야겠어…….'

길이 미나리스와 슈리아에게 수작질을 부렸을 때 우케이의 마음에는 틀림없이 복수가 아닌 감정이 떠올랐었다. 복수의 색은 여전히 사라지지 않았지만, 그러나 순수하게 두 소녀를 지키고 싶어 했던 마음도 믿기지 않을 만큼 강했다.

'……그렇게 다정하고 강한 색도 보여줄 수 있는 사람이잖아. 우케이가 바뀌면 미나리스와 슈리아도 따라서 바뀔 수 있어. 서로가 서로의 복수심을 자극하고 붙들어준다는 게 절대로 좋을 리 없는걸.'

아마도 쇠사슬의 능력은 두 가지.

하나는 감정의 농도를 유지하기 위해 쇠사슬에서 새어 나오는 액상의 무엇인가.

다른 하나는 검은 쇠사슬을 매개로 서로의 심정을 공유해주는 힘.

게다가 증오에 속한 부류만 서로 전해줌으로써 서로의 마음을 거무칙칙한 감정으로 물들이고 있다.

'그딴 관계는 무조건 잘못된 거야!!'

나는 깊숙이 결의했다.

기필코 미나리스를, 아니, 우케이를 포함해서 슈리아까지 이쪽으로 돌려놓겠다고.

그래, 그다음은 세 사람 모두 우리의 동료로 받아들이자.

내 지식과 우케이의 지식을 더한다면 분명히 더 많은 사람을 구할 수 있다.

이 세계는 몹시도 난폭하고, 그럼에도 무척 아름다운 세계니까.

'……기필코 올바른 길로 다시 데려올 거야. 이딴 관계는 틀림없이 잘못됐는걸.'

셋 모두 아직은 분명 정상으로 돌아올 수 있다. 행복해질 수 있다.

그렇다, 그토록 어두운 빛깔에 휘감기고도 깊숙이 들여다본 곳에 나타난 것은 비통의 색.

마음 한가운데만큼은 끝없이 울고 부르짖는 새파란 색.

부유하는 어둠의 색에 꿰뚫린 채 아프다고 괴로워하는 그런 색.

세 사람은 아직껏 울 수도 있고 웃을 수도 있다. 아직껏 마음은 죽지 않았다. 복수의 색은 사라지지 않아도 다른 색깔을 제대로 떠올릴 수 있다.

그렇다면 복수의 색 따위 내버리면 그만이잖아.

잘못을 인정하고 복수를 포기하는 게 본인들을 위함이니까.

☆

『산맥의 앞쪽 가갈드라는 곳에 간다면 자세하게 위치를 물어볼 수 있을 거야. 안전하게 돌아가려면 길이 좀 멀어지겠지만, 법국의 로벨리아라는 지역에서 출발해야 더 편하게 도착할 수 있고.』

아아, 드디어, 드디어, 드디어, 드디어.

'……우훗, 우후훗. 아, 안 됩니다. 오랜만에 스킬까지 사용했는데도 감정을 다 억제할 수가 없군요.'

안 되는 줄 알면서도 자꾸 웃음이 새어 나오려고 합니다.

당장에 뭔가 행동에 나설 형편은 아닙니다만, 이제야 구체적인 전망이 보였습니다.

"자, 많은 마법은 『화』, 『수』, 『풍』, 『흙』, 『빛』, 『어둠』, 『무』까지 일곱 종류의 기본 속성으로 분류됩니다. 또한 『얼음』과 『벼락』 등 기본 속성에서 파생된 속성도 있죠. 그리고 이러한 분류에 포함되지 않는 속성의 마법을 아울러서 계통 외라고 지칭합니다. 유명한 사례를 들어보자면 제국의 맹장 아잘리스트 장군이 사용하는 『식물 마법』이 있겠군요. 또한 제국 북부의 황무지에는 『주술』이라 불리는 특수한 기법을 쓰는 일족도 있다 합니다."

'아차, 안 됩니다. 지금은 강의에 집중해야죠.'

조금이라도 비축할 수 있는 만큼 전부를 비축해서 이제 바로 앞까지 다가와 있는 복수의 때를 맞이하기 위하여.

그런 생각에 수업 시작 때 배부된 마술 교범의 사본으로 시선을 떨어뜨렸습니다.

몇 번을 돌려서 사용했는지 모를 지면에는 제가 감각적으로 어렴풋이 알았던 내용이 실려 있습니다.

고양되는 기분을 억지로 단속하면서 애써 강의에 집중했습니다.

다만 그렇게 마음을 다잡던 때였습니다.

교실에 놓인 모래시계의 모래가 다 떨어지고 띠띠띠띠, 벨 소리가 울려 퍼졌습니다.

"이런, 벌써 시간이 다 됐군요. 일단 오전 강의는 여기까지입니다. 두 시간 뒤 오후 과정을 시작하겠습니다. 이따 봅시다."

강의 중 말투와 마찬가지로 어딘가 무기질적인 화법의 강의는 끝났고, 강사는 교실 바깥으로 떠나갔습니다.

"자, 두 사람은 식사 어떡할 예정, 아, 도시락이구나."

저희는 미리 준비해서 갖고 온 도시락 상자를 책상 위에 올려놓았습니다.

오늘은 뿔닭과 매콤한 초겨울 나물볶음, 폭주 소의 치즈와 포동포동 돼지 훈제로 두 종류의 샌드위치를 만들었습니다. 대도서관에서 자료 조사를 진행하는 주인님의 몫도 포함해서 자신작입니다.

"와아~ 예쁘게 담아 놓은 게 정말로 맛있겠어. 옛날부터 손재주가 좋은 줄은 알았는데, 미나리스, 요리 솜씨가 많이 늘었구나~."

"그나저나 이거, 나보다 요리 솜씨가 좋은 거 아니야……?"

슈피네 씨는 생글생글, 레오네 씨는 살짝 복잡한 표정을 지은 채 도시락의 내용물을 들여다봅니다.

"보기에만 예쁜 게 아니라요, 미나리스 씨가 만드는 도시락은 무척 맛있답니다? 딱 한 입이라면 특별히 맛보여드릴 수도 있어요."

묘하게 자랑하는 분위기로 슈리아가 한 입씩 샌드위치를 뜯어서 두 분에게 내밀었습니다.

""……와, 맛있어?!""

"당연합니다. 주인님의 입에 들어갈 음식인데 제가 적당히 만들었을 리 없잖아요."

의연하게 말하면서도 기쁨이 물씬 솟아오릅니다.

자기 노력의 결과를 말로 인정받으면 역시 기분이 무척 좋습니다. 게다가 호의적인 사람에게 듣는 말이라면 더더욱이죠.

"정말로 우케이를 많이 좋아하는구나."

"네, 저희에게는 둘도 없이 소중한 분이니까요."

"당연하여요. 앗, 그런데 말이어요. 지금은 포위망 작전 중이니까 카이토 님에게는 비밀이랍니다?"

"……그래, 그렇지, 그렇구나."

"……아? 무슨 일 있으세요?"

"으응, 아무것도 아니야. 슈피네, 우리도 밥 먹으러 갈까? 이러다가 오후 수업에 늦겠어."

"좋아, 가자. 그나저나 첫날은 지루하기만 하고 역시나 얻을 게 없었구나~."

"어휴, 또 투덜거린다. 복습은 중요하거든? 막상 **닥쳤을 때**는 이미 늦어버리니까. 그러면 둘 다 나중에 다시 식사나 같이하자. 자, 가자, 슈피네. 댄이랑 정크가 기다릴 거야."

두 분은 가볍게 웃으면서 휙휙 손을 흔들고 교실에서 나갔습니다.

저희도 도시락 상자에 손을 가져가서 식사를 시작합니다.

"냠냠! 오늘도 맛있어요."

"못써요, 슈리아. 방정맞잖아요."

"음무악?"

입가에 소스를 묻힌 채 샌드위치를 열심히 베어 먹는 슈리아의 뺨을 닦아줬습니다.

'……그러고 보니 그때도 이런 식으로 도시락을 만들어 먹었었죠.'

그때, 요리를 만드는 것은 제가 아니라 루샤의 담당이었습니다.

소꿉친구 셋이서 함께 놀 때 루샤는 스스로 도시락 상자를 준비해서 가지고 왔습니다.

숲속을 이리저리 달려다니다가 배가 고프면 나무 그늘이나 쓰러진 나무에 등을 기대고 앉아서 점심을 먹었고…….

"으음, 다음에는 조금 더 신맛을 더해볼까요."

지금은 혀에 전달되는 짠맛과 더불어 눈이 확 뜨이도록 강한 자극이 못 견디게 간절했습니다.

"그나저나 강의를 듣는다는 게 예상외로 많이 피곤하네요."

후유, 한숨을 쉬면서 걸어 돌아가는 길은 분위기 있는 자줏빛으로 물들었습니다.

짧고도 길게 느껴지는 시간을 보내고 저와 슈리아 두 사람, 그리고 레오나 씨를 비롯한 일행들 네 명은 숙소로 돌아가는 길을 걷고 있었습니다.

"그러셨어요? 슈리아는 별로 피곤하지 않았는걸요."

"어머, 기특해라. 존경스러운걸. 착한 아이구나~."

"흐얏! 멋대로 쓰담거리지 말란 말이에욧! 슈리아의 머리를 휘어잡거나 때리거나 밟아 문대도 되는 사람은 카이토 님뿐이어욧!"

불쑥, 슈리아의 평소 증상이 발동했습니다.

아아, 그토록 다른 사람들 앞에서는 자중하라고 거듭 타일렀건마는.

"어머나? 그, 그렇게 못된 짓을 당한단 말야~?"

"으음, 좀 많이 당황스럽군요."

"그런 짓을 할 만한 녀석으로 보이진 않았는데."

얼굴을 찌푸리는 레오네 씨와 일행들.

슈리아도 나쁜 뜻은 없습니다만, 정말로 나쁜 뜻만 없는 까닭에 곤란합니다.

"아뇨, 저 말은……."

"저기, 슈리아. 정말 개한테 당한 짓이야?"

"그럼요, 맞아요! 카이토 님은 슈리아랑 미나리스 씨에게 은근히 약하거든요. 열심히 졸라 대면 열 번에 한 번 정도는 부탁을 들어주셔요! 기막혀하는 시선까지 보너스로 짝짝 힘을 넣어주신답니다. 우훗, 오싹오싹해서 기분 좋아요. 우훗후후."

"엥? 아, 음……?"

뜻밖의 발언을 듣고 눈초리가 예리해졌던 레오네 씨가 슈리아의 황홀감에 젖은 얼굴을 보고는 뭐라 말을 못 하겠다는 미묘한 표정을 짓습니다.

도움을 요청하는 시선이 모여들기에 저는 조용히 말을 골랐습니다.

"……레오네 씨. 어릴 적 제게 슈피네 씨는 「세상에는 여러 가지 형태의 사랑이 있단다」라고 가르쳐주셨어요."

"어머, 어머나, 내가 그런 소리를 했었던가아?"

"슈피네……. 어린아이한테 대체 뭔 소리를……."

쓱 눈을 피하는 슈피네 씨를 가자미눈으로 쳐다본 뒤 레오네 씨는 한숨을 쉬었습니다.

"후유우, 그러니까, 미나리스. 슈리아는, 요컨대, 으음, 취향이 조금 별나다는 말이구나?"

"유감스럽게도……."

"저런, 어린 나이에 벌써부터 참 심오한 세계에 빠져버렸구나. 그쪽 업계는 정말 심오하거든~."

"아하하, 세상에, 아이고오."

슈피네 씨와 정크 씨가 망상의 바다에 빠져 돌아오지 못하는 슈리아를 헛웃음과 함께 지켜봅니다.

"정말로 부끄러울 따름이네요……. 슈리아, 언제까지 그러고 있을 겁니까!"

"흐얏! 차갑잖아욧?!"

"도대체가 이 아이는……."

망상에 푹 잠겨서 꾸물꾸물 몸을 비틀거리기 시작한 슈리아의 등줄기에 무영창으로 만들어 낸 얼음 조각을 밀어 넣고는 지끈대는 머리에 손을 가져갔습니다.

"끄앙, 너무하셔요오."

"뭐, 뭐어. 그거야 어쨌든 간에 두 사람 모두 상급 클래스라면 우리보다 꽤 어려운 수업을 들었을 테지? 레오네와 슈피네 둘은 그렇다 쳐도 두 사람 모두 어린 나이에 잘 따라가는구나."

그때 댄 씨가 주위에 감도는 미묘한 분위기를 바꿔보고자 말을 꺼냈습니다.

"정말로 댄도 좀 보고 배워야 해요. 하다못해 옆자리에서 코 고는 소리는 안 내야죠. 저까지 같이 눈총을 맞는다고요."

"엑? 정크, 이 녀석! 말하지 말라니까!!"

"대앤~? 잠깐, 이게 도대체 무슨 소리야?"

"앗, 아니, 음, 그게, 저, 저기 좀 봐라! 뭔가 재미있을 것 같지 않나?"

얼굴을 실룩거리면서 댄 씨가 도망칠 데를 찾아서 주위를 둘러보던 중 자그맣게 인파가 몰려 있는 곳을 가리켰습니다.

작은 광장처럼 트여 있는 그 장소는 중앙에 분수가 위치하고, 작은 이동식 포장마차 및 좌판점, 거리 공연자들이 모여 있어서 지나다니는 사람들의 관심을 끌고 있었습니다.

"말 돌리는 방법이 너무 조잡하잖아, 댄은 나중에 잔소리 좀 듣자. 그건 그렇고 확실히 꽤 흥행하는 행사가 있는 것 같네."

털썩 고개 숙이는 댄 씨를 딱 잘라 무시하고 레오네 씨가 말했습니다.

"『자, 자아, 다음 도전자는 누구인가? 바람총으로 판자의 구멍을 지나 표적을 쓰러뜨리면 보고 계시는 귀한 상품을 선물합니다!』"

"『선물~ 선물~. 호화 상품~ 호화 상품~.』"

큰 목소리로 고함지르는 두 인물은 훌쭉한 장신의 남자, 그와 대조적으로 키가 작고 전체적으로 몸의 선이 동그란 남자였습니다.

"아앗, 아까워라!" "진짜 맞힐 수 있었는데." "되게 못한다~." "잘 좀 노려보라고!"

행사의 내용은 주최자가 마련한 단상 위에서 조잡한 만듦새의 바람총을 불어서 나무판자에 뚫린 구멍을 통과시켜서 앞쪽에 있는 인형을 쓰러뜨리라는 것인데, 지금도 한 명 실패해서 풀이 죽은 채 내려오는 사람이 나왔습니다.

와아와아 떠들어 대는 사람들의 목적은 상품이라며 진열해 놓은 물건인 듯합니다.

장난감 종류의 물품부터 생활 잡화에 쓰이는 물건, 값비싼 마법 실험 소재, 그리고 특별 상품은 고품질의 포션이었습니다.

"흠, 제법 괜찮은 상품을 준비했네. 그렇지만……."

"저래서는 좋은 상품은 못 받겠는걸."

"아? 무슨 말씀이세요?"

"저기, 나무판자를 잘 보렴."

가리키는 대로 저는 구멍이 뚫린 판자를 살펴봤습니다.

그렇지만 언뜻 봐서는 평범하게 구멍이 뚫린 판자로밖에 안 보입니다.

"응응? 잘 보니까 뭔가 묘한 느낌이 드는군, 저거."

"확실히 수상쩍은 마력이 흘러 다니어요."

슈리아의『비색 눈동자』에는 무엇인가 보이는 모양입니다.

장애물 역할을 하는 판자에 뭔가 수작을 부렸다는 것은 분명한지라 저도 다시금 나무판자에 주목했습니다.

적색과 황색으로 칠한 판자에는 유선형의 문양을 그려 놓았습니다.

상품의 가치에 따라 크기를 달리하여 띄엄띄엄 구멍이 뚫려 있습니다.

그때 다음 도전자가 불어 낸 화살이 마침 구멍을 지나갔습니다.

"어라?"

구멍을 지나쳤던 화살은 주시하지 않으면 못 알아볼 만큼 살짝만 진행 방향이 엇나갔습니다.

'지금 뭔가 희미하게 문양이 떠올랐던 것 같은데요…….'

“아, 아까워라! 구멍은 통과했는데 말야.”

결국 이번 도전자도 실패로 끝나서 분한 모습을 보입니다.

“이제 알겠어요. 저야 이론은 잘 모르지만, 저 구멍을 통과할 때 인형에 화살이 맞지 않도록 궤도가 어긋나게 하는 장치를 달아 놨군요.”

“조잡한 마법이지만 은폐 기술은 일류네. 슈리아는 용케 꿰뚫어 봤구나.”

“흐흥, 당연하지요!”

으음, 이러면 알아차리지 못한 사람은 저뿐인가요. 살짝은 분한 기분입니다.

“뭐, 자주 보이는 광경이네. 가자.”

“네? 헌병 아저씨한테 신고는 안 하고요?”

“저런 종류의 행사는 다들 얼마간 속임수를 쓰고 있거든. 도시의 헌병도 대충 파악하고 있는 사실이니까 어지간히 악질이 아닌 한 상대해주지 않을 거야.”

그렇게 말한 뒤 레오네 씨는 어깨를 으쓱거려 보였습니다.

그때, 저희가 말을 주고받는 동안에도 또 한 명 실패한 도전자가 나타났습니다.

“『오, 꼬마 아가씨, 되게 아까웠어!』”

“『또 와라, 또 와라.』”

“『아으…….』”

기운이 쭉 빠진 채 작은 여자아이가 원을 이루는 관객들 틈을 나와서 조금 떨어진 장소로 돌아갑니다.

아이의 눈빛에서 무척 깊은 슬픔의 색이 보였습니다. 저는 저 색깔을 알고 있습니다.

"……저렇게 어린아이를 속이는데, 그래도 두고 보나요?"

"나도, 뭐……. 기분이 좋은 게 아니지만 말이야……."

레오네 씨는 곤란해하는 표정으로 눈살을 찌푸렸습니다.

분명 이것은 정말로 어디에나 있는 광경 중 하나겠죠.

일일이 신경 쓸 만큼 드문 광경이 아니겠죠.

사기 행위여도 금액이 적기에 다른 대다수가 보기에는 「아까웠어」라는 한 마디로 정리할 수 있는 별것 아닌 사건일 뿐.

어느 누구든 『별일』 아니라며 웃어넘길 수 있는 사건일 뿐.

작은 마음에 담겨 있는 절박함을 한없이 조롱하는 행위.

"……저희도, 「마음에 안 든다」는 한마디면 충분하겠죠."

"누가 방관을 하든 슈리아가 알 바는 아니어요."

"앗, 저기, 얘들아?"

어쩔 수 없다든가 누구든 하는 짓이라든가 당연한 일상이라든가 그런 설명은 아무래도 좋습니다.

단지 분명한 것은 저 행위를 허용할 수 없다는 저희의 의지뿐입니다.

"여기, 여기요. 꼬마 아가씨. 무엇을 갖고 싶었어요?"

"흐앙?"

"꼭 갖고 싶은 물건이 있었던 거죠? 어떤 상품인가요?"

"그, 그게요. 약이 필요해요……. 어머니가, 다쳐서 많이 아파요. 그래도, 다른 가게에서는 약을 못 사서……."

여자아이가 가리킨 곳에 있는 물건은 고품질의 포션.

역시, 이래서 싫단 말이죠.

딱히 레오네 씨와 일행분들이 이상한 사람들은 아니잖아요.

다만 당연한 반응이었을 뿐.

그렇게 누구든 따르는 당연한 행동 방식이 무엇인가에 매달리는 간절함을 짓눌러 찌부러뜨릴 뿐.

『아니야!! 나는 관계없다! 전혀 몰랐다고!!』

『나도 속았던 거야! 저년한테!! 젠장, 더러운 수인 따위가!』

……그 마을의 사람들이 당연하다는 듯이 저와 어머니를 내다 버렸던 것처럼.

"그렇군요. 알았어요, 여기에서 잠깐만 기다려줄래요?"

"언니들이 포션을 받아다 주겠어요."

저는 이 세계가 싫습니다. 이런 절박함을 짓밟을 수 있는 세계가 싫어서 못 견디겠습니다.

왈칵, 눈자위에 눈물을 글썽거리는 여자아이에게 미소 지은 뒤 행사의 주최자에게 가까이 다가갔습니다.

"자아, 다음 도전자는 누구신가? 해님도 거의 다 떨어졌으니까 다음이 마지막 도전입니다!"

"도전자, 도전자, 모집, 모집."

"오빠, 오빠. 여기요, 슈리아랑 미나리스 씨가 참가하겠어요."

"두 사람 동시 도전도 상관없겠죠? 비용은 얼마입니까?"

"오, 아름다운 아가씨들이군. 참가비는 한 사람당 대동화 다섯 장인데, 끝나고 차 한잔 마셔준다면 공짜로 도전할 기회를 줄 수 있다만?"

"그러면 저와 슈리아를 더해서 은화 한 장이군요."

은화를 꺼내서 던져준 다음 저와 슈리아는 바람총을 손에 쥐었습니다.

화살은 한 차례 도전에 두 발뿐.

“미나리스 씨, 저에게 맡겨주셔요.”

“아뇨, 괜찮습니다. 제게도 한번 시험해보고 싶은 수법이 있거든요.”

『괴뢰빙대』를 걸어주려고 하는 슈리아를 제지한 뒤 저는 은근스레 자신의 내면에서 열기를 피워 올리던 감각을 불러일으켰습니다.

그때, 쿠우가 제 몸속에 들어왔을 때 썼던 힘의 편린.

“시작하죠, 슈리아.”

“네네, 알겠어요.”

화살을 쥔 슈리아의 손에 마력이 주입되었고, 곧 바람총에 잠시간 생명을 불어넣습니다.

저희는 경박하게 접대용 웃음을 짓는 주최자의 앞쪽에서 단상에 올라 바람총을 쏘았습니다.

저와 슈리아가 쏜 화살은 빨려 들어가듯 구멍으로 향했고.

슈리아에게 가짜 생명을 부여받은 화살은 구멍을 지나간 다음에도 궤도가 어긋나지 않고 표적으로 놓아둔 인형에 적중했습니다.

그리고 제가 쏜 화살은 아주 조그만 한 마리의 **날벌레**가 궤도를 수정하여 처음 노렸던 표적으로 화살을 유도했습니다.

“우후훗.”

“흐앗, 굉장하여요.”

‘역시, 쓸모가 있는 힘입니다. 가능한 분야의 폭이 무척 넓어지겠어요.’

마력으로 만들어 낸 벌레를 조종하는 힘.

쿠우가 몸속에 있을 때 다뤘던 힘보다는 많이 약합니다.

그럼에도 다른 힘과 조합한다면 더 다양한 효과를 발휘할 수 있겠죠.

"뭣?!" "아니?"

주최자 두 남자의 놀라는 목소리가 귓가에 와 닿았고, 저희는 두 번째 화살을 쏘았습니다.

슈리아의 화살은 노렸던 대로 하나의 표적을 쓰러뜨렸습니다.

그리고 제가 쏜 화살은 하나의 표적을 쓰러뜨리고 튕겨 나와서 다른 하나의 표적을 더 쓰러뜨렸습니다.

그 결과 저희가 쓰러뜨렸던 표적 인형은 다섯 개.

"그럼 상품을 갖다주시겠어요?"

"풍작이어요."

"아니, 앗, 잠깐, 잠깐만, 뭐냐!! 성공할 리가……."

"성공할 리가, 뭐라고요?"

"윽, 아, 끄응."

당황하는 주최자 남자에게 말을 받아치자 상대는 차마 대답하지 못한 채 입을 다물었습니다.

"그러면 이제 갈까요?"

상품을 다섯 개 손에 들어서 그중 포션을 여자아이에게 건네줍니다.

"어? 저, 저기요!"

"곧 해가 떨어지겠어요. 어머니, 건강해지시면 좋겠네요."

"그, 그래도……."

"자, 어서 가세요. 아직은 살릴 수 있는 생명이잖아요."

"고마워요! 메이드 옷 언니! 이상한 옷 언니야!"

작은 여자아이는 함박웃음을 짓고는 손을 휙휙 흔들면서 달려갔습니다.

그 모습을 보면 저절로 얼굴에 미소가 피어납니다.

"으으, 이상한 옷이 아니란 말이에요……. 게다가 미나리스 씨는 『언니』인데 어째서 슈리아는 『언니야』예요?"

"그, 글쎄요."

저희는 레오네 씨와 일행분들이 있는 곳으로 돌아와서 말을 건넸습니다.

"자, 그러면 여기에서 헤어지도록 해요. 저희는 잠시 들를 곳이 있거든요. 또 내일 잘 부탁드려요."

"안녕히 안녕히 돌아가셔요!"

"아, 얘들아……."

그런 식으로 가볍게 인사를 나눈 뒤 레오네 씨와 헤어졌습니다.

"그럼 슈리아. 당신은 일단 방금 전 소녀의 뒤를 따라가주세요. 아마도 이쪽으로 올 것 같기는 합니다만, 만에 하나의 사태에는 대비해야겠죠."

"네, 알겠어요. 슈리아에게 다 맡겨주셔요."

선뜻 대답하고 슈리아는 혼자서 인파에 섞여 떠났습니다.

저도 시장으로 이어지는 길을 걸어 나아갑니다.

조금씩 대로를 벗어나며 인기척이 없는 길을 골라 걸어가던 중 불현듯 뒤쪽에서 명백한 적의를 지닌 기척이 따라붙었습니다.

"어머, 예상보다 좀 늦었네요."

"“…….””

해가 떨어지면서 점점 어둑해지는 골목길에 문득 발소리가 멎습니다.

이쪽에서 말을 건네자 상대는 험악한 표정을 지은 채 눈을 부라렸습니다.

“대강 예상은 되지만 묻죠. 도대체 무슨 용무입니까?”

“아니, 방금 전에는 거절당했는데 말이야, 역시 차 한잔은 하고 싶더라고.”

“차 한잔, 차 한잔.”

아, 역시.

포션 한 병보다 비싼 상품을 확보하면 이쪽에 달려들리라 생각했습니다만, 예상보다 더더욱 단세포나 할 짓입니다.

“대단히 죄송하오나 제게 시간을 낭비하는 몹쓸 취미는 없는 관계로 거절하겠습니다.”

살포시 미소 지은 채 답하자 남자는 조롱당했다고 느꼈는지 안 그래도 변변찮은 낯짝을 더욱 추악하게 비뚤어뜨렸습니다.

“거 말이야, 이쪽도 순순히 물러날 수가 없거들랑. 너희가 사기를 쳐서 강탈했던 상품을 되돌려받아야 한다고. 알아듣겠어?”

“알아들어라, 알아들어라. 제꺼덕, 제꺼덕!”

“어머, 저는 단지 규칙에 따라 상품을 수령했을 텐데요?”

“그랬던가? 유감스럽군. 정말 유감이야. 그래도 어쩔 수 없단 말이지. 우리의 귀한 상품이라고, 힘을 써서라도 돌려받겠다!”

“힘쓴다! 힘쓴다!!”

"……."

"괜히 반항하지는 말라고? 이다음은 그 쪼그만 꼬마 아가씨도 찾아가서 포션을 회수해야 된단 말이다. 아주 바쁘신 몸이라고."

"바쁘다, 바쁘다."

"강도 짓을 저지르고도 이 도시에 머무를 순 없을 텐데요?"

"그렇기는 하지, 뭐. 제대로 한몫 잡으러 왔는데 이래서는 장사를 못 한단 말이지. 헤헤, 그러니까 말이지. 너하고 포션을 갖고 간 여자아이와 어미, 목청을 묶개서 노예상에 팔아넘겨줄게. 쳇, 말라깽이 꼬마와 병에 걸렸다는 어미뿐이어서는 별로 돈이 안 될 테지만, 너는 충분히 상등품이거든!"

"팔아넘긴다, 팔아넘긴다!!"

『그건 그렇고 네 어미는 짜증 나게 왜 제멋대로 죽어버리냐? 어째서 내가 기껏해야 수인 때문에 돈을 손해 봐야 하냐고, 젠장.』

머릿속에 스치는 노예라는 말에 쿡쿡, 조소가 새어 나옵니다.

"정말이지 대책이 없는 분들이네요. ……그건 그렇고, 노예상에 나를 팔아넘긴다고요? 하필이면 최악의 선택지를 고르는군요. 『빙층벽(氷層壁)(아이스 월)』."

"엉? 뭐, 뭐야?!" "으앗? 으아!!"

생성한 것은 돔 형상의 빙벽 두 장.

"괜히 큰 목소리로 고함지르면 일 처리가 귀찮아질 테니까 소리가 새어 나가지 않도록 손을 좀 썼습니다. 본래 사람들이 별로 안 다니는 장소니까 이 정도면 충분하겠죠."

"뭐, 뭐가 어떻게 된, 흐악?!"

"다리, 다리! 안 움직인다, 안 움직인다!!"

일단은 덮쳐들려고 하는 2인조의 다리를 얼려서 지면에 붙여 놓았습니다.

다리를 지면에 묶어 두기만 했던 얼음이 츠즉츠즉 소리를 내며 남자들의 신체를 타고 오릅니다.

"아, 안 되겠네요. 이래 보여도 공손하게 부탁한다면 살짝 겁만 주고 보내줄 생각이었답니다? 그런데, 정말 오늘은 묘한 날이에요. 가볍게 자극받은 게 전부인데 말이죠. 우후훗, 살짝 손을 썼더니 더 이상은 제어가 될 것 같지가 않군요, 우후후후훗."

"흐, 흐아아아악?! 멈춰! 멈춰다오!!"

"차갑다, 차갑다! 으앗, 으앗!"

"차분히 맛보도록 해요. 정성을 담아 봉사해드릴 테니까요. 우훗, 우후후훗!"

두 남자가 꼼짝도 못 하는 지경에 처할 때까지 긴 시간이 걸리진 않았습니다.

한 발짝 한 발짝 기어 올라오며 조금씩 두껍게, 이윽고 목까지 온통 얼음이 뒤덮습니다.

그러고는 목덜미 부분부터 얼굴을 둘러싸는 얼음벽 용기를 형성했습니다.

"사과한다! 사과할 테니까, 용서해다오……!"

"미아, 미안……. 용서해줘, 용서해……."

"아하하하, 먼저 공격해 놓고 용서해달란 말씀이 나오나요? 얼마나 더 저를 모욕하면 직성이 풀릴 겁니까? 손님분들, 상황이 이쯤 되니까 차라리 귀엽다 싶을 만큼 딱하군요! 우후후후훗."

남자들의 얼굴 전면만 V자로 공간을 남긴 뒤 얼음이 멈춥니다.

그러자 괜한 기대라도 품었을 테죠, 저들은 희미하게 안도의 표정을 떠올렸습니다.

그러니까 저는 특별히 더 아름답게 보이도록 웃음 지으며 선고했습니다.

"용서할 리가 없잖아요? 당신들은 이미 제 마음속에서 일선을 넘어섰습니다. 살점 하나도 남김없이 쓰레기처럼 녹아서 사라지도록 해요."

"어? 아, 거짓, 말, 잠깐, 멈춰!"

"살려, 살려, 줘."

또다시 얼음이 움직이자 얼굴에 절망이 가득 들어차는 모습을 마음껏 바라봤습니다.

그리고 머리가 완전히 파묻혀서 절구 모양의 용기가 완성됩니다.

"노예 따위의 발언이 아니었다면 단숨에 죽여줄 수도 있었겠죠. 죽을 때까지 멋진 고통을 음미하세요."

저는 절구 모양의 용기에 『환염독귀』로 생성한 용해독을 주입했습니다.

""끄아아아아아아아아아아악!!""

울려 퍼지는 절규를 들으면서 절구 용기에 얼음 뚜껑을 덮었습니다.

"자, 고블린은 완전히 녹을 때까지 30초 정도 걸렸습니다만, 당신들은 얼마나 버틸 수 있을까요?"

"『꺼억, 아아아앗, 아, 아악』."

“『꺼흑, 꺼헉…….』”

얼음 유리잔 안쪽에서 남자들은 눈 깜짝할 사이에 흐물흐물 녹아 내렸고, 얼마 지나지 않아 흐릿흐릿한 단말마가 들려왔습니다.

피부가 녹고, 살점이 녹고, 뼈가 녹고, 마지막에는 짙은 다갈색 액체만 남았습니다.

“우훗, 우후후후훗! 예상보다 더 기개가 없는 분들이었네요.”

쨍그랑 소리와 함께 얼음이 깨져 나가면서 물방울 하나 남기지 않고 미세한 입자처럼 분해되어 사라집니다.

아래에 떨어져 있는 남자들의 체액은 지면에 스며들었고 이제는 아무것도 남지 않았습니다.

“자, 너무 늦지 않도록 어서 돌아가죠.”

주체할 수 없이 고양된 감정을 제어하면서 걸음을 옮깁니다.

큰길로 나오자 마침 여러 노점이 장사를 하고 있는 곳이었습니다.

비록 규모는 작아도 시장처럼 여러 물건을 판매하는 장소 같습니다.

‘어머, 이런 곳에서도 식자재를 팔고 있군요. 나중에 살펴보러 와야겠습니다.’

그렇게 걸어가던 중 문득 과일 가게 한 곳이 눈에 띄었습니다.

『미나리스, 나 때문에 고생만 하고 미안해. 내가 케릴의 생일날에는 배불리 먹여주고 싶다고 쓸데없는 말을 하는 바람에…….』

“…….”

“응? 아가씨, 왜 무슨 일 있나?”

“아, 아뇨…….”

거기에 놓인 것은 상자에 쌓아 둔 주먹 크기의 노란색 과일.

저와 루샤가 케릴을 위해 숲에서 찾아다녔던 과일.

“괜찮으시다면 그 과일을 세 개만 구입할 수 있을까요?”

“응? 아, 물론 괜찮지. 세 개면 동화 아홉 장이야.”

“……여기요, 확인해보세요.”

동화를 건네고 과일 세 개를 받은 다음에 주인님께서 주셨던 둥글 주머니 속에 보관했습니다.

그때 가게의 주인이 하나 더 과일을 제게 던져줬습니다.

“가져가, 아가씨가 미인이니까 하난 덤이야.”

“어머, 마음 써주셔서 감사합니다.”

그렇게 말한 뒤 고개를 살짝 꾸벅이고 저는 또다시 걸음을 뗐습니다.

“…….”

두 손에 든 과일을 보고 걸어가면서 아삭, 한 입을 베어 뭅니다.

입속으로 새콤달콤하고 싱싱한 과즙이 퍼져 나가고, 상쾌한 향이 콧속을 지나서 빠져나갔습니다.

“정말 오늘은 안 되겠네요. 도무지 감정 제어가 제대로 되질 않습니다.”

사람들이 바삐 오가는 거리에서 저는 살짝 한숨을 쉬었습니다.

레오네 씨에게 이야기를 들은 다음부터 쭉 눈앞에서 불티가 어른거립니다.

저와, 루샤와, 케릴과.

아버지라고 불렀었던 남자와 마을 사람들과.

아직 아무것도 몰랐던 나날에 쌓아 올렸던 기억의 잔해.

아주 사소한 계기 하나로 아찔아찔 일렁거리는 불꽃의 혓바닥이 옛 기억을 휘감습니다.

일순간 옮게 불타는 그 빛이 몹시도 달콤해서 손이 닿으려면 아직은 더 시간이 필요하다고 머리는 잘 앎에도 자꾸 현기증이 나도록 정신이 달아납니다.

몸이 욱신거리고, 마음이 욱신거리고, 혼이 욱신거리고.

'후후, 어떤 방식으로 살해하면 가장 큰 괴로움을 선사할 수 있을까요. 어떤 독을 사용할까요, 어떤 도구를 사용할까요. 그 아이는 저보다 더욱 꿈 많은 성격이었죠. 연출은 물론 꽤 과하게 준비하는 게 좋겠습니다.'

"……자, 시간이 더 늦어지기 전에 서둘러 돌아가죠."

저는 석양에 물든 거리를 걸어갑니다.

이 도시는 해가 저물면 마도 가로등을 켜기에 밤도 밝습니다.

그 때문인지 저의 발걸음은 불에 달아오른 듯 둥실둥실 들뜬 심정을 떨치지 못했습니다.

☆

"앗, 안 되는데. 생각보다 훨씬 늦어버렸어."

나는 오래 살아서 익숙한 카번헤임의 거리를 달린다.

사람들이 바삐 오가는 거리, 해는 절반쯤 저물었고 마도 가로등의 밝은 빛이 주위를 차차 비춰주고 있었다.

목적지에 도착했을 때 점찍어 뒀던 과일 가게의 주인은 영업 종료를 위한 채비를 거의 다 마치는 참이었다.

"오오, 잘 왔다. 요즘 들어서 통 안 보이길래 다른 과일 가게로 단골이 넘어갔나 싶어 섭섭했다고."

"에잇, 그럴 리 없잖아. 요즘은 조금 이래저래 바빴거든. 그나저나 아저씨, 그 과일요, 남아 있어?"

"그럼 남아 있지. 몇 개나 주랴?"

"열 개 부탁해. 파이를 만들어서 먹을 거야."

"알았다. 뚜껑을 이미 닫았거든. 잠깐만 기다려라."

과일 가게 아저씨는 조금 안쪽에 있는 나무 상자의 뚜껑을 열고 안쪽에서 내가 찾았던 과일을 꺼내줬다.

"이거, 이거야. 겨우 시간이 나서 꼭 먹고 싶었거든. 고마워!"

"먹여주고 싶었단 뜻이겠지? 이것 참, 젊은이들은 좋겠구나. 그래, 결혼은 언제 할 테냐?"

"아, 정말! 아저씨도 참! ……사, 사실 말이야, 다음 달에 결혼 날짜를 잡았어!"

"오! 경사가 났군. 기분이다, 덤을 얹어줘야겠군."

"와! 고마워~!"

열 개보다 많은 과일을 받아 들고 미소를 머금는다.

"만세! 횡재했네♪ 그러면 또 올게, 아저씨!"

"그래, **케릴**한테 맛있는 파이를 구워주라고. **루샤**!"

"걱정하지 마~! 나, 요리 솜씨가 좋단 말이야!"

나는 아저씨에게 손을 흔들고 귀갓길을 재촉했다.

빨리 돌아가서 케릴에게 식사를 만들어줘야 하니까.

제4장 그렇게 소녀는 진실을 안다

생태의 유사점은 많을지언정 흡혈귀라는 종족과 마물 뱀파이어는 전혀 다른 종류의 생물이다.

양쪽 다 인간형이며 생물에 대해 흡혈 행위를 실행하지만, 뱀파이어는 언데드의 일종이며 태양의 빛을 받아서 쬘 수가 없고 성수에 약한 등등 약점을 지녔다. 또한 뱀파이어는 정기적으로 흡혈을 하지 않으면 신체를 유지할 수 없고 최후에는 재가 되지만, 흡혈귀의 경우는 그렇지 않다.

충분한 흡혈을 수행하지 않는 한 능력을 제한당하지만, 그 상태에서도 인간에 뒤지지 않는 정도의 능력을 보유한다.

흡혈 행위 때문에 마물과 동일시되어 박해를 받게 된 그들, 그녀들은 스스로의 존재를 감추기에 이르렀다.

스테이터스를 은폐하는 수법도 뛰어나기 때문에 직접 존재를 확인하는 어렵다.

사람들이 사는 세상에 숨어드는 것은 흡혈귀에게 손쉬운 일이다.

다른 전승을 살펴보면 흡혈 행위에 의하여 숫자를 불려 나갈 수 있다고 알려졌는데 사실은 오류이다.

흡혈귀는 흡혈 행위를 통해 일시적으로 상대를 지배하에 둘 수가 있다.

저항에 실패해서 조종당하는 모습을 보고 『흡혈귀에게 피를 빨리면 흡혈귀의 부하가 된다』라는 이야기가 퍼져 나갔으리라 추측된다.

흡혈귀의 번식 수단은 평범한 인간과 다르지 않기 때문에 흡혈귀가 급격하게 증가하는 일은 없을 터이다.

사법(邪法) 및 주법(呪法)이라 불리는 금지된 술법 중에는 인간을 흡혈귀의 경지로 인도하는 수단이 존재한다는 소문도 돌고 있다만, 신빙성 있는 기록은 무엇 하나도 확인되지 않았다.

"후유, 이제야 제대로 된 정보가 실린 책을 찾아냈는데 별다른 수확은 없군."

대도서관의 구석, 나는 먼지를 뒤집어쓴 책에서 잠시 시선을 뗐다.

오늘로 대도서관을 다닌 지 1주일.

이 세계에서는 책값이 무척 비싸다. 따라서 세계 제일이라고 말하는 데 문제가 없을 장서량을 자랑하는 이곳 대도서관에는 와글와글 사람들 목소리가 울려 퍼지고 있다.

본래 세계의 도서관에서는 관내 정숙이 당연한 매너였지만, 이 세계에는 그런 규칙이 없는지라 수주한 퀘스트의 정보 수집을 위해 서로 상의하면서 조사에 임하는 녀석들도 많았다.

그런 가운데 나는 미나리스에게 발생했던 이변을 조사하기 위해서 흡혈귀와 관계된 서적을 뒤적거렸다만, 대부분은 무난한 기록만 실려 있기에 별다른 도움이 되지 않았다.

지금까지는 굳이 조사할 필요도 없이 알고 있었던 내용 및 종교론적 관점으로 흡혈귀와 뱀파이어를 동일시하여 비판하는 종류의 책밖에 발견하지 못했다.

『흡혈귀화 독』에 대해서도 알고 싶었지만, 흡혈귀 관련의 서적에도 독물 관련의 서적에도 기록은 없었다.

쿠우와 관련이 있을 듯싶은 기록은 더욱 찾기 어려웠고.

"뭐, 그야 쉽게 찾을 순 없겠지."

벅벅 머리를 긁으면서 한숨을 쉰다.

그렇다 해도 이 대도서관에서 발견할 수 없는 자료라면 실제로 물어보는 것이 빠르다.

언젠가 짬을 만들어서 그 거만한 자식을 만나러 갈 필요가 있겠다.

"그래도 만나고 싶지는 않단 말이지~. 거북하단 말이야, 그 녀석."

또다시 한 번 한숨을 쉬고 얼굴을 찡그렸다.

그토록 강력한 힘을 사용하지 않을 순 없겠지만, 일단 상세한 내용은 알아 두고 싶었다.

무엇이 가능한가 이것저것 시험할 계획은 갖고 있지만, 일단은 신중하게 대응하는 것이 현명하겠지.

"아무튼 대강 조사는 마쳤겠다, 내일부터 던전에 들어가볼까. ……음?"

그때, 마지막으로 훑어봤던 한 권을 덮으려다가 아직 1페이지가 더 남아 있음을 깨달았다.

"음? 아하, 또 이런 식이냐……."

진정한 흡혈귀야말로 이 세상에서 가장 오래된 존재이다.

저자, 토와코 쿠로이

사치스럽게도 1페이지를 다 써서 기록한 의미심장한 문장.

"거참, 이 세계의 인간들은 전부 중2병이야? 아니, 중2병의 결정체라는 판타지 세계이기는 한데 말이지."

이 녀석이고 저 녀석이고 자기가 쓴 책에다가 뭔가 장치를 만들어 놓지 않으면 직성이 안 풀리는 건가.

표지를 주머니처럼 만들어서 안쪽에 지도 비슷한 도면을 그린다거나 빛에 비추어 보면 수수께끼의 문양이 떠오른다거나.

제법 공을 들이는 경우라면 마력을 흘려 넣었을 때 책의 글자가 뒤바뀌거나 엷게 발광한 다음 『힘을 원하는 자여, 갈증을 풀어다오…….』 이렇게 수수께끼의 목소리가 들리도록 만든 물건까지 있었다.

옛 상처가 욱신거리니까 진짜 참아주면 좋겠다.

한숨 쉬고는 책장을 덮자 오늘도 이미 적당한 시간이 되어 있었다.

한꺼번에 들고 온 서적 몇 권을 끌어안고 책장 앞 대열을 돌아가서 책을 다시 꽂았다.

"앗, 찾았다!"

"응?"

목소리가 들린 쪽을 쳐다봤더니 거기에 있는 녀석은 레오네였다.

"뭐야? 나한테 뭔 용건 있나?"

미나리스에게 말은 들었지만, 직접 만나는 것은 입학시험 이후 처음이었다.

다만 이전에는 보였던 나를 책망하는 감정은 적당히 가라앉힌 듯 느껴졌다.

데굴데굴 바뀌는 태도 때문에 도무지 뭔 영문이냐고 의문을 품으면서도 대답을 하자 레오네는 한 차례 입을 열었다가, 그리고 다시 한 번 입을 다물었다가 재차 말문을 뗐다.

"할 얘기가 있어. 그러니까 주점으로 장소를 바꾸자. 한잔 같이 마셔줄 시간은 있지?"

"……뭐, 이야기쯤이야. 다만 술과 식사는 사양하겠어. 해가 저물기 전에 서둘러서 안 돌아가면 미나리스가 애써 만들어주는 밥을 못 먹는다고."

"……그래."

일순간 복잡한 표정을 지었다가 휙, 등 돌리는 레오네를 따라서 걸음을 내딛는다.

'적의는 별로 안 느껴지지만, 어떻게 생각해도 즐거운 대화 시간이 될 것 같지는 않군.'

약간 울적한 기분을 느끼면서 나는 대도서관을 뒤로했다.

레오네를 따라 도착한 주점에는 아직 해가 높이 떠 있는데도 와글와글 소란스러운 목소리가 이리저리 날아다녔다.

"언니! 한 잔 더! 한 잔 더 줘요!"

"……후, 이봐. 얼마나 더 마실 셈이야?"

"뭐, 어때서어. 마실 땐 마셔야지! 너랑 얘기 좀 하려고 내가 얼마나 오래 헛물을 켰는지 알아? 엉뚱하게 던전 입구 앞에서 내내 기다렸단 말이야. 그런데 왜 대도서관에 있는 거냐고오.”

“아니, 나한테 따져서 어쩌자는 거냐. 얘기를 하고 싶었다면 미나리스에게 전해달라고 하면 됐잖아.”

“그런 짓을 어떻게 하라는 거야!! 괜히 쓸데없이 미나리스랑 사이가 어색해지고 싶진 않거등!! 싫거등!”

“어색해지는 게 벌써 확정이야? 그나저나, 다 큰 어른이 『거등』은 좀 아니잖냐. 너무 취했어.”

“술은 인생의 정취라는 말씀음~! 취해야 인생을 알지이~. 무거운 이야기르을~ 맨정신으로 할 만큼 어린애도 아니고 원숙한 사람도 못 된단 말이야!! 자, 너도 빨랑 마셔라, 마셔!!”

“거참, 안 마신다 말했잖아. 이 사람아, 뭐하자는 거야.”

얼마간 각오를 다진 채 대화 자리에 따라왔건만 「일단 한잔 마시자」라고 말을 꺼냈던 레오네가 벌컥벌컥 술을 들이켜더니 눈 깜짝할 사이에 거나하게 취해버렸다.

어떤 대화도 진행되지 않은 상황에서 나는 어느덧 짜증을 넘어 기가 막히는 지경이었다.

“이제 됐다. 나는 돌아가겠어.”

홀짝홀짝 마시고 있던 감귤계의 과즙이 들어간 물을 탁자에 내려놓고 나는 일어섰다.

“잠깐만, 도망치지 마.”

“후유, 진짜 작작 좀 해라.”

레오네가 곧장 주점에서 나가려고 했던 내 팔을 붙잡고 안 놓아준다.

“너는 말이야아, 정취가 부족한 거야아.”

"……."

『정말이지 너는 정취가 부족한 사내이니라. 바싹바싹 메마른 녀석. 어쩔 수 없군. 내가 좀 돌봐줄 수밖에.』

분명 레오네는 적당히 갖다 붙였던 말이겠지만, 다만 잠깐은 옛 기억을 떠올렸다.

"……정취는 무슨. ……그래, 용건이 뭐냐. 용건이."

그렇게 시치미를 떼고 털썩 의자에 걸터앉았다.

장황하게 떠드는 레오네에게 피로가 섞인 한숨을 쉬어준 까닭은 저러한 감상 때문이었을까.

"네가 거짓말했던 여행의 목적 이야기야. 그리고 또, 너희가 매달리고 있는 복수에 대한 이야기."

그러니까 그 말은 긴장을 풀었던 내게 독을 들이붓듯이 타격을 줬다.

"크."

다시 시선을 돌려 쳐다본 레오네의 얼굴은 여전히 술기운이 어려서 붉게 물들어 있었다.

그러나 눈빛만큼은 맑고 똑바로 이쪽을 주시한다.

"나한테는 말이야, 보이거든. 너희가 무엇인가를 증오하는 마음으로 가득 찼다는 것도, 쇠사슬을 묶어서 마음을 복수로 물들였다는 것도."

"……흐음."

내 입에서 나지막한 목소리가 흘러나온다.

신기하게도 어떻게 알아냈냐고 되물을 기분은 들지 않았다.

"미나리스는 여전히 무척 착한 아이였어. 슈리아도 근본은 순수한 아이라고 봐. 네가 두 사람을 소중하게 여긴다는 것도 알고. 그러니까 더더욱 굳이 복수하겠다는 마음은 버리도록 해, 우케이. 너는 잘못됐어."

"흠, 잘못됐다고?"

"그래. 설령 그 아이들 자신이 받아들였더라도 네가 한 짓은 질 나쁜 세뇌잖아."

"……세뇌, 오호라, 세뇌라."

분명 정곡을 찌르는 말이었다.

그러나, 그럼에도 우리의 입장에서 보면 누구의 개입도 허락할 수 없는 우리만의 맹세다.

그러니까 저 발언은 역시 불쾌했다.

"그 아이들에게는 네가 있고, 네게는 그 아이들이 있어. 그러니까 분명히 다시 시작할 수 있어. 튜토리얼 모드라는 귀한 치트를 받았잖아. 이미 다 끝난 첫 번째 **체험판**은 싹 잊어버려. 이제부터 세상이 어떻게 될지 우리는 알아. 이번에는 실패하지 않고 잘 해낼 수 있어."

"……."

"무의미한 데 낭비할 시간이 아깝잖아. 너도 알고 있겠지? 이제 반년만 지나면 대륙을 뒤덮는 법국의 대결계가 해제돼. 그럼 이 대륙은 처절한 전장이 되지. 그래도 우리가 지금부터 잘 활동하면 분명히 구할 수 있는 사람도 늘어날 거야. 너를 위해서도, 미나리스와 슈리아를 위해서도 이러는 게 가장……."

철썩, 레오네에게 물을 끼얹어서 소리가 났다.

"너, 작작 좀 지껄여라."

끝까지 들어줄까 싶었는데 도저히 더는 못 참겠다.

"아!! 뭐하는 거야!!"

"잘못됐다, 올바르다. 그딴 말 한 마디로 지울 수 있는 아픔이라면 이따위 꼴이 되지도 않았다고."

무겁게, 무겁게, 깊이 가라앉혀서 숨겨 둔 감정이 얼굴을 내민다.

"복수는 아무것도 낳지 않는다? 복수해 봤자 행복해질 수 없다? 그래서 어쩌라고."

이제는 멈출 도리가 없이 흘러넘친다.

"흥, 구역질이 난다. 전부 다 바깥에서 보는 녀석의 상상화에 불과하지. 네 말은 바깥쪽에 서 있는 입장이라서 나오는 말이라고. 곱게 죽이기만 해서는 만족할 수가 없도록 누군가를 죽이고 싶은 갈망이 어떤 심정인가 이해를 못 하니까 관점도 바깥쪽으로 나갈 수밖에 없지."

아주 서슴없이 건드리는구나. 몸속을 쳐올리는 듯한 열기가 뿜어 나온다.

"상상이야 할 테지, 계속 선량한 사람으로 남고 싶잖아? 비참하고 괴롭고 힘들고, 짓밟히고 더러워진 녀석의 시점 따위로 세상을 관찰하고 싶지는 않지? 그래, 그렇지, 알고말고, 그 마음. 나 역시 구역질이 나올 만큼 선량함을 좇아 다녔던 전적이 있으니까. 뭐, 직접 입 밖으로 꺼낼 만큼 철면피는 못 되지만 말이다."

번뜩, 주체할 수 없는 짜증을 못 이기고 레오네를 노려봤다.

"정론을 떠들어 대면 즐겁나? 얼빠진 자식아."

"윽, 진짜 가만히 들어줄 수가 없네! 내가 너희들을 위해서 기껏!"

그러나 레오네도 역시 내 시선에 위축되지도 않고 말을 받아쳤다.

그렇다면 어중간한 각오로 나를 불러낸 것이 아니라는 사실도 알겠다. 그래서 더더욱 저 모습이 옛날 자신의 모습과 겹쳐 보였고……. 분노의 열기에 자기 연민 비슷한 짜증이 섞여 들었다.

"그딴 소리는 아무런 이유도 되지 못한다. 네가 어떤 대단한 생각을 갖고 있든 그 정론은 우리에게 돌멩이 하나의 가치도 없군."

"윽."

"네가 아무렇게나 지껄인 말은 있잖아, 우리 입장에서는 말도 안 되는 망상에 불과하거든. 맨 처음부터 헛다리를 짚고 엉뚱한 방향으로 튀어나간 거야."

"무슨, 뜻이야?"

"올바른 행동을 하고 싶은 것도 잘못된 행동을 하고 싶은 것도 아니니까. 챙길 것 챙기고, 소중한 사람이나 가치를 소중하게 아끼고, 그래도 설령 전부를 다 내팽개치더라도 기필코, 전원, 응보를 내려주겠다는 길을 선택한 거야."

"뭔데! 도대체 왜 그런 길을 선택하는데! 그 아이들이 소중하다고, 너도 아껴주고 싶은 거잖아?! 그렇다면! 지난날을 돌아보는 대신에 앞을 보란 말이야!!"

빠득, 이를 악무는 소리가 들릴 기세로 거친 표정을 지은 채 레오네가 나를 바라본다.

"그러니까, 그게 착각이라고. 도대체 누가 지난날을 돌아본다는 거야. 우리는 아직 한 걸음도 움직이지 못한 채 빌어먹을 지옥 밑바닥에 있다고. 이대로 끝내지는 않겠노라고 우리가 맹세했기 때문이지. 전부를 수용하고 잊은 다음에 밝은 미래로 나아간다? 그따위 웃기는 소리, 인정할 수 없었기 때문이다."

헛웃음이 나오는 비극도.

눈물이 바짝 말라붙는 고뇌도.

손발이 찢겨 나가는 듯한 분노도.

이미 일어났던 전부를 과거에 둔 채 상처 부위가 괴사하기를 기다리란 말인가? 그따위 인생은 가축만도 못하다.

"이딴 심정을 품은 채 살아갈 수는 없기 때문에, 이딴 결말을 받아들일 수 없기 때문에, 그래서 복수하는 거다. 살기 위해서, 더욱 앞으로 나아가고자, 끝장을 맞이하지 않기 위해서."

제멋대로 폐막을 강요하는 정떨어지는 현실을 끝장내지 않기 위해서.

그다음을, 꽉 막혀버린 앞날을, 이 어두운 지옥을.

기필코 그 작자들에게도 맛보여주기 위하여.

다만 내 단호한 말을 듣고도 눈앞의 소녀는 굽히지 않았다.

"아니야, 그렇지 않아! 다시 시작할 수 있잖아? 우리는 기회를 허락받았다고!!"

잔뜩 격앙된 레오네는 탁자를 두드리고 내 말을 뿌리치려는 것처럼 일어섰다.

"점점 격화되는 마족과의 전쟁 때문에 힘없는 사람들이 죽었어!! 나를 지키기 위해 죽었던 동료들도 있었고! 그런데, 이번에는 그렇게 되지 않도록 손쓸 수 있단 말이야!!"

술기운, 혹은 분노 때문일까. 얼굴이 붉게 물들었다.

그럼에도 눈빛만큼은 역시 강한 의지의 빛이 깃들어 있다.

"내가! 우리만이 미래를 바꿀 수 있단 말이야! 미나리스처럼 부조리하게 상처받는 아이를 구할 수 있어! 내 말 알아들어?!"

"그래, 알고말고. 첫 번째 때의 기억을 지닌 우리만이 이 빌어먹을 시나리오를 고쳐서 쓸 수 있겠지. 구제 불능의 쓰레기들을 지옥에 떨어뜨릴 희극으로 말이야."

"큭, 웃기는 소리 집어치워!!"

저 빛에 서린 감정은 올곧고, 그렇지만 강한 분노.

어쩌면 구하지 못한 전부를 구하고 싶다는 바람이라도 갖고 있는 게 아닐까.

꽤 오만한 목적이기는 한데, 그런 마음을 아주 이해할 수 없는 것은 아니다.

다만 이미 나는 저런 마음에 공감할 수가 없기에 감정적인 짜증만 자꾸 격화됐다.

"복수하고 싶은 심정은 알아! 그래도, 거기에 귀중한 시간을 낭비하겠다고? 바보짓도 쉬엄쉬엄 하란 말이야!! 포기해야만 했던 비극을 바로잡을 수 있어! 막지 못했던 참극을 저지할 수 있어! 우리라면, 살리지 못했던 생명을 살릴……."

그러니까 그 한마디는 나의 건드려서는 안 되는 부분을 대뜸 자극한다.

"닥쳐."

"흡!!"

"이제, 닥쳐라."

그래, 젠장, 정말이지 짜증이 난다.

이딴 뻔한 소릴 되풀이하고 싶지 않으니까 억지로 말을 막았던 건데.

결국은 또 실패한 셈이다. 대체 의도대로 잘되는 게 없다.

"심정을 알아? 웃기는군. 진짜로 알고 이해한다면 그따위 말은 꺼내지도 못하지. 더 이상 헛소리를 들어줘 봤자 시간 낭비다."

"뭐, 뭔데, 진짜!"

"너는 어차피 우리를 이해할 수 없단 뜻이지. 그러니까 섣불리 손을 내뻗지 마라. 우리에게 다가들지 마라. 우리를 알려고 하지 마라."

나는 단호하게 말한 뒤 일어서서 탁자에 주문했던 음료의 가격만큼 돈을 올려놓았다.

"거기 서, 기다려!! 할 얘기가 아직……."

"끝이다. 레오네, 네가 한 짓거리는 굉장히 불쾌하군. 우리를 너 혼자만의 잣대로 판단하지 마라."

"읏! 뭔데, 뭐야, 뭐냐고!! 왜 자꾸 우리 타령이야! 어떤 변명을 늘어놔도 네가 한 짓은 그 아이들에게 보탬이 되지 않아!! 그 아이들이 행복하게 웃을 수 있는 미래를 네가 부정하는 거야!"

"그러니까, 그 미래를 결정하는 사람은 네가 아니잖냐."

더 이상의 말은 무의미하기에 주점을 뒤로했다.

석양에 물든 거리가 마치 핏방울을 잔뜩 뒤집어쓴 듯 보였다.

"이미, 살리지 못한 생명은 살릴 방법이……."

나는 자신이 싫다.

성장하지 못한 채 자꾸 잘못을 저지르고 언제나 이상에는 손이 닿지 않는다.

복수 하나면 족하다고 큰소리치고도 이따위 추한 **질투**에 사로잡힌다.

"시간을 되돌려 봤자 우리는 이미 돌이킬 수가 없단 말이다."

그러니까 나는 자각하기에 더더욱, 결의했기에 더더욱, 미련을 차마 못 떨치는 자기 자신이.

몹시 싫었다.

☆

"……안 돼, 역시 안 되겠어. 복수에 몰두하면 정말 돌이킬 수가 없어져."

상대가 사라진 주점에서 나는 푹 엎드렸다.

결국 우케이를 설득하는 데 실패했다.

그럼에도 수확은 있었다. 우케이의 마음은 아직 죽지 않았다.

'수없이, 수도 없이 봐왔단 말이야, 나는.'

인간과 마족의 전쟁이 수렁으로 빠져드는 가운데 부족한 물자를 여기저기 지역에 죽기 살기로 운반하며 돌아다녔다.

남편을 잃은 아내가.

부모를 살해당한 아이가.

여동생을 구하지 못한 오빠가.

친우를 구하지 못한 병사가.

많고도 많고 많은 사람들을, 어두운 심정을 품은 채 그 색깔에 온통 범벅이 되어 멈출 수 없게 되어버린 사람들을 봐왔다.

그렇게 제 몸을 깎아 가면서 복수의 길을 걷고 걷다가 엉망진창이 되어 아득바득 절규하고.

그 길의 도중에 많은 사람이 피 묻은 칼에 목숨을 잃고 쓰러졌다.

피가래를 뱉고 야차 같은 표정으로 세상의 전부를 원망하듯 분루를 흘리면서 죽어 나갔다.

모든 증오를 담아서, 목숨마저 내뱉을 기세로 분노에 사로잡힌 채. 복수의 칼날을 꽂아 넣었던 사람도 봤다.

그러나, 다들 결국에 가서는 운다.

원수를 갚고도 모진 고통에 시달리며 다들 울었다.

그렇게 전부를 다 끝낸 사람들은 씁쓸하게 웃는다.

기뻐하지도 않고, 걸음을 떼어 놓지도 못하고.

다만 조용히 줄곧 울다시피 웃었다.

"……그래도, 살기 위해서 복수한다고 말할 수 있다면, 아직 괜찮아."

죽고 싶어 하는 복수자는 아직 되지 않았다.

죽기 위해서 복수를 바라는 것이 아니다.

"절대로, 포기하지 않아."

이게 거래의 협상이었다면 일찌감치 단념했을 곤란한 조건.

그래도 이것은 거래를 위한 협상 따위가 아니었다.

살아갈 의미를 지닌 사람은 바뀔 수 있다, 바꿀 수 있다.

머릿속에 스쳐 지나가는 광경은 마족과 항쟁을 벌인 끝에 완전히 황폐해졌던 지역, 슬픔과 아픔을 주체하지 못하던 사람들.

쓰러져 있는 시체를 볼 때마다 어디에 있나 안부도 알 수 없는 미나리스의 얼굴이 겹쳐 보였다.

전장에서 비명이 터져 나올 때마다 동료 중 누군가가 죽어버린 것이 아닌가 너무나도 불안했었다.

"……그딴 미래는, 정말 지긋지긋해."

웃어주면 좋겠다, 행복하게 살아가주면 좋겠다.

차갑지도 따듯하지도 않고 아무것도 없는 눈물로 형태만 미소를 짓는 얼굴 따위는 보고 싶지 않았다.

"살리고 싶은 누군가가 분명히 울게 될 미래 따위는, 그딴 거 나는 싫단 말이야."

설령 제아무리 어려운 목표일지라도.

나는 혼자서 굳세게 손을 부르쥐었다.

☆

"물 오케이, 식량 오케이, 포션류 오케이. 소모품류 오케이. 좋아."

나는 숙소에서 손가락으로 일일이 짚어 점검을 마친 뒤 만족스럽게 바라봤다.

미나리스와 슈리아는 이미 학원에 출석했다.

이제껏 마법을 감각에 의지하여 적당히 사용할 줄밖에 몰랐던 미나리스와 슈리아는 마른 스펀지가 물을 빨아들이듯 마법 기술을 향상시켰다.

그동안 두 사람은 구구단을 모른 채 네 자릿수의 곱셈을 하는 상황이었다.

미나리스의 경우는 분명 하위에 속하는 바람과 물 마법은 못 쓰는 주제에 상위 마법에 해당하는 얼음을 구사가 가능했다는 게 좋은 증거다.

재능에 의지하여 감각으로 만들어 내는 마법은 역시 정밀도가 결여되고, 그 이상으로 낭비가 많아진다.

낭비를 줄이는 것은 재능이 아닌 몇천, 몇만, 몇억 번에 달하는 보통 사람들의 시행착오가 흘린 피이다.

두 사람 모두 맨 처음에는 주저하는 기색이었지만, 막상 자기의 힘을 끌어올릴 수 있음을 알고 나서는 적극적으로 기술을 흡수했다.

"자, 그러면 어디 가보실까요."

그렇게 혼잣말을 하고 일어섰다.

나 역시 목적지는 학원이다.

다만 대도서관 출입은 어제로 끝.

오늘부터는 본격적으로 던전 탐사를 시작할 계획이다.

솔직히 대도서관에서 자료 조사를 한 성과는 별게 없었지만, 더 이상 시간을 들일 처지도 못 되는지라 어쩔 수 없겠다.

어제 레오네와 언쟁을 벌인 사건도 있었고, 이제는 슬슬 던전 공략에 나설 필요가 있는 시기였다.

마지막으로 미나리스가 만들어 놓고 간 도시락을 둥글 주머니 안에 간수한 뒤 과묵한 숙소 주인에게 꾸벅 인사를 하고 바깥으로 나왔다.

길을 따라서 붐비는 사람들 틈을 상념에 잠긴 채 걷는다.

'그나저나 레오네로부터 정보 확보에 성공한 건 상상 이상의 행운

이었군.'

내가 첫 번째 세계와 다른 행동을 취한 영향이 슬슬 여실하게 나타날 무렵이다.

마족에 의한 침공은 빈도가 늘어났고, 위기감의 엄습에 각국이 『도래할 날』에 대비하고자 군비 증강에 힘쓰고 있다.

『나의 부재』라는 한 가지 요인은 큰 흐름 속에서 작지 않은 영향을 끼치고 있었다.

변화가 없는 듯 보이는 곳은 수인국 정도인가.

왕국은 용사(나)라는 유용한 패를 활용해서 억제했었던 귀족들의 반발을 현재는 『소환』이 아닌 『선정』의 의식으로 용사를 찾아냄으로써 대역을 확보했다고 한다.

요컨대 나의 대역을 왕국 내부에서 적당히 편리하게 골라냈다는 뜻이다.

대정령의 계시가 있었다고 사람들을 모은 뒤 대회를 열어서 승자에게 용사의 칭호를 수여한다.

처음 소식을 들었을 때는 그런 방법도 괜찮다면 어째서 나를 이 세계에 소환했냐고 지금 당장에 왕국을 박살 내고자 달려가고 싶어서 못 견딜 지경이었다.

법국은 첫 번째 때와 마찬가지로 교황파가 대두.

내 존재를 이용했었던 왕국이 강압적인 여러 원조를 이끌어 내지 못하는 만큼 확보된 여력으로 『불멸자의 상여』라 불리는 대형 던전의 공략을 대대적으로 진행했다.

그 선두에는 언데드 부류에게 터무니없이 강한 성녀가 있었다던가.

틀림없이 나 대신 선발된 용사와 사이좋게 지내고 있을 줄 짐작했지만, 아무래도 『소환』으로 넘어온 나와 『선정』으로 선택된 용사는 법국의 대우에도 차이가 꽤 있는가 보다.

제국은 법국처럼 던전 공략을 대대적으로 진행했다.

던전산의 강력한 무기 및 마도구를 수집하고, 가혹한 전투에 견딜 수 있는 인간을 육성했다.

첫 번째 때는 나도 공략했었던 던전이다.

전투 노예를 필두로 많은 피해가 발생하는 상황에서도 어찌어찌 공략을 진행하고 있다던가.

수인국은 들이닥치는 마족과 국지전을 벌이느라 여념이 없다.

지리 관계상 마족의 위협에 가장 크게 노출된 곳이기에.

다른 나라에 비하여 습격 빈도도 현격하게 많다.

아직 이 대륙을 감싸는 결계가 건재한 덕에 대규모 침공은 벌어지지 않았고, 괴멸적인 피해를 받은 지역도 없지만 대응하려면 큰일일 테지.

'슬슬 한정적인 정보는 쓸모없다고 간주하는 게 맞나……?'

그런 생각을 하면서 길을 걸었다.

뭐, 어쨌든 간에 할 일은 바뀌지 않는다.

지금은 우선 힘을 되찾는 데 주력할 수밖에 없다.

"……도착했군."

내가 찾아온 곳은 학원의 뒤편.

학원에서 관리하는 던전 두 곳의 입구가 눈앞에 있다.

둥근 통나무 울타리를 둘러놓은 그 장소는 반원의 완만한 사발 모양으로 지면이 우묵하게 파였다.

지금은 인적이 뜸하고 던전에 들어가려는 사람은 없는 듯싶다.

쓸데없는 시선을 피할 수 있는 시간대로 선택하긴 했지만, 마침 딱 아무도 사람이 없는 시간에 도착했다.

"정지. 던전 입장 희망자인가?"

"맞아."

검문소처럼 만들어 놓은 목제 망루의 앞쪽까지 다가서자 학원에 고용되었으리라 짐작되는 경비관이 지키고 있었다.

한 차례 깊숙이 호흡을 하고 마음을 다잡았다.

이제부터 향하는 곳은 왕도에서 미나리스를 데리고 공략했던 낮은 레벨의 던전이 아니었다.

더틀러스에서 마력 폭풍을 일으키기 위해 공략했던 던전과도 격이 다르다.

"학원의 관계자임을 증명할 수 있는 표식을 보여다오."

"이거면 되나?"

그렇게 말한 뒤 팔랑팔랑 학생증을 흔들었다.

"그래, 문제없군. 환영한다, 이곳이 『마궁 카번헤임』이다. 그나저나 혼자 진입하겠다면 5층 아래로 내려가지는 않는 게 좋겠군. 이곳은 어지간한 던전과 격이 다른 곳이니까 말이다."

"잘 알고 있다고."

검문소를 지나 완만하게 경사진 지면을 걸어 던전의 입구 앞쪽에 선다.

살짝 높직한 바위 벽면은 깎아 자른 듯 깔끔하게 마감됐고, 거기에 5미터 가까운 높이의 『문』이 존재했다.

겹겹이 뒤얽혀 있는 뱀을 조각해 놓은 문은 그 자체가 던전과 같은 종류의 마력을 발하고 있다.

던전 입구에 서 있는 문지기의 안쪽.

연녹색 벽에 빽빽하게 홈이 파였고, 그 안쪽에는 두 개의 문이 있었다.

내가 이제부터 도전할 곳은 어지간한 바깥의 던전과 현격하게 다른 곳이다.

이 나라가 건국된 이후부터 땅속 깊숙이 뿌리를 뻗어 내려갔던 계층형 던전.

나라 이름의 근거가 되기도 했던 『마궁 카번헤임』 전체 50층의 대미궁.

……여기가 아니라.

"응? 이, 이보게. 그쪽은 학원 학생들의 실습에 쓰이는 던전의 일부라네. 마궁의 입구는 반대쪽 문이다만?"

내가 이제부터 향하는 곳은 실습에 쓰인다는 『시험의 미궁』이다.

"문제가 있나?"

"아, 아니, 문제야 없다만……. 그쪽 던전은 『시험의 미궁』이라는 곳인데 『머드 퍼펫』밖에 안 나오는 데다가 평범한 모험가에게는 전혀 이득이 없는 곳일세."

"다 알아. 그런데 내가 용무가 있는 곳은 이쪽이거든."

문의 양옆에 선 경비관이 친절을 베풀어 건네줬을 말에 팔랑팔랑 손을 흔들어서 답해준 뒤 나는 『마궁 카번헤임』이 아닌 『시험의 미궁』의 문을 열었다.

걸음을 들여놓자 분위기가 확 바뀐다.

“『끅……. 끄끅, 끅.』”

그때 나타난 것은 흙 인형이라는 말이 딱 들어맞는 마물, 『머드 퍼펫』.

짙은 갈색의 흙으로 이루어진 볼품없는 마네킹은 마치 기름이 바닥난 기계 같은 소리를 냈다.

움직일 때마다 자신의 몸을 부슬부슬 무너뜨리면서 덮쳐드는 머드 퍼펫의 다리를 베어 날리며 앞으로 앞으로 전진한다.

“자, 어깨나 쓱쓱 풀면서 빨리 **입구**까지 갑시다.”

준비 운동 겸 머드 퍼펫을 잘게 썰면서 단번에 최하층과 연결된 계단을 내려가서 최심부라고 알려져 있는 공간까지 다다랐다.

이제껏 온 공간과 비교해서 다소 큰 방의 안쪽에는 조각이 새겨진 백자 대좌가 놓여 있었다.

거기에 가짜 던전 코어가 설치되어 있다. 이 나라의 관계자들이 진짜인 줄 착각하는 저 물건은 큰 수정 구슬에 붉은빛이 서린 오렌지색을 띠고 있었다.

“『끄륵……! 끄롸아아…….』”

“도착하는 데 대략 한 시간……. 제법 걸렸군.”

눈앞에는『레서 머드 골렘』.

머드 퍼펫을 단순하게 거대화시킨 저 마물은 둔중하기 짝이 없는 팔뚝으로 주먹을 후려갈겼다.

“이러든 저러든 간에 능력치와 기술 이전에 전법이 조잡해졌단 말이지, 틀림없이."

부슬부슬 허물어지는 점토질 팔은 몸을 돌려서 회피, 거대한 팔뚝 위쪽에 뛰어올랐다.

손에 든【시초의 심검】의 구성을 해제한 뒤【이 빠진 거화도】를 만들어 내서 곧바로 단박에 팔의 가운데 부근까지 달려 올라간다.

탈주하는 무사가 가지고 다닐 법한 들쭉날쭉 이 빠진 칼날이 훤히 드러난 검에 마력을 흘려 넣자 그 칼날이 골렘의 팔뚝 비슷하게 거대화됐다.

훌쩍 쓰러지듯 중력이 이끌어주는 대로, 일반적인 대검보다 이미 아득히 거대해진 검을 우상단에서 좌하단으로 힘껏 휘두른다.

"『쿠오오오……!』"

마핵째 두 동강이 난 골렘은 부슬부슬 허물어져서 흙무더기가 됐다.

'지금 공격도 심검에 마력을 너무 과하게 주입했군.'

긴장이 풀어졌다, 한껏 풀어졌다. 각오가 자꾸 수그러든다.

유미스를 죽이고, 그론드를 죽이고.

즐거웠다. 기뻤다. 유쾌했다.

이루고 싶은 목표를 이뤘기에, 울고 기뻐하고, 조금씩 어둠에 빛이 비쳐 들었다.

진흙탕 밑바닥에 잠겨 있었던 내게 진귀한 보석이 굴러 들어왔다.

비록 어찌할 수가 없었다지만, 줄곧 갈구했던 감로(甘露)는 부지불식간에 마음의 빈틈을 낳고 말았다.

더욱, 더욱더. 다음, 다음으로.

바라기만 해서는 무엇 하나도 손에 넣을 수 없건만.

"어디 보자."

나는 흙무더기를 내버려 두고 심검의 구성을 다시 해제한 뒤 대좌에 가까이 다가갔다.

중앙에 던전 코어가 놓인 대좌의 앞에 선 나는 나이프를 꺼내 자신의 손바닥을 얇게 베어서 흘러내리는 피를 던전 코어에 떨어뜨렸다.

흘러 떨어진 피를 던전 코어가 흡수하여 삼킨다.

그때마다 백자의 대좌에 뿌리가 뻗어 나가듯 가닥이 기어갔다. 가닥이 대좌를 온통 뒤덮었을 때 그 대좌의 앞쪽에는 적색과 자색이 한데 뒤섞인 채 발광하는 마법진이 떠올랐다.

나는 망설임 없이 마법진에 걸음을 내디딘 다음 물커덕 일그러지는 시야가 수습되기를 기다린다.

오랜만에 느끼는 전이의 감각.

그렇게 도착한 곳은 마치 생물의 창자 속같이 검붉은 장소였다.

벽도 천장도 물렁물렁한 질감에 둘러싸여 있고, 공기도 은근하게 피비린내가 난다.

그리고 방금 전까지 있던 장소와는 비교도 되지 않도록 농밀한 마력.

"두 번 다시 안 올 줄 알았는데. 여기라면 분명히, 이런."

""""키샤아아앗?!""""

뒤쪽에 몰래 다가들었던 세 마리의『그라노미아 스네이크』의 목을 쳐냈다.

고유 스킬로 소리도 냄새도 형체도 기척도 모두 다 숨길 수 있고, 강력한 치사독을 지닌 B랭크의 뱀 마물.

스킬이 해제된『그라노미아 스네이크』의 시체가 자색 가스를 피워 올리면서 흐물흐물 허물어진다.

"하하하, 초장부터 이 녀석들인가. 변함없이 터무니없는 난이도군. 마음의 때를 벗겨 내기에 딱 좋아."

등줄기가 찌릿찌릿 울리는 감각.

한 걸음 앞, 한 호흡 앞, 한 수 앞.

죽음이 미소를 짓는, 죽음과 맞닿은 분위기.

""키빗, 챠랏!""

숨 돌릴 틈조차 없이 나타난 것은 진흙 덩어리 같은 외형을 지닌 마물.

『이모털 슬라임』은 몸속에 복수의 극히 미세한 마핵을 갖고 있어서 그 전부를 거의 동시에 박살 내지 않는 한 해치울 수 없는 까다로운 마물이었다.

"얼른 덤벼라, 버러지들아."

만들어 내는 것은【담설(淡雪)의 백검(白劍)】.

칼날부터 자루까지 전체가 하얗게 물든 세검은 마치 의례용 검처럼 바라보는 자를 매료할 만큼 화려하게 장식되었다.

그 능력은 일정 범위에서 나를 제외한 적의 움직임을 둔화시키는 것.

"뀨샤아아아!" "끼삐이이이잇!"

"하얗게 물들어라, 흐릿하게 멈춰라. 이곳은 나의 왕국이니까, 얼어라.『눈의 정원』."

『이모털 슬라임』이 덮쳐들기 직전, 심검에 마력을 주입해서 지면에 박아 세웠다.

그 순간, 나의 동작에 맞춰 중심부부터 원이 퍼져 나가며 구획된 세계 안쪽으로 『이모털 슬라임』을 집어삼킨다.

천천히 순백색 눈이 춤추듯 떨어졌다.

세계의 색이 하얀빛으로 뿌예지고, 나를 향하여 뻗쳐 들던 촉수가 속도를 잃어버렸다.

또한 열기의 정체, 원자의 진동마저도 둔화시킴으로써 『이모털 슬라임』은 완전히 움직임을 멈췄다.

팟, 검을 휘두른다.

마치 공간에 선을 긋듯 하얗게 남는 잔상.

나를 제외한 전부가 움직임을 허락받지 못하는 세계에서 저 빙상은 모래처럼 부석부석 허물어졌다.

"그래, 이거다. 이 느낌이지."

아무도 알지 못하기에 이름조차 없는 이 던전을 공략하자.

이렇듯 두 번째 세계에 와서 나는 또다시 복수라는 이름의 목적을 갖게 되었다.

대체 무엇을 해야 하는가 알지도 못한 채 오로지 레티시아와 맺은 약속에 매달렸었던 내게 희망이 생겨났다. 그러나 그 감로에 빠져 허우적거리면 분명히 또 못다 이룬 채 끝난다. 끝나버린다.

그러니까 지금 한 번 더 나는 본래 있었던 위치로 되돌아간다.

깊이 깊숙이 잠겨서 주위 전부를 적으로 두고 살아야 했던 시궁창의 밑바닥으로.

"……그러면 지옥 순회를 떠나봅시다."

☆

기리갈 제국, 제도 가리갈에 우뚝 서 있는 제국성.

오를레아 왕국의 왕성이 역사를 깊이가 배어나는 바위의 성이라면 이곳은 기술 자체를 안에 봉쇄한 철과 불의 성이라고 불러야 할 법한 건물이었습니다.

"흠, 법국은 지금 자네를 선두로 세워『불멸자의 상어』공략에 주력하고 있다 들었네만, 짐의 귀도 어두워졌군."

눈앞에 있는 인물은 초로에 접어들고 있음에도 불구하고 시선만으로 다른 사람을 압도할 만큼 생명력이 흘러넘치는 기세를 지니는 남자.

강대한 군사력을 자랑하는 제국의 지배자, 철혈의 제왕 골디아 기리갈.

몹시 강건하여 나이를 개의치 않게 하는 신체와 알현장의 장엄함을 자연체로 능히 감당해 내는 저 위압감은 제왕이라는 칭호에 부끄럽지 않은 관록을 보유했다 말할 수 있겠습니다.

"루나리스 님은 저에게 많은 신탁을 내려주십니다. 신의 존귀한 의지는 결코 인간이 헤아릴 수 없는 법. 저는 다만 그 말씀을 따라 수행하는 것에 불과합니다."

"뭐, 아무래도 좋지 않겠나. 제국에 잘 와주었네, 성녀 메테리아 공."

"저야말로 이렇듯 환대해주셔서 감사드립니다. 골디아 폐하."

'여전히 아무것도 바뀌지 않았군요, 이 남자는.'

입을 열자마자 서로가 곧장 은근한 야유를 담아 말을 주고받으며 생긋 웃음을 짓습니다.

사람을 도발해서 반응을 보는 방식은 별로 선호하지 않습니다.

"그래, 이번 내방의 의도를 묻고 싶다만, 성녀 공."

"……세계에, 혼란의 씨앗이 가득 들어차려고 합니다. 맹약에 근거하여 루나리스 님의 위대한 가호에 그림자가 드리워지고 악의를 지닌 무리가 이 땅을 짓밟고자 할 것입니다. 때는 가까웠습니다. 악의에 찬 무리에게서 이 땅을 지키고, 모든 악의 근원인 진실된 마왕을 토벌하지 않는 한 대륙에는 가호가 돌아오지 않습니다. 사람들은 지금이야말로 단결하여 도래하는 위협에 맞서 싸워야 합니다."

"확실히 마족이 대결계를 넘어오는 빈도는 늘어났다. 그래, 어디에서 오고 있는가 알 수는 없다지만, 대륙의 바깥쪽에 위치한 나라는 모두 다 같은 상황이라지. 가호에 드리워지는 그림자란 말은 케케묵은 표현이다만, 분명 대결계가 무너질 그날은 멀지 않을 터이다."

골디아 황제는 오른손 한쪽으로 턱을 괸 자세 그대로 깊숙이 고개를 끄덕거렸습니다.

"알겠네, 즉 기록대로 각국이 대동맹을 맺잔 말이렷다?"

"그 말씀이 옳습니다. 마족에 대해 하나의 나라가 맞서 싸우기란 불가능할 테지요. 전력은 아무리 많아도 모자랄 지경입니다. 동맹을 체결하는 자리를 마련하기 위해 이렇듯 직접 내방하기에 이르렀습니다. 왕국, 수인국에도 저와 마찬가지로 방문한 사절들이 도착했을 무렵이지요."

"흠, 동의하겠네. 세세한 내용은 우리 쪽 관료들과 상의하도록 하게."

"선뜻 동의해주셔서 감사합니다."

"출발은 내일이었던가, 오늘 밤은 푹 쉬어 피로를 풀고 가시게."

"세심한 배려, 감사히 받아들이겠습니다."

그렇게 알현은 종료됐습니다.

""""성녀님, 어서 돌아오십시오.""""

배정된 방에 돌아왔을 때 그곳에서는 수도복에 엷은 베일을 뒤집어쓴 수행인들이 대기하고 있었습니다.

이 여성들의 어딘가 도취된 눈빛은 제게 충성을 맹세하도록 사고를 유도하는 한편 철저하게 단련시킨 반동일 테죠.

"예의 편지는 무사히 그분에게 보내드렸습니까?"

"네, 순조롭게."

"그렇습니까, 이제 당분간은 안심이군요."

그 왕녀가 왕국에서 벗어났다는 소식은 없는 데다가 이 시기라면 아직 왕가에 고용되지 않고 자유로운 처지일 테니까 분명 틀림없이 제안을 받아들이겠지요.

쓱 이마에 손을 가져가서 과하게 정밀하리만큼 미약한 마력으로 조작합니다.

"여러분들께 무척 큰 도움을 받고 있습니다. 루나리스 님께서도 여러분의 선행에 축복을 내려주시겠지요."

"아, 아아아, 성녀니임……."

"루나리스 님께서는 세계를 올바른 형태로 인도하여 나아가기를 바라고 계십니다. 앞으로도 저와 함께 본래의 마땅한 이야기를 위해서 헌신해주십시오."

"네! 네엣!!"

도취가 황홀감으로 바뀝니다. 루나리스 님의 경건한 사도로서 올바른 신앙심이 가득 차오르는 모습을 확인할 수 있었습니다.

무엇 하나도 불만을 늘어놓지 않고 이렇듯 저와 카이토 님의 미래를 위해 전력해주고 있는 여성들은 완성된 세계에서 꼭 행복하게 만들어주겠습니다.

카이토 님도「행복은 다 같이 나누어 가져야 한다」라고 자주 말씀하셨으니까요.

"그러면 저는 목욕을 하고 올 테니까 여러분은 평소처럼 출입을 삼가주세요."

""""네, 분부대로 따르겠습니다.""""

저는 당부의 말을 남긴 뒤 도구 주머니를 하나 손에 들고 배정받은 빈객용 욕실로 이동했습니다.

낭비를 싫어하는 제왕의 성품답게 쓸데없이 넓기만 했던 왕국의 욕실과 달리 이곳은 넓이도 장식품도 필요 최저한의 수준에 불과합니다.

청빈을 존중하는 루나리스 교의 성녀로서 바람직하다고 말할 수 있겠습니다.

무엇보다도 너무 넓으면『카이토 님』에게 둘러싸이는 느낌이 옅어져버립니다.

"박스 풀 오픈."

제 말에 반응하여 다양한 크기의 카이토 님 인형이 도구 주머니 안쪽에서 와락 쏟아졌습니다.

한 땀 한 땀, 제가 애정을 담아 만들었던 수많은 카이토 님들.

웃는 얼굴의 카이토 님, 화난 얼굴의 카이토 님, 삐친 얼굴의 카이토 님, 수줍은 얼굴의 카이토 님.

"아아, 어떠한 욕실이든 간에 이토록 많은 카이토 님께 둘러싸일 수 있다면 천국 같은 목욕입니다……."

행복에 둘러싸인 채 적당한 온도로 김을 피워 올리는 욕조 속에서 조금씩 몸을 담그면 달콤하고 좀이 쑤시는 오싹오싹한 감각이 솟구칩니다.

카이토 님이 저를 바라봐주고 계십니다.

카이토 님이 저만을 바라봐주고 계십니다.

"후후후, 조금 쑥스럽네요. 아아, 언젠가 진짜 카이토 님과……♪"

등신대의 카이토 님 인형을 잡아당겨 등 뒤에서 끌어안는 자세로 목덜미에 얼굴을 파묻었습니다.

『메테리아, 사랑해.』

"아아, 아아, 카이토 님……."

눈을 감으며 상상 속 카이토 님을 인형과 겹쳐 봅니다.

맞닿아 있는 부분에 열기가 솟아서 더는 못 견디고 저는 혀끝으로 살며시 목덜미부터 뺨까지 핥아 나갔습니다.

"으응. ……으읏, 으읍."

꽉 끌어안은 다음 마주 보도록 카이토 님을 정면으로 돌려서 저를 덮어 누르게 만들었습니다.

『정말로 좋아, 메테리아.』

"저도요, 카이토 님. 쭉 사모했습니다. 그 누구보다도, 무엇보다도……. 읏, 으응!"

새가 쪼아 먹듯이 입술에 입맞춤을 합니다.

"흐아앗, 아앙, 으읏."

몇 번이고, 몇 번이고, 몇 번이고, 몇 번이고.

"이제 곧, 이제 곧, 현실의 당신에게도 손이 닿을 거예요. 그때는 꼭, 더욱 굉장한 일을 해요……. 후후후."

소중하게, 소중하게, 소중하게, 소중하게.

"함께 다시 시작해요, 카이토 님……. 후후후, 후후후후훗!!"

사악한 자를 모조리 처단한 세계에서 이번에야말로 올바른 용사의 길을…….

함께, 다시 걸어가 주실 거죠……? 카이토 님.

☆

제도의 병폐는 깊다.

실력주의를 표방하는 제도에서는 강자가 곧 규칙이었다.

그러나 새삼스럽게도 햇볕이 닿지 않는 세계에서는 어떤 나라든 관계없이 훨씬 옛날부터 쭉 당연한 규칙이었다.

속이고, 허를 찌르고, 배반하고, 함정에 빠뜨리고, 인질을 잡고.

무엇을 하든 오로지 살아남은 자가 무엇인가를 손에 넣을 수 있다. 어떤 비겁한 수단을 사용하든 오로지 죽인 자만이 정의였다.

그러니까 암살자가 된 까닭은 그 직업이 무엇보다도 세계에 대해 순수하다고 생각했기 때문이었다.

살해가 곧 인생이고 살해가 곧 취미이며 살해를 모든 삶의 방식으로 삼고 싶었다. 모험가도 기사도 용병도 성에 차지 않는다. 저들은 모두 무엇인가에 묶여서 죽이는 행위에 대해 순수하지 않다.

살기 위해서 죽이는 짓 따위 즐겁지 않다. 죽이기 위해서 사는 게 바로 인생이 아니겠는가.

그런 가치관을 갖고 살아가는 동안에 어느 틈인가 거창하게도『암살왕』이라고 불리게 됐다.

호칭 따위에 흥미는 없었다만, 저 호칭이 자신의 삶을 긍정해주는 듯하여 은근히 흡족한 기분이었다.

“오, 골드 씨. 오늘도 산책 나오셨소?”

“그래그래, 오늘도 날씨가 참 좋구먼.”

“날씨 얘기는 안 했수다. 이러다가 진짜 노망이 드는 거 아니오?”

“대동화 한 장이었나? 그러면 한 개 이리 주게나.”

“거참, 왜 자꾸 딴소리를 하냐니까. 게다가 그거 뭔가나 다름없잖소…….”

“내가 이제부터 윤메이와 데이트를 해야 하거든.”

“윤메이라면, 거 근처에 사는 개 이름이잖소!”

“허, 허허.”

과일 가게에 동전 한 장을 튕겨서 주고 퇴근길에 염가로 싱싱한 과일을 입에 넣는다.

“으음, 이 단맛이 좋은 느낌으로 몸에 스며드는군. ……오호?”

그런 식으로 일을 마친 뒤 표면상의 보금자리에 돌아왔더니만, 아마도 누군가가 침입했던 흔적이 있었다.

"이거 참, 빈집털이인가."

'만약 그렇다면 다음에 죽일 상대가 결정 난 셈이기에 괜찮군.'

"흠? 뭐냐, 단순히 편지를 두고 간 겐가."

간소한 탁자 위쪽에 놓여 있는 것은 아무 특별할 구석도 없는 편지 봉투.

"……흠흠, 이쪽에 직접 의뢰가 들어올 줄이야. 성녀의 심부름이라……. 수상쩍군, 수상쩍으이. ……성녀, 언젠가 암살해보고 싶군 그래."

힛힛힛, 웃음이 새어 나온다.

한 차례 멀리서 봤던 그 보드라운 피부에 칼날을 밀어 넣고 싶구나.

그런 생각을 떠올리면서 찍 봉투를 뜯어 편지를 읽는다.

"……마법 국가의 수도, 카번헤임……? 서쪽인가, 너무 추우면 늙은이는 뼈가 쑤실 터인데."

자, 자, 어디 보자, 용사의 살점을 베면 어떠한 느낌이려나?

☆

"후유, 결국 레오네 씨는 오늘도 결석하시는군요."

저와 슈리아, 레오네 씨를 제외하고 슈피네 씨까지 세 사람이 학원에서 돌아오는 길.

보통은 해가 푹 저물어서 자줏빛으로 물든 무렵에 걸었던 길을 오늘은 해가 제법 높직하게 떠올라 있는 시간대에 걷고 있었습니다.

듣자 하니까 유명한 내부생끼리 모의전을 벌이는 듯 오후는 휴강이 됐기 때문입니다.

도대체가, 저희 입장에서는 아주 민폐죠.

1주일만 더 빨랐다면 주인님께서 던전에 돌입하기 전 오후를 함께 보낼 수 있었을 텐데요.

도대체가, 쓸모없는 학원입니다.

"어휴, 그러게 말야. 지금 진행하는 교섭이 많이 힘든가 봐. 아마 잘 만나주지도 않는 것 같아. 어제도 「못 만났어~!」라고 홧술 마시더니 숙취 때문에 여관 침대에서 골골댔다니까. 나한테는 수업 지루해도 꼬박꼬박 들으라고 말한 주제에 정작 자기는 「오늘은 무리」라며 쉬는 건 치사하지 않니?"

정말 얄밉다니까, 슈피네 씨가 투덜투덜 화를 냅니다.

"뭐, 어떤 의미로는 이쪽이 더 중증이죠. 단지 강의를 듣기만 해도 이런 꼴이잖아요."

"으어……."

멍한 모습의 댄 씨를 보면서 징크 씨가 한숨을 쉬었습니다.

"기본 코스도 많이 힘든가 보아요……. 슈리아는 말이죠, 강의를 따라가는 것도 벅차거든요. 돌아간 다음에도 미나리스 씨랑 같이 공부해서 간신히 쫓아가는 수준이어요."

"공부? 기특하네, 어떻게 하고 있는데?"

"기본적으로는 강의 예습과 복습입니다. 배부받은 마도 교범과 강의 중 정리한 필기를……. 어머?"

이런 느낌으로요. 학원에 다닐 때 사용하는 가방 안에서 필기물을 꺼내 보여주려다가 목적하는 물건이 들어 있지 않음을 깨달았습니다.

"깜빡 놓고 왔군요. 분명 교실에 있을 거예요……. 먼저들 돌아가 주세요. 곧 따라갈 테니까요. 슈리아는 공부 준비를 해 놓으세요."

"앗, 미나리스?!"

저는 그렇게 말을 남긴 뒤 걸어왔던 길을 되돌아갔습니다.

아무리 여러 날 강의를 들어 조금은 지쳤다지만, 소지품을 두고 왔다는 것은 긴장이 풀렸다는 증거입니다.

'……이 도시에 온 이후부터 묘하게 자꾸 마음이 들썩이는군요…….'

레오네 씨 일행과 함께 지내는 탓일까요, 문득 정신을 차리고 보면 기억을 떠올리고는 했습니다.

그 덕분에『후안무치』스킬이 대활약합니다.

아무러면 이런저런 복잡한 생각에 잠긴 얼굴을 레오네 씨 일행에게 보여줄 수도 없는 노릇입니다.

"……아, 다행이다. 역시 여기에 있었군요."

오늘 강의 때 앉았던 책상 안쪽에 찾던 물건이 있었습니다.

일단 안심하고 종이 다발을 가방에 다시 넣은 뒤 한 번 더 교사 바깥으로 나온 때였습니다.

『네가 꾸물댔기 때문이잖냐!』

『아, 서두르지 않아도 루샤 선배가 질 리 없잖아.』

『바보야! 상대는 서로 솜씨를 훤히 다 아는 팀메이트거든? 아무리 케릴 선배가 대단해도 쉽사리 이길 순 없단 말이다!』

"……아?"

서두르는 모습의 내부생이라 짐작되는 소년과 소녀.

귓가에 닿은 말이, 그 이름이 뇌리에 달라붙습니다.

지금 들었던 이름, 도대체 뭐죠.

『야, 빨리 오라고! 시합 다 끝나버리겠네.』

『기, 기다려어!!』

'……아뇨, 그럴 리, 없습니다. 그 두 사람은 마을에, 오를레아 왕국의, 북동부에.'

마치 사뿐사뿐 꽃에 이끌리는 나비처럼, 불길에 몸을 던지는 나방처럼.

물에 흘러가듯 눈앞에 달려가는 내부생의 흐름에 올라타서.

스스로도 미처 판별하지 못할 감정을 따라 걸음을 옮깁니다.

"……어째서, 이런 장소에……."

아뇨, 아닙니다. 아닐 거예요. 우연히 같은 이름이겠죠. 다른 사람입니다.

도착한 곳은 학원에서 소유하고 있는 내부생용 결투장.

평소 외부생이라 불리는 저희가 마법 실습 훈련을 실시하는 콜로세움 건물보다 더욱 넓고, 더욱 깔끔하게 꾸민 장소였습니다.

관객석으로 이어지는 계단은 어둑어둑하고, 역광이 비치는 출구는 눈부신 빛이 가득해서 앞이 보이지 않습니다.

싸늘하게 정체된 이상야릇한 가슴 고동이 시야를 좁힙니다.

"……."

저 앞쪽에서 들리는 환성이 귓가에 울려 퍼졌습니다.

하나 계단을 오를 때마다 다음 한 계단이 더욱 높아지는 기분이

들어서.

어두운 막을 빠져나가는 마지막 한 계단을 오른 그곳에서는.

세계에서, 색과 소리가 사라졌다.

『괴, 굉장하군! 양측, 한 걸음도 물러나지 않는 격전!! 과연 학원에 자랑하는 역대 최고의 천재 4인조!! 팀 스퀘어! 페어 대결은 대접전입니다!!』

물속에서 고개를 들어 올려다보듯 들려오는 전부가 아득하게, 희미하게 멀어져 간다.

……그리고, 찾아냈습니다.

찾았다.

"루샤아……. 케리일……."

키가 자랐고, 용모가 어른스러워졌고, 머리카락이 자랐고.

힘차게, 명랑하게 성장한 듯 보이는 저 모습.

얼마나 바뀌었을지라도 제가 알아보지 못할 리 없습니다.

『헉, 허헉, 이제 끝이다! 하아아아아아아앗! 『업화검, 맹화』!!』

『달려, 케릴!! 『포스 업』! 『불 정령의 축복』! 『메디컬 보디』!!』

저기에, 있었습니다.

수도 없이 수도 없이 꿈에서 봤던 모습이 분명 저곳에 있었습니다.

『나도 쉽사리 당할 생각은 없다! 『풍설창, 폭풍』!!』

『케릴한테도 루샤한테도 지지 않겠어요!! 『파워 피지컬 체인지』! 『부스티드 인챈트』! 『콜링 워 스피릿』!!』

결투장에서 맞부딪치는 두 개의 페어.

연막처럼 피어오르는 흙먼지가 네 인물의 모습을 가리고, 공기를 뒤흔드는 굉음이 울려 퍼집니다.

이윽고 흙먼지가 걷혔을 때 거기에 나타난 것은 격돌로 엉망진창이 된 두 명의 남자와 그 두 사람에게 한계까지 보조 마법을 행사하며 만신창이가 된 두 명의 소녀.

『허억, 허억, 크, 으랴아아아아아아아아아앗!!』

『케릴!!』

『끄윽, 크, 끄읍, 우오오오오오오오오오옷!! 크, 쿨럭.』

『우제스!!』

그렇게 맞서 싸웠던 남자들이 일어섰고, 그중 한쪽은 힘이 다하여 무릎을 꿇었습니다.

『드디어 결판이 났다! 마지막에 서 있는 쪽은 케릴 & 루샤 페어!!』

아, 이게 도대체 뭘까요.

『크, 결국 못 이겼나. 역시 강하군, 케릴.』

『하하하, 루샤 덕분이야. 루샤가 함께하니까 나는 강해질 수 있어.』

『하하하, 아주 자랑을 하는구나. 장내에 목소리가 다 전달되는데도.』

『앗……!』

이게, 뭘까요.

『에헤헷, 고마워. 나도 케릴과 함께하는 덕에 더 힘낼 수 있었어.』
『어휴, 결국은 패배가 더 많아져버렸네요. 역시 대단해요, 루샤.』
『카틀레아도 대단한걸. 승리의 요인은 케릴과 내 사랑의 힘이려나?』
『어휴, 러브러브라니까요. 결혼식, 꼭 참석할게요.』
『응, 고마워! 우제스도 고마워!! 우리는 행복한 사람이야. 앞으로도 사이좋게 지내자.』
이게 도대체 무슨 촌극일까요.
『팀 스퀘어, 절로 미소가 지어지는 장면을 보여줬습니다. 우리 학교가 자랑하는 톱 팀은 졸업 후에도 카번헤임의 군대에 소속되어 활동을 계속해 나갈 예정입니다. 또한 케릴 선수와 루샤 선수는 다음 달 말에 결혼식을 올립니다. 전도양양한 신사, 숙녀에게 축복의 박수를!!』
『『『와아아아아아아아아아아아아아아!!』』』
"아아, 아아아, 아아아아……. 아아…… 아아, 아아……."
우뢰와 같은 박수와, 햇살이 밝게 비추는 무대.
마치 발자국 없는 은빛 세계와 같은, 가짜.
가증스럽고 살풍경한 거울의 너머. 몹시, 몹시도 아름다운 세계.
"……후후, 우후훗, 장난치지 마요……."
어째서, 당신들이 저런 곳에 있는 건가요.
어째서, 당신들이 저런 곳에 서 있는 건가요.
"장난치지 말라고요……."
용납 못 합니다. 이딴 광경은, 허용할 수 없습니다.
용납할 수 없어, 용납할 수 없어, 용납할 수 없어, 용납할 수 없어, 용납할 수 없어—.

실현돼서는 안 되는 장면이잖아요.

"—그러니까, 모조리, 전부 부숴버려야겠죠……?"

오물처럼, 쓰레기처럼, 해충처럼.

짓밟고 밟아 뭉개고 밟아 부숴줘야죠.

"……."

쓱 싸늘해지는 의식 속에서 확대경이라도 들여다보는 듯 케릴과 루샤의 웃는 얼굴이 선명하게 시야에 비칩니다.

웃지 마, 웃지 말라고, 웃어선 안 돼.

"토할 것 같아."

어쩐지 아득하게 느껴지는 세계에 등을 돌리고 저는 걸음을 옮깁니다.

자갈이 껴서 멈춰 있었던 톱니바퀴가 우뚝, 톱니를 부러뜨리면서 억지로 돌아갑니다.

더 이상 맞물리지 않는 톱니바퀴는 헐거워지고 부딪치며 딱딱 부싯돌처럼 불티를 날립니다.

"……."

이것저것 전부가 『토할 것 같아』서 못 견디겠습니다.

결투장에서 나온 저는 언어로 표현하고 싶지 않은 의문을 확인하고자 다시 교사 쪽으로 향했습니다.

다만 목적지는 평소 강의를 받고는 했던 건물이 아닌 내부생용 교사.

결투장에 사람들이 모여든 덕에 교사 내부는 거의 인기척이 없습니다. 그럼에도 마침 운 좋게도 직원으로 보이는 여성, 게다가 명백하게 거친 일에는 익숙하지 않은 분이 안쪽에서 나왔습니다.

"어머, 못 보던 얼굴이네요……. 수인이네, 그럼 외부생이죠? 뭔가 용건이라도 있나요?"

저를 얕보고 귀찮아하는 감정이 언뜻 드러나는 여성.

여러 나라를 돌아다니는 모험가들 사이에 있을 때는 별달리 느낀 경험이 없습니다만, 마법 지상주의가 대세인 이 나라 사람들은 마법 사용에 핸디캡이 있다는 이유로 곧잘 수인을 얕보기에 무척 알아보기 수월한 태도입니다.

저런 사람에게는 이미 익숙해졌습니다.

그러니까 이제, 저런 건 아무래도 좋아요.

"힉?! 끅, 무, 무슨 짓……?!"

"소리 지르지 말고 천천히 마셔주세요."

"으응, 으끅, 으, 꿀꺽……."

몸을 휘어잡아서 목에 나이프를 가져다 대고 애용하는 자백제를 복용시켰습니다.

곧 눈동자가 멍하니 빛을 잃었고, 이윽고 몸에서도 힘이 빠져나갔습니다.

"대답하세요. 오늘 모의전을 벌였던 내부생의 이름과 출신을 말하세요."

"우제스 윈디아, 수도 출신. 카틀레아 프랑소아, 수도 출신. 케릴, 키키토 마을. 루샤, 키키토 마을."

키키토 마을.

옛 고향 마을의 이름.

"……루샤, 케릴의 출신 마을은……. 키키토 마을의 위치는 어디입니까?"

바짝바짝 목이 타들어 갔습니다.

그 두 사람은 카번헤임 학원의 내부생이라고 말했습니다.

그리고 학원의 내부생은…….

"키키토 마을은, 이 도시에서 남서쪽으로 마차를 타고 닷새 거리의 위치에 있습니다."

이 나라의 주민밖에, 되지 못합니다.

"……좋습니다, 이제 가보세요. 그리고 당신은 여기에서 아무하고도 만나지 않았습니다. 알겠죠?"

"……네."

비틀비틀 직원 여성은 떠나갔습니다.

저는 인기척 없는 교실 안으로 들어간 뒤 손만 뒤로 돌려서 문을 닫고 주저앉았습니다.

"아, 아아, 아아……."

그 마을은, 키키토 마을은 가까운 곳에 있었습니다.

오를레아 왕국의 북동부에 있는 게 아닙니다.

그러니까, 즉.

"또 배반당한 거네요……."

루샤와 마찬가지.

거짓말로 저를 속이려 했습니다.

"레오네 씨, 당신은……."

저의, 적이었군요?

제5장 영웅 행세와 그 대가

카번헤임의 지하 미궁, 그곳의 비밀 던전.

돌입한 지 벌써 2주일. 공략 완료까지 바깥에 나갈 수 없는 이곳에서 싸우고 또 싸우다가 드디어 가장 깊숙한 곳 수호자의 방에 도착했다.

"굉음에 족하도록 땅을 기어가는 족속들, 『지룡의 마전』."

""""쿠뤄오오오옷!!""""

동양풍의 용을 본뜬 칼 몸을 지니는 심검, 『복룡의 석검』을 지면을 향해 휘두르자 핏덩어리처럼 검붉은 석재 바닥에서 열 마리 이상, 본래의 석재와 같은 색을 띤 석룡이 나타난다.

내 의지에 따라 용들은 주위에 있는 리저드맨 킹의 변이종에게 달려들어 물어뜯었다.

명칭이 나타내는 대로 리저드맨의 최강종에 해당하는 저 마물은 족히 15미터를 넘어서는 거체를 보유하고 있다.

용종보다 강하면 강하지 못하지 않은 브레스와 여타의 리저드맨을 통솔해서 수족처럼 부리는 두뇌, 거체에서 발휘되는 완력과 정확성을 겸비한 검술이며 창술을 지닌 경이로운 존재였다.

그리고 지금 눈앞에 있는 게 그 특이종.

변이도 아니고 진화도 아니고 종족을 동일하게 유지한 채 다른 개체와 격이 다른 존재에 다다른 마물.

보통 흑색이어야 할 비늘은 붉게 물들어서 마법을 튕겨 낸다. 하나뿐이어도 까다로울 머리는 세 개가 달렸고, 각각 다른 종류의 브레스를 구사한다.

손에 든 창에는 스스로 인챈트를 걸어 속성을 부여했다.

극도로 까다로운 상대와 이미 세 시간 가까이 접전을 벌이고 있다.

이미 좌우의 머리 두 개는 떨어뜨렸지만, 놈의 움직임은 조금도 수그러들지 않았다.

'2초 후 브레스, 피하는 동시에 영창, 브레스가 끊어지는 4초 후 오른쪽 반걸음 앞에 다시 일격을 날린 뒤 좌측에서 추가타!'

"크아아아아앗!!"

"윽."

남아 있었던 머리가 사용한 것은 플라즈마처럼 직진하는 순수한 에너지의 덩어리.

미리 예상했던 궤도로 피한 뒤 위치를 맞추기 위해 오른손을 바닥에 짚고 옆 돌기로 거리를 벌렸다. 그와 동시에 손에 든 심검을【뇌창의 눈물 칼】로 전환한다.

"인자한 뇌제의 한탄을 듣거라, 고뇌에 찬 뇌제의 통곡에 귀 기울여라.『뇌격, 제왕의 곡(哭)』."

일곱 개의 초승달을 겹친 듯한 푸른색 칼날을 휘두르자 청색이 서린 두꺼운 벼락 기둥이 리저드맨 킹을 감싸 안았다.

"쿠롸아아아아아아앗?!"

검은 연기를 피워 올리면서 절규를 쏟아 내는 모습을 지켜보면서,

그러나 한 순간도 긴장을 풀지 않고 지면을 박차 달린다.
마지막으로 만들어 낸 것은【기인의 가위 칼】.
“—『수급 절단, 옥문의 언덕』.”
핑크와 녹색 새의 날개로 뒤덮인 손잡이와, 거기에 어울리지 않는 녹슬고 거대한 날을 지닌 가위로 리저드맨 킹의 머리를 자른다.
데굴, 머리가 굴러떨어지며 길게 이어졌던 사투는 드디어 끝을 맞이했다. 나머지 몸도 전방으로 푹 쓰러진다.
“읏, 후유……. 제법 힘들었군…….”
완전히 절명했음을 확인한 나는 그제야 긴장을 풀었다.
한계까지 바짝 긴장한 채 힘을 쥐어짠 탓에 정신과 육체가 휴식을 갈구하며 비명을 내지른다.
일정을 앞당기기 위해 1주일쯤 전부터 진행 속도를 끌어올렸던 탓에 재고가 절반 이하까지 줄고 말았던 효과 높은 포션들을 벌컥벌컥 마신 뒤 바닥에 주저앉았다.
‘조금 이따가 미나리스와 연락을 취해야겠군…….’
던전에 들어온 후, 지금으로부터 약 1주일쯤 전에 연락을 받았다.
복수의 성검에 의한 계약과 연결을 이용한『심화』는 던전의 너무 깊숙한 곳에 진입한 영향 때문에 사용할 수 없지만, 대체해서 쓸 만한 새로운 연락 수단은 확립해 뒀다.
그게 슬라요시 통신이다. 뭐, 별로 대단한 것은 아니다. 분열한 슬라요시 씨에게『심화』의 중개를 부탁했을 뿐이다.
본래는 긴급 상황에 사용할 수 있도록 전부터 맡겨 놓았다만, 마침 주위 마물의 청소를 마친 뒤 휴식을 취하려던 때 미나리스에게서 연락이 왔다.

——제 복수를 발견했습니다, 라고.

"좋아, 좋아~. 이번에도 잘 부탁한다."

『뀨삐!』

쏙, 작은 촉수를 들어 올려서 답한 슬라요시 씨는 손바닥 정도로 크기가 줄어 있었다.

슬라요시에게 마력을 주입하자 푸들푸들 연하고 무른 신체를 떨어 댔다.

"『아, 테스트, 테스트. 미나리스, 슈리아. 내 말 들려?』"

"『주인님, 잘 들립니다.』"

"『감도 양호하여요!』"

대답은 곧장 돌아왔다.

"『던전 공략은 완료했어. 『색욕』과 『나태』를 해방할 만한 경험치도 충분히 확보했지. 여기에는 지상까지 연결된 전이진도 있으니까 미리 이야기했던 대로 준비가 끝났을 때 당장 바깥에 나가면 돼. 그쪽 상황은 어때? 두 사람 모두 필요한 물건은 모아다 놨어?』"

"『네, 예상했던 대로, 전부요. 맞아요, 웃음이 나올 만큼 그 여자는 무엇 하나도 바뀐 게 없더군요. 대단한 수단을 쓸 필요도 없이 학원 내부에서 모을 만큼 다 모았습니다. 개막에 쓸 인원도 점찍어 놓았고, 차분하게 마무리 짓겠습니다.』"

"『이쪽은 살짝 미묘한 느낌이어요. 마킹은 야옹이가 잘 맡아줬고, MP 회복용 포션은 당연히 최상급 물건으로 확보했거든요. 그런데 저주받은 무기를 찾을 수가 없어요…….』"

“『그런가, 그야 뭐, 그런 물건을 쉽게 찾아내기는 어려울 테지.』”

“『이렇게 된 이상 아예 학원을 쉬고 찾아볼까요?』”

“『아니, 그러면 레오네 4인방을 묶어줄 역할을 못 맡잖아. 우선 사항은 그쪽이야.』”

슈리아의 말에 나는 고개를 저었다.

“『저주까지는 못 가더라도 악한 마력이 서린 물품은 제법 모았을 테지?』”

“『그 부분은 빈틈없답니다!』”

“『그런가, 그럼 문제없어. 저주까지 승화시키지 않아도 밑천 삼아서 들이부으면 급조품 정도는 만들 수 있거든. 일정은 꽤 빠듯해도 서두를 보람이 있으니까 괜찮고.』”

“『감사합니다, 주인님. 슈리아도요.』”

“『인사는 필요 없어. 이건 우리에게도 역시 복수니까.』”

“『넷, 맞아요. 미나리스 씨의 계획에 슈리아랑 카이토 님도 동참하는 거예요. 전부, 전부, 무엇 하나도 남기지 않고 하얗게 물들여서 부숴버릴 때까지. 그렇잖아요? 미나리스 씨.』”

“『너는 우리를 마구 부려 먹어라, 목적에 필요하다면 뭐든 다 해줄 테니까.』”

미나리스는 한 차례 숨을 내쉰 뒤 나에게 대답했다.

“『……그랬었죠, 주인님. 저희가 맺은 계약은 그런 계약이었습니다. 그러니까 주인님, 저희의 복수를 위해 전력으로 필요한 작업을 맡아주십시오.』”

“『맡겨달라고. 그 정도 못해주면 공범자가 된 의미가 없지.』”

그렇게 말한 뒤 나는 웃었다.

"『나도 가능한 한 빨리 돌아간다. 개막에 늦을 순 없는 데다가 이제는 슬슬 레오네가 눈치챌 무렵이기도 하고.』"

"『……네, 기다리고 있겠습니다. 주인님.』"

그 목소리를 마지막으로 나는 통신을 종료했다.

휴식은 이제 충분하다.

"자, 그러면 어서 착수해볼까."

일어서서 시선을 준 방향, 수호자의 방 더욱 안쪽으로 이어지는 문.

그곳을 밀어서 열자 나타난 것은 진짜 던전 코어와 이렇듯 비밀 미궁에 돌입했던 목적 중 하나였던 보물 상자. 생물의 내장 같았던 벽면이 바깥 부분과 마찬가지로 대리석처럼 돌아왔다.

내가 보물 상자를 열자 안쪽에는 첫 번째 세계 때 신세를 졌던 『어둠 정령의 옷』이 들어 있었다.

"……이런, 변함없이 난폭한 녀석이군."

손을 대려고 한 순간 타닥, 거절을 표시하는 흑색 뇌광이 치달렸다.

"그나저나 미안한데 이번에는 시간이 없군. 강매에 강도질은 품위가 떨어지지만, 억지로 길들여주마."

나는 또다시 손을 뻗어서 이번에는 뇌광을 무시한 채 『어둠 정령의 옷』을 거머쥐었다.

☆

"레오네 씨, 무슨 일 있으세요? 자꾸 딴생각을 하시는 것 같아요."

"어?"

학원 수업이 끝난 방과 후, 미나리스가 말을 건네기에 나는 화들짝 정신 차렸다.

처음 우케이를 설득하려다가 실패한 날 이후 2주일.

간신히 어디 있는지 찾아냈더니 다음 날부터는 대도서관에 나타나지 않았다.

그럼에도 이리저리 찾아서 돌아다니다가 결국 던전에 돌입해서 안 나왔다는 사실을 알게 된 날에는 분개한 뒤 묘하게 힘이 빠져서 기분 전환 삼아 홧술을 너무 많이 마셨다. 당분간 던전에서 안 나온다는 말을 듣고서 나는 결석 중이던 학원의 수업에 다시 출석했다.

"……저기, 미나리스. 요즘 어디 나가는 날이 많던데, 무슨 일 있어?"

그렇지만 다시 출석하게 된 이후 아무래도 미나리스와 슈리아의 낌새가 이상했다.

점심시간에 어딘가로 훌쩍 사라지거나 방과 후 볼일이 있다면서 홀로 남는다거나.

우케이가 두 사람에게 따로 이야기를 한 기색은 아니었지만, 왠지 서먹서먹함이 느껴져서 매번 변변찮은 대화밖에 나누지 못했다.

그럼에도 날이 지남에 따라 분주하게 뭔가를 하는 두 소녀들이 도저히 불안감을 자극했기에 결국 나는 물었다.

"아뇨, 사실은 몰래 비밀 특훈을 하고 있거든요. 슬슬 주인님이 던전에서 돌아올 무렵이니까 대도서관에서 요리 자료를 조사했어요. 조금이라도 더 자주 맛있다는 말씀을 듣고 싶어서요."

"음후후~ 미나리스 씨가 잔뜩 정성을 들인 요리가 벌써부터 기대

되어요."

"네, 이 나라에는 독자적인 요리법이 다양하게 있더라고요. 기대해도 좋을 거예요."

밝게 웃는 소녀들의 말은 별다른 위화감도 없이 쓱 입에서 나왔다.

그래, 마치 처음부터 미리 준비한 말처럼.

"역시 사랑받는구나."

"같은 남자로서 굉장히 부럽네요."

"벌써 몇 번이나 말했다만, 성장하면 사람은 바뀌는구나. 그 미나리스가 이렇게 되다니 말이야."

"못쓰겠네, 댄은 아직도 여자를 한참 모른다니까. 그렇지? 레오네."

"어, 어어? 그러게."

다른 세 사람의 말에 맞장구를 쳐주면서 나는 생각했다.

'……대도서관에 갔다는 말은 아마도 거짓말이야. 그런데 어째서 그런 거짓말을 하지……?'

모르겠다. 역시 우케이와 싸운 채 화해도 못 했다는 사실을 알기 때문에 나를 피하는 걸까?

아니, 그 이유로 피하려면 더욱 노골적으로 피했을 텐데.

"오늘도 대도서관에 들를 계획이라서요, 방과 후에는 아무쪼록 슈리아를 잘 돌봐주십사 부탁드릴게요."

"끙, 어린애 취급에는 이의를 제기하겠어요!"

"꺄앗, 삐친 슈리아가 귀여워~!!"

"흐냐악~!! 그러니까 그 쓸데없이 큰 살점을 갖다 붙이지 말란 말이어요!!"

"쿡쿡, 그러면 부탁드릴게요. 슈피네 씨."

슈피네에게 폭 안긴 채 작은 팔다리로 버둥버둥하는 슈리아를 보면서 쿡쿡거리더니 미나리스가 호호 소리 높여서 웃고는 살짝 손을 흔들었다.

"앗, 미나리스……!"

"네? 무슨 일 있으세요?"

"아, 그게. ……아무것도 아니야. 열심히 해."

"네."

나는 이름을 부르고도 계속 할 말이 없었던 터라 결국 가만히 미나리스를 떠나보냈다.

'뭐야? 너희는 대체, 뭘 하는 거야?'

내 마음속에서는 오직 불안감이 소용돌이쳤다.

☆

레오네 씨 일행에게 대도서관에 간다는 말로 헤어진 뒤 저는 한 명의 남성을 만났습니다.

지인의 빚을 억지로 떠안았던 탓에 변제로 하루하루를 고단하게 살아가고 있는 남성.

"그래요, 당신의 불행은 전부 그 남자 때문입니다."

"……그래, 아무렴, 그렇고말고. 전부 그 자식 잘못이었어. 그 자식 때문에, 나는……."

"복수를 제가 도와드리죠. 참을 필요는 없습니다. 전부 그 남자의 잘못이니까요."

"……그 자식이 손을 써서, 그 때문에 내가 이따위 빚을……."

함락됐다.

중얼중얼 멍하고 탁한 눈빛을 보고 살며시 웃었습니다.

"맞습니다. 그 남자, **케릴** 때문에 당신은 괜한 고생을 하는 처지에 몰렸습니다. 당신처럼 상처받은 사람이 달리 더 계세요. 결행은 이틀 후, 회장으로 초대하겠습니다."

"……그래, 알겠다……."

어딘가 여윈 기색을 보이며 비틀비틀 떠나가는 남자.

저자의 눈동자에는 어떤 만남도 관계도 없을 게 분명한 케릴에 대한 어두운 증오가 깃들었습니다.

그 뒷모습을 만족스럽게 바라보던 저는 밀회를 가진 뒷골목에서 엷은 비웃음을 띠었습니다.

'이제 개막을 위해 점찍어 뒀던 인물은 전원 끝. 레오네 씨는 명백하게 수상해하는 눈치였습니다만 이미 늦었습니다. 주인님도 오늘 밤에는 돌아오시죠. 모든 준비는 내일 끝납니다. 뒤늦게 뭔가 알아차린들 이미 늦었어요.'

내내 헛돌던 흠집 난 톱니바퀴 이제 곧, 이제 곧 다시 한 번 맞물립니다.

둥글 주머니에서 푸른색을 띤 결정을 꺼냅니다.

이것은 복수의 소도구로 쓸 광경을 담은 영상 결정.

가볍게 마력을 주입하자 떠오른 반투명의 판 같은 화면에 어떤 영상이 출력됩니다.

『……시치미 떼지 마. 네가 케릴한테 꼬리를 쳤다는 거 전부 알고 왔거든?』

『흑, 무, 무슨 말씀이세요?! 케릴 선배한테 꼬리를 친 적은 절대로…….』

『그래? 그럼 이제부터 두 번 다시 케릴한테 접근하지 마. 저번처럼 도시락을 갖다 준다거나 허튼 짓거리를 하면……. 얘, 나랑 친한 친구 중 카틀레아가 말이야, 이 나라의 상층부에도 인맥이 꽤 넓거든. 다른 말은 안 해도 알아들었지?』

『너, 너무해요?! 어떻게 이런…….』

『다시 한 번 말해줄게. 더는 두 번 다시 케릴한테 접근하지 마. 알았어?』

『알겠, 습니다…….』

거기에서 영상이 중단되고 저는 후, 숨을 내쉬고는 하늘을 올려다봤습니다.

저 위에 보이는 것은 햇빛이 차단되어 있는 일면의 은빛 하늘.

어쩐지 익숙한 저 하늘 아래에서 저는 홀로 비웃습니다.

"이제 곧, 이제 곧 당신들과 만날 수 있어요……."

케릴, 루샤, 그리고 마을에 사는 사람들.

하얗게, 하얗게, 하얗게.

그날의 은빛 세계처럼 전부를 물들여서 부숴버릴 하얀 세계로.

흙탕물 섞인 얼음 아래에 전부를 빠뜨려서.

"후후, 당신들은 저를 본다면 도대체 어떤 표정을 지을까요……?"

아무도 움직일 수 없고, 아무도 다가들 수 없고, 아무도 건드릴 수 없고.

귀가 아프도록 손쓸 도리가 없는 정적에.

다만 소리도 없이 가랑눈만 내려 쌓이는 세계로.

"……그 전부에 파묻혀서, 괴로워하다 망가져버리면 돼요. 마지막에는 하얗게 물든 모습 그대로 바스러뜨려드리겠습니다……. 우후훗, 우후후후후훗."

무의식중에 새어 나온 제 목소리는 내뱉는 숨에 스며드는 차가운 공기 속으로 녹아 사라졌습니다.

☆

그리고 복수를 개시하기로 한 전날.

"훗. 좋아, 좋아. 안 늦었군. 이봐, 다 됐다고."

내가 말하자 꾸벅꾸벅 졸던 슈리아가 눈을 비비며 고개 들었다.

"흐얍~ 와, 그게 완성품이어요?"

미나리스와 슈리아가 기다리는 숙소로 돌아왔던 나는 모든 빛을 짓뭉개는 듯 어두운색을 띠는 기다란 망토를 걸쳐 입고 있었다.

첫 번째 세계에서 줄곧 애용했었던『어둠 정령의 옷』의 **간이 조련**을 마친 뒤 곧바로 다음 작업에 착수했다.

그렇게 밤이 늦었을 때 한 자루의 곡선이 들어가 있는 폭넓은 쿠쿠리 나이프.

칼날은 흑색에 가까운 심홍빛으로 물들었고, 쳐서 절단하는 데 주안을 둬서 두툼하고 견고한 외형을 지녔다.

"와아, 멋진 느낌으로 검은 마력을 두르고 있어요."

슈리아의 『비색 눈동자』가 촛불이 일렁거리는 어두운 방 안에서 기묘하게 빛났다.

"『주혈상(呪血傷)의 나이프』인가. 원본인 『원념의 대검』과 비교하면 얼마간 뒤떨어지지만, 『나태』의 먹이로 주기에는 충분할 테지."

이번에 쓸 예정에 있는 『나태』 발동 조건은 저주받은 무기를 『나태』에 먹이는 것.

효과가 확실하게 발휘될 만큼 강하게 저주받은 물건은 제법 꽤 드물었다. 그러나 거기에 조금 미치지 못하는 정도의 물품으로 타협한다면 딱히 찾아내지 못할 것도 없다.

대대로 전해지는 사연 있는 가면이라든가 가구라든가 식기라든가 오히려 너무 많아서 다 헤아릴 수가 없다.

이번에는 이 도시에서 슈리아가 돌아다니며 모은 물품들과 오를레아 왕국의 왕도 부근 던전에서 고블린이 들고 다녔던 『원념의 대검』의 잔해를 【융결(融結)의 갑검(匣劍)】의 능력을 써서 조합했다.

그 결과가 지금 손에 든 『주혈상의 나이프』다.

"고생 많으셨습니다, 주인님."

"그래, 고마워."

따뜻하게 우유를 데워다가 갖고 온 미나리스가 목제 컵을 탁자에 놓았다.

"이제 준비는 끝났어. 남은 건 내일을 기다리는 것뿐이군."

나는 손에 든 나이프를 내려두고는 의자에서 일어나 미나리스의 머리를 톡톡 쓰다듬었다.

"염려 마셔요. 분명히 잘될 거예요."

슈리아가 미나리스의 손을 잡는다.

"네. 드디어, 드디어예요. 누구 한 사람도, 용서하지 않겠어요……."

싸늘하게, 담담하게 녹아서 사라질 듯이 온화한 미소를 지은 미나리스에게 우리는 가만히 다가붙었다.

☆

"케릴! 난 먼저 마을로 돌아갈게."

"그래, 쓸쓸하다고 밤에 울면 안 된다? 루샤는 어릴 적부터 외로움을 잘 타는 아이였잖아."

"에잇! 언제 적 이야기를 하는 건데! 나빴어."

키키토 마을과 가장 가까운 도회지까지 가는 포장마차에 루샤가 타 있다.

살짝 입술을 삐죽거리며 불만을 늘어놓는 루샤는 어릴 적부터 익숙하게 봐왔는데도 가슴이 두근 뛸 만큼 귀여웠다.

마을을 떠나 학원의 내부생으로 입학한 이후 다양한 만남이 있었고 접근하는 남자들에게 질투도 느꼈지만, 그 덕분에 자신의 진짜 마음을 깨달을 수도 있었다.

그렇게 우여곡절을 거친 우리는 졸업을 계기 삼아서 결혼한다.

"나도 이틀 뒤에는 따라갈게. 마을 사람들에게 안부 전해줘."

"응, 최고의 결혼식을 올리자."

다정하게 대답한 뒤 루샤는 웃는 표정을 지었다.

도회지까지 마차로 사흘, 거기에서 말을 빌려 타고 이틀.

열흘 뒤 결혼식을 맞아 마을에서도 준비를 진행해주고 있다만, 아름답게 몸치장을 하는 신부는 남자보다 할 일이 더욱 많았다. 그래서 루샤는 먼저 마을로 떠나고, 나는 카번헤임에 남아 있는 잡무를 처리한 다음 뒤따라갈 예정이었다.

그렇게 나는 보이지 않게 될 때까지 루샤가 탄 마차를 배웅했다.

"……음, 결혼, 결혼이라."

가슴에 들어차는 분명한 감동.

그 작고 좁았던 마을 바깥으로 나와 루샤는 뛰쳐나왔다.

마을을 방문했던 가장 가까운 도회지의 마술 부대 관계자가 재능을 알아봐준 덕에 카번헤임의 내부생이 되었다.

『도시에는 괴물이 사람들 틈에 섞여서 살고 있으니까 다 자랄 때까지 나가면 안 된다.』

아무 사건도 없는 작은 마을을 싫어하지는 않았다만. 그럼에도 막연하게 상상했었다. 꿈꾸고 바랐다.

언젠가 마을을 떠나는 날, 세상에 날갯짓할 날.

그렇게 어른들이 명칭도 없이 『도시』라고 불렀던 장소로 나가는 날은 의외로 빨리 다가들었다.

어릴 적 부모님이 읽어주셨던 책 속의 영웅담.

거듭거듭 자꾸 읽어서 완전히 너덜너덜 닳아버렸던 책은 아직껏 나의 보물이다.

마법검을 다루고, 작은 부정마저도 간과하지 않고, 무엇을 적으로 돌릴지라도 정의를 관철하고, 마지막에는 거대한 악을 무찔러서 영웅이라 칭송받았던 남자의 이야기.

그런 영웅을 동경했기에 온갖 사태에 개입했다. 말썽거리에 말려들었다.

수많은 벽을 극복하며 깊은 유대를 다졌다.

『동쪽 도시』라든가 『서쪽 마을』이라든가 사람들 사는 곳에 저마다 명칭이 붙어 있다는 사실마저 모르도록 무지했던 나의 앞에 꿈으로 이어지는 구체적인 길이 나타났다.

그리고 지금의 우리가 있다.

문득, 건너편에서 걸어오는 수인 모녀의 모습이 눈에 들어왔다.

귀의 형태를 보면 여우 수인인가.

"엄마, 배고파."

"어휴, 저녁 식사 때까지 참으려무나."

어머니에게 어리광 부리는 소녀를 보고 또 한 명의 소꿉친구가 떠올랐다.

우리가 마을을 떠나기 1년쯤 전에 추방당했던 소꿉친구.

그날의 기억을 떠올리면 가슴속이 살짝 무거워진다.

태어나서 쭉 함께 자랐는데도 배반당했다.

어른들이 말했던, 도시에서 사람과 섞여 생활하고 있다는 괴물……수인.

처음 이 도시를 찾아왔을 때는 정말로 깜짝 놀랐다.

수인이니까 괴물, 수인이니까 악당이라는 것이 마을 어른들의 편견이었다는 사실도 알게 되었다.

그래도 미나리스가 자기 종족을 우리에게 숨겼다는 것도, 미나리스가 루샤를 괴롭혔다는 것도 도저히 용납할 수 없는 잘못이다.

그럼에도 소꿉친구는 소꿉친구이니까. 함께 자랐던 정도 있잖은가.

어머니와 어딘가 먼 지역으로 떠났다는데, 지금은 마음을 고쳐먹고 성실하게 살고 있다면 좋으련만.

잘못을 뉘우치면 누구든 재기의 기회가 주어져야 한다.

"응, 분명 수인의 힘에 취했던 거야. 어린아이였고."

그로부터 벌써 5년 이상, 우리가 성장했듯이 미나리스도 분명히 성장했을 것이다.

미나리스도 근본이 나쁜 녀석은 아닐 테니까.

"이제부터는 임무로 원정을 나가는 날도 많아지겠지. 모르는 장소에 가면 미나리스를 찾아보는 것도 어쩌면 괜찮겠군."

직접 괴롭힘당한 루샤가 미나리스를 용서하기란 쉽지 않을 것이다.

그럼에도 밝고 다정한 루샤라면 시간이 걸리더라도 이번에는 진짜 사이가 좋아질 수 있겠지.

나와 루샤와 미나리스 셋이서 또 어릴 때처럼 서로 웃어주는 광경.

분명히 몹시 행복한 광경이다.

"자, 일단은 기숙사를 정리할 준비부터 해야지."

일반 모집과 달리 내부생에서 군대로 임관하는 사람은 기숙사 생활이 의무화되지 않는다.

물론 우리는 이제껏 지냈던 학생 기숙사를 나와서 둘이 함께 살기로 선택했다.

본격적으로 군인 신분의 생활을 시작하기 전에 이사를 미리 마쳐 놓아야 한다.

완전히 익숙해지도록 걸어 다녔던 길을 나아가서 기숙사의 자기 방까지 돌아왔다.

'……음? 방 안에 누군가가 있다?'

문고리에 손을 뻗었을 때 방 안쪽에서 인기척을 느꼈다.

룸메이트 우제스는 어젯밤 본가에 가서 내일까지는 돌아오지 않을 예정이기에 외출할 때 문을 잠갔다.

다른 기숙사생이 멋대로 들어왔다는 생각은 하기 어렵다.

'설마 싫기는 한데 빈집털이인가? 우제스처럼 좋은 집안 출신의 도련님도 있긴 있다만, 어차피 학생 기숙사에 값비싼 물건은 안 놔두는데?'

나는 의아하게 여기면서도 허리에 찬 검에 손을 얹은 채 문을 열었다.

"누구냐! 우리 방에서 뭘 하고 있지!"

벌컥 열어젖힌 방 안쪽, 문에 등을 돌리고 있는 로브 차림의 인물이 보였다.

"……."

물음에 돌아온 것은 대답의 말이 아닌 침묵이었다.

"왜 입을 다물지? 빈집털이인가? 유감이지만 이곳에 돈 되는 물건은……."

"그립네요, 『여명의 영웅 이야기』. 아직도 갖고 있었나요."

그때 귓가에 들린 목소리가 내 말을 저절로 멈추게 만들었다.

의젓하게 울려 퍼지는 소녀의 목소리.

언젠가 들은 기억이 있는 목소리가 귓전을 때린다.

너무나 놀란 나머지 소중하게 아끼는 책을 난잡하게 책상에 던진 행동도 눈에 들어오지 않았다.

"……오랜만이네요, 케릴. 여전히 잘 지내는 것 같아 다행이에요."

쓰륵, 젖힌 후드의 안쪽에서 토끼 수인의 귀가 나타난다.

그리고 돌아섰을 때 보인 것은 눈이 휘둥그레지도록 아름답게 성장한 소꿉친구의 모습.

"미, 미나리스, 맞아……?"

"그럼요, 5년, 아니, 6년 만인가요? 돌이켜보면 정말 긴 시간이 흘러가버렸군요."

멍하니 서 있는 내 앞에서 미나리스가 살짝 쓴웃음을 지은 채 말했다.

"오, 오오, 오랜만이다! 미나리스!"

"……그러게요, 정말로. 일단 차분하게 대화를 나눌 장소로 가지 않겠어요? 점심 식사라도 먹으면서, 이래저래 할 얘기가 있으니까요."

이동한 곳은 왕래하는 사람이 적어 이른바 뒷골목이라 불리는 지역과 면한 식당이었다.

한창 장사를 할 시간대였다만, 가게 안쪽에 있는 손님은 우리가 전부였다.

“그건 그렇고 몰라보게 어른스러워졌구나, 미나리스.”

“네, 뭐, 많은 경험을 쌓았고 이제까지 죽기 살기로 성장했으니까요.”

그러고는 온화하게 미소 짓는 미나리스.

‘그래, 잘됐다. 미나리스. 너는 정말로 성장했구나.’

이별 방식이 이별 방식이었던 만큼 어쩌면 이상하게 원한이라도 갖고 있지는 않을까 염려했었다.

그렇지만 신체도 정신도 정말 어른이 되었나 보다.

“지금 어떻게 지내고 있어? 미나리스. 차림새를 보니까 어딘가 좋은 집안에서 고용살이를 하고 있나 봐?”

수인의 힘으로 루샤를 괴롭히고 위협했던 시절과 바뀌었을 미나리스를 기쁘게 여기면서 지금 어떻게 지내고 있나 물었다. 품질 좋은 메이드복을 입고 있기도 하고, 어딘가 큰 상가의 하녀로 고용된 걸까?

“네, 무척 좋은 환경에서 일하고 있답니다. 오늘은 그쪽 관계로 케릴에게 할 이야기가 있어서 이렇게 방문했고요.”

“응? 나한테?”

“케릴, 그리고 루샤. 지난 1년간 나라의 지시를 받아 당신들의 내탐 조사를 수행했습니다.”

“내, 내탐 조사?! 게다가 1년간이라니? 뭐어?! 세상에, 말도 안 돼……!”

“후훗, 이 얼굴을 본 기억이 있지 않나요?”

“아니?!”

그렇게 말한 미나리스의 얼굴이 전혀 다른 사람의 얼굴로 뒤바뀐다.
분명 학원에서도 몇 번인가 본 적이 있었던 외부 업자의 얼굴이었다.
"환술이에요. 수인의 마력은 몸에서 떨어지면 금세 흩어지니까요, 그만큼 이런 종류의 술법이라면 정평이 난 은밀성을 발휘하죠."
곧 환술을 풀고 미나리스는 원래 얼굴로 돌아왔다.
"그리고 내탐 결과, 유감스럽게도 루샤에게 문제가 발견됐습니다. 이대로 두면 장래에 지장이 발생할 수 있는 정도이고요."
"뭐?! 무, 무슨 소리야?! 장래에 지장이라니?!"
"……여기에 조사 결과를 담은 영상 결정이 있어요. 직접 보세요."
곧이어 미나리스가 꺼내 든 물건은 영상 결정.
몹시 놀라서 당황하면서도 나는 영상 결정이 출력하는 화면에 눈길을 빼앗겼다.
『……시치미 떼지 마. 네가 케릴한테 꼬리를 쳤다는 거 전부 알고 왔거든?』
『얘, 나랑 친한 친구 중 카틀레아가 말이야, 이 나라의 상층부에도 인맥이 꽤 넓거든.』
『다른 말은 안 해도 알아들었지?』
거기에는 눈물을 꾹 참으며 고개 숙이고 있는 낯익은 여학생과, 그 여학생을 몰아붙이는 루샤가 함께 찍혀 있었다.
"이, 이게 도대체……!"
"다른 영상도 더 있답니다. 여기, 여기에, 이것도요."
잇따라 출력되는 영상은 보면 볼수록 현기증이 났다.
"대체! 어째서 루샤가, 이런 짓을……. 믿기지 않아……."

밝고 다정하고 씩씩하고 천진하고 매력적인 여자애.

그렇지만 화면에 비친 루샤는 내가 알지 못하는 추한 여자였다.

……본 적도 없는 루샤가 분명 존재했다.

"요리, 나왔네요."

점원이 탁자까지 요리를 갖다 놓았을 때 미나리스는 영상 결정을 치웠다.

"이 영상은 아직 일반에 전부 공개된 게 아니에요. 군대에 정식으로 임관하기 전에 루샤가 뉘우치고 반성해서 상대분들께 사죄를 하면 미숙한 탓에 저질렀던 실수로 간주한 뒤 군부에서도 굳이 들추지 않고 조용하게 처리한다는군요."

"……."

"……요리, 식을 텐데요?"

"아, 그, 그래……."

나는 재촉받은 대로 눈앞의 수프를 입에 가져갔다.

입속에 분명 요리를 넣었는데도 아무런 맛이 느껴지지 않았다.

"……알겠어. 즉 미나리스는 나더러 루샤의 잘못은 고쳐달라는 말이구나."

"……."

"루샤는 내게 맡겨줘. 내가 꼭 바로잡겠어. 기필코 바로잡겠어! 누구든 다시 시작할 수 있잖아. 올바르게 바뀔 수 있잖아."

"『여명의 영웅 이야기』에 나온 한 구절이군요."

"맞아, 사람은 바뀔 수 있어. 성장할 수 있어. 나는 그렇게 믿어."

그렇다, 루샤가 이런 바보짓을 저질렀어도 내가 바로잡아주면 된다.

악은 무찌르고, 미혹에 빠진 인간을 올바른 길로 인도하는 것. 내가 이루어 내야 할 목표다.

그래, 내가…….

"사람은 바뀔 수 있다……. 성장할 수 있다, 그럴까요……? 우후후……."

"음?!"

오싹, 마치 등줄기를 얼음 혓바닥이 핥는 감촉이 느껴졌다.

본능이 괴이한 기척을 감지하는 순간, 의자를 박차고 일어나서 물러나 대비 태세를 취했다.

"우훗, 우후훗, 아하하하핫, 아하하하하하하하핫!!"

처음에는 작게, 점점 더 커다랗게 울려 퍼지는 검은 홍소.

마치 손을 뻗었다가는 끝없이 가라앉아버릴 것처럼 깊숙하게.

"미, 미나, 리스……?"

"바뀔 수 있다?! 성장할 수 있다?! 아핫, 정작 자기는 아무것도 바뀌지 않은 주제에, 우후훗, 아하핫!!"

"도, 도대체 무슨 소리를……?"

갑자기 확 바뀐 미나리스가 식은땀이 흐를 만큼 당황스러웠다.

자꾸 비지땀이 배어나는 손은 검을 꽉 움켜잡은 채 떼어 놓지 못했다.

한바탕 웃음을 길게 터뜨리다가 미나리스는 뚝 웃음을 거둔 뒤 담담한데도 묘하게 귀를 울리는 목소리로 말을 꺼냈다.

"정말이지 무엇 하나도, 그 시절에서 아무것도 변하지 않았어……. 올바름 따위 아무래도 좋은 주제에, 바뀌든 말든 아무런 관심도 없는 주제에, 성장할 수 있다는 믿음 따위도 없는 주제에."

"가, 갑자기 무슨 소리를 늘어놓는 거야! 나는……!!"

불길한 예감이 가슴을 들쑤신다.

아무튼 미나리스의 입에서 나오는 말을 막고 싶어서 견딜 수가 없었다.

"그렇다면 어째서 맨 처음 나오는 결론이 「내가 루샤를 꼭 바로잡겠어」입니까? 「루샤가 그런 짓을 할 리가 없어」도 아니고 「정말 발생한 사건인지 확인부터 할게」도 아니잖아요. 얼마든지 가공할 수 있는 영상 결정만 잠깐 보았을 뿐인데."

"뭐?! 소, 속인 건가!!"

"속이지는 않았답니다. 이것은 진짜 일어났던 사건인걸요. 그런데 케릴. 당신에게 진실 따위는 아무래도 상관없잖아요?"

유유자적한 분위기로 담담히 미나리스가 말을 이어 나간다.

마치 내 반응을 즐기는 듯 입꼬리를 끌어 올린 채 비웃음을 머금고.

"큭! 시, 시끄러워! 적당히 좀 해라!"

"영웅이 되고 싶은 당신은 악을 해치웠다고 스스로 만족할 수 있다면 그 대상이 진짜 악이든 아니든 관계없잖아요? 그러니까 무엇 하나도 확인하지 않고 루샤를 악이라고 단정부터 했죠."

사람의 마음을 휘젓고 노는 악마처럼.

"닥쳐, 그딴 생각은 하지 않았어!"

"언제든 그런 식으로, 제가 알지 못하는 동안에도 영웅으로 살기 위해서 누군가를 『악인』으로 몰아 해쳤을 거예요. 어째서 악인인지도 정말로 악인이 맞는지도 잘 확인조차 않고 즐겁게 검을 휘둘렀겠죠? ……정말로 형편없군요, 당신."

그렇게 더러운 벌레를 내려다보는 듯한 시선으로.

—제가 당했을 때처럼, 악인에게 돌을 던지며 살아왔겠죠? 영웅님?

거침없이, 모멸의 말을 내뱉었다.

"닥쳐라아아아아아아아아아앗!!"

"닥치지 않아요. 왜냐하면 이게 마지막 대화가 될 테니까요."

"또 무슨……! 큭, 설마?!"

불현듯 다리가 쩌릿쩌릿 경련했기에 나는 못 버티고 한쪽 무릎을 꿇었다.

"아, 방금 전 먹인 수프의 독이 효과가 나타났군요."

"도, 독이라니……! 미나리스, 역시, 처음부터 나를 속일 작정이었어……!"

"이제야 눈치챘나요? 제가 말하자면 오히려 어떤 정신머리를 갖고 있기에 태연한 낯짝으로 저와 대화를 나누고자 했는지가 더 궁금할 지경입니다. 설마 제가 당신을 원망하지 않을 것이라 생각했습니까?"

기막혀하며 미나리스가 받아쳤을 때 진정한 의미에서 결별했음을 깨달았다.

미나리스는 전혀 성장하지 않았다. 내게 독을 먹여서 죽이려고 한 행동만 봐도 여전히 변함없는 악인이었다.

"……우습게 보지 마!! 겨우 이따위 독에, 내가 당할까 보냐! 부정을 떨쳐 내라, 『클리어 보디』!! 받아랏!!"

악인을 더 이상 날뛰게 놓아둘 수는 없었다.

악인을 무찌르는 것은 영웅이 될 내가 이루어 내야 할 목표다.

몸속의 독을 정화하고 검을 뽑아서 달려들었다.

그러나 힘껏 휘둘렀던 검은 도중에 멈췄고 날카로운 쇳소리가 터져 나왔다.

"아, 아니?!"

"이성을 잃고 이렇게 도시 안쪽에서 검부터 휘두르는 게 정말 어리석네요. 전혀 성장하지 못하는 꼬마 아이를 보는 기분입니다."

가볍게 검을 막아 냈다는 게 놀라워서 뜻하지 않게 소리를 질렀다.

역시 내 본능은 옳았다. 이 녀석은 극히 위험하다!

"땅에 가라앉아라, 중압의 와충(瓦蟲)이 바라는 대로. 『소환(서먼), 둔중한 갑충(기르메시아)』."

"윽, 벌레, 소환이라고?!"

나타난 것은 동전쯤 되는 크기의 심록과 심홍이 뒤섞인 색을 띤 갑충.

본 적도 없는 벌레들이 갑자기 벌어지는 검은 구멍에서 수십, 수백에 달하도록 떼를 지어서 기어 나온다.

"큭, 『업화검, 맹화』!!"

사태가 이런 지경에 다다른 이상 도시의 안쪽이든 뭐든 신경 쓸 여유가 없었다.

주변을 돌아보지 않고 전력으로 대응할 수밖에 없다. 다행히 주위에는 다른 손님이 없고 종업원도 싸움에 말려들기 전 주방 문으로 도망쳤을 것이다.

'벌레를 태운 다음은 거리로 나가겠어. 이곳은 너무 좁아서……. 아, 아니?!'

"이럴 수가?!"

그러나 나의 계획은 실현되지 못했다.

휘둘렀던 불꽃이 다 타오른 곳에 전혀 숫자가 줄어들지 않은 갑충의 무리가 나타났다.

그 벌레 무리의 빈틈 너머로 쿡쿡 웃는 미나리스의 얼굴이 보인다.

그리고 그 웃음이 마치 신호였던 것처럼 주위를 둘러싸고 있던 벌레가 일제히 덮쳐들었다.

"제길! 오지 마! 오지 마!"

급한 대로 무작정 검을 휘둘렀지만, 너무나 많은 숫자이기에 검으로 미처 다 대항할 수가 없었고 몇 마리 벌레가 옷 위에서 내 몸에 달라붙었다.

"크, 무겁군! 도대체 뭐야, 이 벌레는……! 끄아아아아악! 제길, 제기랄!!"

한 마리 한 마리가 마치 넘실넘실 채워 둔 물동이 같은 무게였다.

몸에 달라붙는 벌레의 무게를 감당하지 못하고 나는 바닥에 엎드려야 했다.

그리고 천천히 걸어 다가든 미나리스가 나의 바로 앞에서 쪼그려 앉는다.

"제길, 제길! 이따위 짓을 하면, 어떻게 될지 모르는 거냐! 금방 사람들이……."

"그 말이 맞아요. 금방 사람들이 모여들겠죠."

"윽?!"

서벅서벅, 고드름으로 꿰뚫는 듯한 미나리스의 적의.

나에게 자비를 베풀 마음은 전혀 없음을 절감하게 하는 뚜렷한 적의.

미소 짓는 저 얼굴은 내가 이제까지 봐왔던 어떤 얼굴보다도 싸늘하게 얼어붙어 있었다.

"무, 무슨……! 큭……! 끄윽……."

미나리스가 칙칙한 자색 액체가 뚝뚝 떨어지는 단검을 꺼내 들더니 쓱, 내 뺨에 선을 그었다.

즉각 온몸을 찌릿한 통증이 타고 돌았고, 나를 꽉 붙들고 있는 벌레를 뿌리치고자 했던 힘이 쭉 빠져나갔다.

"이게 마지막 준비입니다. ……간단하게 죽여주지는 않을 거예요."

미나리스는 척 일어서서 과장스러운 몸짓과 함께 소리를 높였다.

"자, 준비는 다 끝났습니다. 여러분, 더는 참지 않아도 된답니다."

미나리스의 부름과 함께 나타난 것은 무수히 많은 망령들.

아니, 망령이라는 생각밖에 안 들도록 증오가 가득 서린 인간의 무리였다.

남녀 관계없이 눈구멍이 움푹 파였고, 정도의 차이는 있다지만 혈색이 나빠 보이는 피부.

그럼에도 눈빛만큼은 어둑한 가게 안에서 번뜩번뜩 증오를 띠고 빛났고, 무슨 소리를 중얼중얼 늘어놓으면서 나를 바라보고 있었다.

『저 자식이야……. 저 자식 때문에…….』『돌려줘……. 내 행복, 돌려줘…….』『……해주마. ……기필코 ……주마.』

"뭐, 뭐야, 이 녀석들은……."

저 괴이한 분위기는 마치 주위의 공기마저 악한 마력으로 물들이는 듯 보인다.

미나리스의 독이 이유가 아닌 또 다른 종류의, 심장을 얼음물에 담근 듯 뼛속까지 얼어붙는 감각.

"저 사람들은 모두 다 모두 다, 죽이고 싶을 만큼 당신을 증오하는 분들이세요."

모르겠다, 모르겠다, 모르겠다.

도대체 어떤 이유로 저런 시선을 보내는지 영문을 알 수가 없다.

당연히 알 수가 없다. 왜냐하면.

"나를 증오한다니……? 무, 무슨 소리야. 아니, 그 전에. 이 녀석들은 누구지?! 모른다고, 이딴 녀석들!!"

……이곳에 있는 누구 한 사람도 얼굴조차 마주한 적이 없는 녀석들이었으니까.

그러나 그 순간 공기의 질이 확 바뀌었다.

"우, 웃기지 마라아아아앗!!" "모른다?! 감히, 모른다고?!" "아아아아아아아아앗, 죽어, 죽어버려!! 이 버러지야, 아아아아아아아악!!"

귓가에 딱, 부싯돌 부딪치는 소리가 났다. 그리고 귀청을 뚫는 노호가 주위를 뒤덮는다.

"손에 든 물건이 없는 분께서는 이쪽의 도구를 자유롭게 사용하세요."

생글생글 웃는 미나리스에게 빨간 녹이 슨 철제 날붙이를 건네받은 망령들은 잇따라 흉기를 번쩍 쳐들었다.

"헉, 몸에 충만하라, 땅의 힘!『메탈링 보디』!!"

"내 가게를 돌려내라아앗!" "너 때문에, 우리 아이가……!" "죽어버려! 왜 살아 있는 거야!!"

"흐극, 끅, 카아앗?!"

둑이 터진 듯 쏟아지는 폭력의 물결은 일절 망설임도 자비도 없이 나를 집어삼켰다.

이 빠진 칼날이 몸의 표면을 때리고, 찌르고, 베어 낸다.

신체 강화 마법을 써서 경도는 분명히 강철 수준으로 단단해졌는데도 몸에 묵중한 통증이 치달렸다.

"네가! 네가 외면했던 탓에 나의 친우가 죽었단 말이다!!" "형님의 원수 놈아아아앗!!" "제길! 제기랄! 나는 더 잘할 수 있었어! 그런데! 네놈 때문에, 빌어먹을 노오옴!!"

이해가 불가능했다.

어디를 봐도, 아무리 되새겨도 나에게 분노를 쏟는 저 남자들, 여자들이 누구인지 알 수가 없었다.

거듭 꺼내는 원한의 말은 도무지 짚이는 바가 없다.

『우후훗, 어떤 기분인가요? 케릴, 그날의 저와 똑같은 처지가 됐군요.』

'뭣……! 목소리가, 머리에 직접……?!'

『아아, 정말로 멋지네요. 벌레를 통해 대화를 나눌 수 있을 뿐 아니라 당신이 당황하는 감정도 전해집니다. 이 방법이면 분명히 최후의 절망도 기분 좋게……. 우후후.』

머릿속에 울려 퍼지는 목소리와 마찬가지로 미나리스의 유열에 잠긴 표정이 눈에 들어온다.

"끄아아아악?!"

그때 엉망진창으로 마구 휘두르던 검 하나가 부러졌고, 깨져 날아간 파편이 오른쪽 눈에 박혀 들었다.

아픔보다 먼저 눈이 타오르는 듯한 감각에 몸부림쳤다.

도대체 뭐냐! 도대체 뭐냔 말이다!!

내가 이 녀석들에게 도대체 무슨 짓을 했다는 말인가?! 이렇게 증오받을 만큼, 무슨 짓을……?!

"우훗……♪"

크지도 않고 머릿속에 울려 퍼지는 것도 아닌데 미나리스의 입에서 새어 나오는 웃음소리가 부자연스러울 만큼 또렷하게 귓바퀴를 타고 돌았다.

그 비웃음 소리는 황혼에 떨어지는 눈처럼 싸늘했고, 그저 오로지 얼어붙는 듯한 온도로 울려 퍼졌고.

『아무런 짓도 안 했답니다. 저 사람들의 행위는 의문의 여지도 없이, 분명하게, 괜한 화풀이예요.』

진심으로 즐거운 듯이 그렇게 유열이 뚝뚝 떨어지는 음성이 내 머릿속에서 울려 퍼졌다.

"화…… 화풀이, 라고? 끄아아아아악!!"

"뭐가 화풀이라는 거야!! 내 아이를 죽게 내버려둔 작자가!!" "네가 방해하지 않았다면 내 장사는 순조로웠다! 너 때문에 상품이 안 팔리게 됐단 말이다!!" "겨우 한 병, 남은 해독약을 넘겨줬다면 내 친우는 죽음을 면했을 텐데! 그런데! 제기랄, 제기라알……!”

무심코 한마디를 입에 담았던 순간부터 몸을 덮치는 충격은 한층 더 기세가 격화됐다.

아무리 몸을 마법으로 강화했다지만, 그렇다고 온몸이 무적으로 바뀌는 것은 아니다.

설령 감정에 휘둘려서 대충 날리는 공격일지라도 거듭거듭 내내 타격당하면 대미지는 점점 축적된다.

『그래요, 화풀이예요. 저 사람들의 비극에 개입했던 악인은 딱히 아무도 없었어요. 대부분이 단지 불운과 자업자득의 결과. 그러니까 풀어낼 곳 없는 짜증을 쏟아내기에 적당한 상대를 가르쳐드렸죠. 이렇게 말이에요.』

사악하다고밖에 달리 표현할 말을 찾아낼 수 없는 얼굴로 웃음 짓고는 미나리스가 낭랑하게 소리 높인다.

“자, 여러분? 저 남자가 모든 악행의 근원이에요. 저자가 전부 잘못한 거예요. 마음껏 분노를 쏟아 냅시다. 여러분은 아무 잘못도 없잖아요, 더 이상 여러분 같은 피해자를 만들지 않기 위해서라도. 그래요, 여러분은『정의로운』행동을 했을 뿐이랍니다.”

“맞다! 이 자식이 나쁜 놈이야.” “전부 다 이놈 잘못이라고!” “이놈 잘못이다! 이 녀석 때문이다!!”

“아, 아니야. 속으면 안…….”

“시끄럽다, 닥쳐라!” “네가 나쁜 놈이야!” “너 따위 놈은 콱 죽어버려야 한다!!”

내 말은 전혀 어떠한 소용도 없고, 악의의 물결은 더욱 힘이 불어

나서 밀려닥친다.

미나리스의 말이 잔물결처럼 전파돼서 퍼지면 퍼질수록 높아지듯이 나에 대한 적의가 점점 더 부풀어 오른다.

『이제 알겠어요? 별로 저들은 진실 따위에 관심이 없는 거예요. 당신을 죽여도 된다고, 그렇게 생각할 만한 이유가 하나라도 있다면. 그렇다면 저들의 욕구를 채워주는 데는 충분한 거죠.』

웃기지 마, 웃기지 마! 웃기지 마라!!

부조리하게 밀려닥치는 폭력 속에서 내 마음속 분노가 한꺼번에 부풀어 올랐다.

"이따위, 말 같지도 않은 소리를 계속 들어주란 거냐아아아아아앗!! 나 자신을 초월하라, 『염검의 극의』!!"

"으앗?!" "흐읍?!" "뭐냐?!"

온몸을 주홍색의 불꽃이 얇게 감싸자 주위 녀석들이 놀라서 한 걸음 물러난다.

모든 능력치를 대폭 끌어올려주고 상태 이상 전부를 해제하는 내가 사용 가능한 최고의 기술.

사용 후 반동이 커서 강대한 상대와 싸울 때가 아니면 쓰지 않기로 결심했던 비장의 수단.

그러나…….

"큭, 어, 어떻게 된 거야……! 손발의 마비가 풀리지 않아……?!"

"아하하하핫, 제 독을 일반인이 적당히 구할 수 있는 독과 똑같이 취급하지 말아줄래요? 그렇게 소모된 몸으로도 감당할 만큼 어쭙잖은 독을 썼을 리 없잖아요."

"제, 제길. 젠자아앙……. 이딴, 마비가 조금 덜 풀렸다고, 끝나진, 않아……."

"아니요, 끝입니다. —찾아서 먹어 치워라, 둔중한 갑충(기르메시아)."

"뭐, 뭐엇?! 끄아아악! 뜨거워! 몸이 타오른다! 끄으으아아."

들러붙은 벌레의 무게에 저항하며 일어서려고 했던 내 몸에서 급속도로 힘이 달아났다.

글자 그대로 먹어 치우듯 몸에 모여든 벌레가 내 불꽃을 잡아먹는다. 그리고 그에 비례하듯 벌레가 점점 열기를 디더니 달군 돌처럼 뜨거운 온도가 되어 살갗을 태웠다.

"제, 젠장! 괜히 놀랐잖아! 죽어, 죽어버려!!" "쓰레기 주제에! 쓰레기 주제에! 쓰레기 주제에!" "더 험악한 꼴을 보여주마! 더, 더욱 더 괴로워해라!!"

약해진 내게 쏟아지는 거친 폭력은 더한층 강한 타격을 준다.

끊임없이 쏟아지는 악의에 뿌득, 마음이 삐걱거리는 소리가 났다.

『당신은 이곳에서 끝날 거예요.』

"죽어버려! 죽어버려!"

"끄윽, 꺽, 커헉."

바짝바짝 깎아 나가듯 스며드는 미나리스의 독과 얼음 같은 목소리.

빠드득빠드득 소리를 내며 강철이라고 자부했던 자신의 마음속 의지에 금이 간다.

『아무것도 남기지 못한 채, 아무 지위도 없이, 저지른 적도 없는 죄를 짊어지고.』

“너 같은 놈 때문에! 나는 아직껏 행복해질 수가 없단 말이다!!”

“그, 그만, 끅.”

그렇게 갈라진 금에 파고들어 온 흑자색 얼음이 더욱 균열을 넓힌다.

『폭력의 물결에 휩쓸려서 밝은 미래도, 즐거운 현재도, 따뜻했던 과거도, 전부 이곳에서 끝날 거예요. 당신의 가소로운 영웅담까지.』

“어째서 네가 살아 있는 거냐아아아! 돌려내, 내 친우를 돌려내라!”

“무슨! 말도 안 되는……. 꺼헉!”

멈추지 않는다, 멈추지 않는다, 멈추지 않는다.

너덜너덜 허물어지고 부스러져서, 그리고.

『마지막 페이지가 찢겨 나가면서 끝날 거예요.』

트드득, 길고 날카로운 마녀의 손톱이 깊이, 깊숙이 직접 상처를 낸다.

그리고 뚝, 뭔가 끊어지는 소리가 났다.

“허, 헛소리 집어치워어어어어엇!! 놔라, 놔라, 놔라아아아아아앗!!”

나는 이런 곳에서 끝날 남자가 아니다!!

이따위, 이따위로 어이없이 죽어 나갈 남자가 아니란 말이다!!

"우후훗, 우후후훗! 멋져요. 아아, 케릴, 죽음을 두려워하는 당신의 공포가 전해집니다."

"미나리스으으으으!! 까불지 마라, 빌어먹을 년!! 악인 주제에! 갱생할 것도 아니면 어째서 내 앞에 돌아온 거냐!! 내 앞길을 막지 말라고옷!!"

"우후훗, 멋진 위세입니다. 그러면 저도 슬슬 참가해볼까요. 이제는 저도 정말로 더 이상은 견딜 수가 없어서요. 아하하하하핫!!"

그렇게 말한 뒤 자신도 너덜너덜하기에 날붙이라기보다 차라리 둔기에 가까운 검을 내 쪽에 번쩍 치켜들었다.

"꺼윽?! 젠장, 마, 망할 년."

"좋아요, 더 떠들어봐요. 어서! 어서! 어서!!"

"쿨럭?! 끅, 꺼억, 자, 잠깐!!"

"기다리지 않아요, 그만두지 않아요. 과거의 당신도 안 기다려줬잖아요? 저도 무척 기분이 좋답니다. 그만둘 리가, 없잖아요? 우후훗, 아하하하하핫!!"

분명 스킬로 강화되어 있는 신체를 관통해서 묵중한 통증이 곳곳을 덮친다.

믿을 수 없었다. 미나리스 따위가 이런 힘을 갖고 있다니……! 어처구니가 없다……!

"시, 싫어……. 죽고 싶지 않아."

어쩌다가 이런 처지가 됐나.

나는 나머지 몇몇 잡무를 처리한 다음 루샤의 뒤를 따라서 키키토 마을로 돌아가야 했다.

"그렇습니까? 유감이네요. 그래도 세상이 원래 이렇잖아요? 저도 마찬가지였습니다. 노예상에게 살해당하기 직전 어머니는 내내 말씀하셨죠. 「미안해」라고, 「함께 있어주지 못해서 미안」이라고. …… 그러나 제아무리 간절히 바란들 무엇인가를 바꿀 순 없더군요."

"노, 노예상……? 그게 무슨 소리야……."

"……아, 혹시 몰랐나요? 뭐, 당신에게 이미 퇴장한 저 따위는 알 바가 아니었을 테니까 아마도 어쩔 수 없었겠지요……. 그나저나 정말 말 한마디가, 전부가 다 울분이 치솟게 만드네요!!"

"끅, 끄억, 끄으으윽!!"

어질거리던 세계에 붉은 선이 그어졌다.

싫다, 죽는다. 이대로 가면 죽는다.

나는 아직 죽을 수 없어.

루샤와 결혼할 날이 눈앞인데.

임관만 하면 영달이 약속되어 있는데.

그런데, 그런데!

"이런, 슬슬 통증도 둔화될 무렵이죠. 여러분도 잠시 손을 멈춰주세요."

"어, 뭐야. 어푸? 포, 포션, 인가……?"

그때 갑자기 미나리스가 주위 인간들을 제지하더니 졸졸, 머리에 뭔가 액체를 끼얹었다.

온몸에 치달리는 통증이 가벼워지고, 상처가 아물고, 흐릿흐릿 멍해지던 의식이 정밀함을 되찾아 간다.

"……살려, 주는, 건가……?"

"살려준다? 뭐라고요? 그런 바보나 할 기대감을 아직도 갖고 있었습니까?"

"무슨, 카아아아아아아아아아아?!"

무의식중에 떠올렸던 희망은 박정한 말의 칼날에 베여 절단됐고, 마력을 두른 채 강화된 낡은 검이 내 어깨를 꿰뚫었다.

회복되어 또다시 되돌아왔던 몸의 신경에 다시금 날카로운 통증이 치달린다.

"말했잖아요, 간단하게 죽여주지는 않는다고요. 괴로워하고 괴로워하다가 절망하며 죽는 겁니다. 우훗, 우후훗, 아하하하하핫!!"

아아, 어째서, 나 때문인가? 어째서 나 때문이지?

"산 채로 내장을 꺼내드리죠. 산 채로 사지에 구멍을 내줄게요. 산 채로 몸을 태울 겁니다. 몇 번이든 몇 번이든 몇 번이든 몇 번이든 시간이 허락하는 한 몇 번이든."

뭔가 잘못됐다. 뭔가 크게 잘못됐다.

미나리스는 어딘가 먼 마을에서 갱생하고 있었을 텐데.

재회할 때는 처음에는 어색한 분위기지만, 그래도 미나리스의 사죄를 루샤와 내가 흔쾌히 받아주고.

그런데, 어째서?

"이제 막 시작했을 뿐이랍니다. 회복약도 듬뿍 준비해 놓았어요."

어쩌다가 이렇게 됐지?

"고통에 몸부림치고, 아파서 피가래를 뱉고, 부조리하다고 울부짖으면서."

내가, 무엇을, 잘못했던 거지……?

"저처럼 세계가 부서지는 소리를 들으며 죽어주세요."

망자가 손에 들 법한 검을 들어 올리고 불길한 미소를 지은 채 비웃고 있는 미나리스의 모습.

내 눈에 저 모습은 사신에게 씌인 마녀로 보일 뿐이었다.

"……미, 미나리스……? 뭐, 하는, 거야……?"

"어머, 레오네 씨, 벌써 오셨군요. 예상보다 더 빨랐어요. 혹시 수업을 빼먹고 오신 건가요? 뭐…… 그래도 좋은 타이밍이네요. 마침 한 바퀴가 막 끝난 참이거든요. 우후후."

문득 장내에 섞여 드는 누군가의 목소리.

절망으로 물든 내 마음에는 불현듯 나타났던 누군가의 말도 와닿지 못했다.

☆

그날 나는 스스로도 생각이 지나치다고 느끼도록 마음속 조바심에 사로잡힌 채 행동했다.

"이, 이봐! 레오네, 이렇게 서둘러서 어딜 가려는 거야?"

"하다못해 설명은 듣고 싶은데요……."

"자꾸 쳐다보지 마. 나도 이유를 잘 몰라서 곤란하단 말이야."

학원의 점심시간, 수업이 일찍 끝나서 나와 슈피네를 마중 나왔던 댄과 정크.

나는 제대로 설명도 않은 채 세 사람을 교사 바깥으로 데리고 나갔다.

"미나리스랑 슈리아가 오늘은 두 사람 모두 수업에 참석하지 않았어."

짤막한 말로 간단하게 이유를 댄 나는 다시 앞쪽을 돌아봤다.

요즘 들어서 미나리스의 행동을 파악할 수 없는 날이 이어졌고, 그럼에도 좀처럼 다가들거나 묻지 못했었다.

그러다가 오늘은 결국 학원에도 오지 않았다.

그래, 단지 그뿐이다. 고작 하루를 결석했는데도 어째서인지 조금씩 강해지고 빙글빙글 휘도는 불안감.

"그, 그게 전부야? 하루쯤이야 빠질 수도……."

"이상하게 자꾸 불길한 예감이 든단 말이야. ……이런 느낌이 들 때면 언제나……."

당황하는 슈피네를 보고는 아랫입술을 살짝 깨물었다.

"흠흠? 그렇게 굳은 안색으로 어딜 가셔요?"

그리고 돌이킬 수 없는 현실로 나를 불러들이는 초대장은 학원의 바깥에 나왔던 순간 찾아왔다.

"슈, 슈리아."

거기에는 평소처럼 천진하게 웃는 여자아이가 있었다.

그렇지만 다르다. 분명 다르다. 절대로 평소 같지가 않다.

"……흠, 역시 쓸데없는 이야기를 할 만한 분위기는 아니어요. 특별히 통찰력이 좋다는 것도 난감할 때는 난감하네요. 자, 안내할 테니까 내키면 따라오셔요."

거기에 보이는 것은 가벼운 경멸과 생판 남을 보는 듯 열기가 없는 얼굴.

쾌활함의 상징 같다는 인상을 주던 소녀의 갈색 피부가 지금은 빛을 집어삼키는 농후함으로 보인다.

일방적으로 통보한 뒤 몸을 돌리는 슈리아는 고개 돌리는 시늉도 하지 않고 걸음을 옮겼다.

"저기, 어, 어떡할 거야?"

"그래, 레오네의 말이 맞았어. 불길한 예감이 풀풀 나는군."

"일단은 따라갈 수밖에 없겠는데요?"

앞서가는 슈리아를 놓치지 않게 따라간다.

평소 같은 대화도 없이 점심때인데도 점점 인기척이 줄어드는 장소로 이동했다.

도착한 곳은 점심시간인데도 한적한 분위기가 감도는 거리에 면한 건물.

빈민가에 속하기 일보 직전인 구획에 한 식당이 있었다.

"평범한 식당에, 소음 결계를, 펼쳐 놨다고요……?"

"보기만 하고 알아차리다니 과연 대단하셔요."

"아뇨, 이 정도라면 저도 어렵지 않게……."

"정크 씨한테 한 말이 아니어요. 저기 막대기처럼 굳어 서 있는 레오네 씨한테 한 말이랍니다."

"……."

말도 못 꺼내는 내게 슈리아의 목소리가 꿰뚫고 지나쳐서 떨어졌다.

무의식중에 발동한 『드러내는 눈동자』가 건물에서 피어오르는 색깔을 또렷하게 보여준다.

적색, 청색, 녹색, 황색, 자색, 분홍색, 주홍색, 회색. 갖가지 색이 뒤섞여 있고, 그 전부가 명도를 잃은 채 칙칙한 그림자의 색을 띠고 있었다.

여러 종류의 꺼림칙하고 일그러진 감정의 도가니.

그래도 이 불길하게 일그러지는 색깔은 최근 몇 번이나 봤던 색.

“윽…….”

빨려 들어가는 것처럼 문을 열어젖히자 안쪽 너머에 나타나는 광경은.

……축축한 쇳녹과 같은 감정이 웃음소리를 내는 악마의 세계였다.

“……미, 미나리스……? 뭐, 하는, 거야……?”

“어머, 레오네 씨, 벌써 오셨군요. 예상보다 더 빨랐어요. 혹시 수업을 빼먹고 오신 건가요? 뭐…… 그래도 좋은 타이밍이네요. 마침 한 바퀴가 막 끝난 참이거든요. 우후후.”

망연자실하여 흘린 목소리.

바닥에 푹 엎드려 있는 누군가에게 몰려든 무수히 많은 망자들.

그리고 망자를 거느린 미나리스는 피가 튀어 올라서 붉게 물들인 얼굴로 요염하게 웃는다.

“이, 이게 도대체……! 저것들은 뭐야!!”

“세상에, 이럴 수가……. 어떻게 된 거야, 미나리스…….”

“결국 레오네 씨의 말씀이 정말 옳았다는 겁니까. 게다가 저 사람들은 대체…….”

“큭!! 대답해!! 뭘 하는 거야!!”

감당할 수 있는 용량을 넘어서 엉망진창이 된 사고를 내팽개치듯이 소리치는 말.

"뭐라뇨? 음? 보면 알 수 있는걸요. 이렇게 하지 못하도록 줄곧 방해하셨잖아요? 우후훗, 우후후후훗!!"

"카아아아아아아아아아아악!!"

그런 제지의 말은 어디에도 부딪치지 못했고, 미나리스는 손에 든 검을 역수로 고쳐 쥐더니 어떤 망설임도 없이 바닥에 엎어져 있는 누군가에게 칼날을 박아 세웠다.

"도대체 누구를……! 앗?! 설마 그 아이! 케릴……?! 어째서 이런 곳에?!"

"정말 여러분은 어설프다니까요. 기껏 키키토 마을의 위치를 속여 놓고도 장본인들이 이 도시에 있다는 사실마저 파악을 못 하셨잖아요."

"끄극?! 흐악, 아윽!"

터져 나오는 절규에 취한 듯 웃고는 즐겁게 얼굴을 일그러뜨린 채 거듭거듭 거듭거듭 검을 휘둘렀다.

그 불길에 휩쓸린 낯선 누군가들도 함께 타올라서 폭력의 물결에 도취된다.

"이, 이봐! 너희도 그만둬라!! 꼬마가 죽어버린다고!!"

"이래서는, 큰일 났군요."

"레오네, 너도 정신 차려! 힘을 써서라도 말려야지!!"

"윽, 미나리스, 조금 거칠게 손을 쓸 텐데 참아줘!!"

'일단 눈앞의 폭거를 말려야 해……!!'

"돌에 섞여서 땅에 가라앉아라, 『거인의 침소』."

"""""끄윽!!"""""

전원이 무기에 손을 뻗으려고 한 순간, 원망과 한탄의 무게를 지닌 목소리가 우리의 움직임을 봉인했다.

"유감스럽게도 이번 개막 공연에 너희에게 줄 배역은 없단 말이지. 배역이 없는 녀석들은 무대 뒤에서 가만히 대기해달라고."

이번에 나타난 자는 농후한 마력을 은밀하게 지니고 있는 칠흑의 코트를 두른 채 한 자루의 검을 손에 든 우케이 카이토.

칼자루의 옆은 백색에서 검 끝을 향할수록 짙은 갈색으로 색깔이 바뀌고 물결치듯 구불거리는 칼날을 지닌 양날의 직검.

마치 자신의 위에 산이라도 얹어 놓은 듯싶은 중압감이 일절 저항을 허락지 않고 우리를 땅바닥에서 납죽 엎드리게 만들었다.

"윽, 나쁜 아이한테는 살짝 벌을 주겠어!! 울려 퍼져라, 젖어 들어라! 『수뢰섬(水雷閃)』!!"

"『중압의 벽, 거대 철퇴의 폭풍』."

"거짓말이지?! 이럴 수가?!"

슈피네가 발사한 벼락을 두른 물이 보이지 않는 철퇴에 맞아 떨어진 것처럼 지면에서 눌려 찌부러졌다.

"끅, 커억, 힘을 아낄 상황이, 아, 아니군. 『귀인화(鬼人化)』!!"

"원호합니다! 『포스 업』! 『피지컬 업』!"

고유 스킬이 발동한 증거로 하얀 뿔이 댄의 이마에서 모습을 드러내고, 피부 색깔이 붉게 물든다.

또한 온몸에서 붉은 증기가 피어올랐고, 정크가 건 신체 강화 마법이 증기에 섞여 반짝반짝 빛났다.

이 상태가 되면 미래에 비해 경험이 부족한 지금의 댄도 아이언 골렘을 맨손으로 해체할 만큼 강력한 신체 능력을 얻는다. 그렇지만.

"옭아매라, 타박하라. 그 무게는 죄와 분노의 증거. 『거인의 추락하는 철퇴』."

"끄아아아악, 끄윽!!"

절반쯤 일어섰던 댄은 무자비한 압력에 차마 저항하지 못한 채 또다시 짓눌렸다.

"미안하군, 살짝 혹독하게 수행을 하고 왔단 말이지. 저번에 맞붙었을 때에 비하면 제법 힘을 되찾았다고. 지금 너희들은 아직 나에게 대항할 수 없다. 자, 퇴상 시간이군. 너희들은 이곳을 떠나 전이할 장소에서 나와 함께 뒷바라지를 맡아줘야겠다. 예정상 마지막 사흘 정도는 꽤 힘들 테지만……. 뭐, 죽지는 않는다고. 아마도."

갑자기 어디에선가 불쑥 나타난 검, 방대한 양의 마력을 두른 녹색과 남색이 뒤섞여 있는 반투명의 보검.

무기가 아닌 차라리 장식품처럼 보이는 저 검을 우케이가 지면에 박아 세웠다.

거기에서 지면에 펼쳐지는 마법진이 검과 마찬가지로 녹색과 남색의 빛을 발한다.

"그러면 미나리스. 나와 슈리아는 먼저 사전 준비를 시작할 테니까 다 끝나면 연락해."

"알겠습니다, 주인님."

"끙, 슈리아도 조금만 더 이 쓰레기를 괴롭혀주고 싶었어요."

"그만 투덜대라. 나는 이 녀석들 상대 때문에 저기 저 쓰레기 꼬맹이한테 아예 손을 못 댄단 말이다. 미나리스도 적당히 자제는 해라? 못 써먹게 되면 곤란하잖냐.”

“물론 명심하겠습니다, 주인님. 우훗, 우후후훗.”

어느 틈인가 미나리스와 함께 케릴을 둘러싸고 있는 사람들 틈에 섞여서 슈리아도 살짝 휜 나이프를 써서 케릴의 다리 살점을 파헤치며 상처를 내고 있었다.

미나리스도 슈리아도 잔학 행위를 진심으로 즐기는 모습이어서.

마치 매 1초마다 점점 더 주변 사람들을 끌어들여서 캄캄한 어둠에 잠겨 들어가는 것 같아서.

바닥에 엎드린 채 움직일 수 없는 몸으로 나는 그럼에도 손을 뻗었다.

되돌릴 수 없음을 알았지만, 그럼에도 현실을 부정하는 것처럼.

“보, 복수 따위는 관둬! 미나리스, 이제 그만해!!”

눈물로 일그러지는 시야 저편에, 헐떡거리며 소리쳤고, 하지만.

“그만두지 않아요, 이제는, 아무것도.”

돌아온 답은 단호한 한마디뿐.

그 이상 말을 쥐어짤 틈도 없이 유난히 강한 빛 속에서 미나리스의 모습이 흔적도 없이 사라진다.

내가 마지막으로 목격했던 그 모습은 어째서인지 울부짖는 어린아이처럼 보였다.

☆

주인님께서는 레오네 씨와 다른 분들을 데리고【천재(天在)의 전검(轉劍)】의 힘을 써서 전이의 빛 너머로 사라졌습니다.

"그래요, 아주 옛날에 시작되어서, 넘어지고 넘어지고 넘어진 끝에, 이제야 다다르게 되었습니다."

그때, 제 세계가 부서졌던 추운 겨울날에.

어머니가 실이 끊어진 것처럼 죽고 말았던 날에.

그리고 복수의 손을 붙잡아 아직은 끝낼 수 없노라 결심했던 날에.

"자, 계속할까요? 케릴. 아직은 시간이 많이 남았거든요."

"난…… 끄윽, 으으……. 크갸가갸가갸갸갹?!"

두 번째 포션을 다시 끼얹어주고 저는 케릴의 머리를 짓밟았습니다.

"여러분도 마음껏 즐기도록 해요. ……어차피 다 끝난 다음에는 전부를 잊고 평소 생활로 돌아갈 테니까요."

후반은 작게 중얼거린 뒤 주위의 도구들을 부추깁니다.

"……꺼흑, 쿨럭, 아앗. ……제발, 누가, 도와, 끅……!"

"선배로서 가르쳐드리죠. 아무도 도와주지 않는답니다, 케릴."

"꺼헉, 잘못, 했어요! 끄극?! 잘못, 잘못했, 크윽?!"

"이제 와서 꺼내는 사죄의 말에 어떤 가치가 있습니까? 이봐요, 케릴. 몇 번이든 함께 놀아드릴게요. 당신의 세계가 부서질 때까지 몇 번이고 몇 번이고. 우훗. 우후훗, 아하하하하핫!!"

어두운, 그저 오로지 어둡기만 한 암흑 밑바닥에서 저는 웃습니다.

웃는다, 비웃는다. 비웃고, 비웃고, 비웃고, 비웃고, 비웃는다.

증오와 죄업이 전부를 물들이는 듯한 그 장소에서 저는 진심으로 줄곧 비웃음을 토했습니다.

종장 구더기 밭의 신부와 하얗게 물든 마을

루샤와 케릴의 결혼식까지 앞으로 6일.

주인님과 슈리아 두 사람과 헤어지고 저는 혼자 짐마차를 끌고 자신이 태어났던 마을을 걷고 있습니다.

"오오, **상인**분이군. 또 뭔가 팔러 와주셨는가?"

마을로 이동 중이던 초로의 행상인.

그 사람의 얼굴을 빌리고 있는 제게 토끼의 다리를 묶어 어깨에 걸쳐 둔 사냥꾼 아저씨가 말을 붙였습니다.

옛날에는 친근하게 웃어주는 저 얼굴이 좋았습니다. 그렇지만 지금은 몹시 역겹습니다.

"예, 이래저래 물건이 필요하실 듯싶어 들고 왔지요."

그렇지만 마음속 역겨움을 꾹 삼켜버리고 저는 미소 띤 얼굴의 환각을 뒤집어쓴 채 남자와 마주했습니다.

"소식 들었습니다. 케릴 군과 루샤 양이 결혼식을 올린다면서요? 맛있는 음식과 술은 아무리 많아도 부족하지 않겠습니까."

"하하핫! 과연 상인이시라 빈틈이 없군. 저번 결혼식 때도 똑같은 말씀을 하셨잖은가."

"……예, 그랬지요."

"이런, 호랑이도 제 말 온다더니. 이보게!"

길가에 서서 이야기를 나누던 때 사냥꾼 아저씨가 눈 밝게도 저자들을 발견했습니다.

손을 흔들며 불러들인 인물은 잠깐 보아도 부부임을 알 수 있게 친밀한 분위기로 바짝 달라붙은 나이가 꽤 차이 나는 남녀.

한 쌍 중 남자는 기억에 각인된 채 떨어지지 않는 얼굴.

"오오, 반갑습니다. 마침 잘 와주셨군."

저벅, 저벅, 발소리를 내면서 두 사람은 제게 가까이 걸어왔습니다.

저기요, **아버지**, 조금 나이를 먹었군요?

저는 이제껏 줄곧 마지막에 봤던 모멸에 찬 표정밖에 떠올릴 수가 없었는데 말이죠.

그러니까 몹시, 몹시, 몹시, 몹시, 몹시 역겨워서 견딜 수가 없어요.

"하하, 오랜만입니다."

저기요, 어째서 웃는 건가요? 그토록 지독한 짓을 저질러 놓고 어떻게 웃을 수 있나요?

저와 어머니를 내버린 주제에 새 여자와 가정을 꾸리고 전부 잊어버린 셈 치는 건가요?

어서요, **아버지**. 대답해요, 대답해봐요.

"새로 꾸리신 가정은 평안하십니까?"

저는 마음속 밑바닥에서 끓어오르는 검은 감정을 눌러 죽이며 목을 떨었습니다.

버럭버럭, 날카롭게 내지르는 마음속 목소리를 이성과 함께 결박하고 자기 목소리를 환술로 변환합니다.

'아아, 정말이지, 지옥에 떨어지면 좋을 텐데.'

새로운 여성과 바짝 가깝게 지내면서 행복하게 웃는 아버지를 맨 처음에 봤을 때는 토로할 말을 찾지 못했습니다. 오직 공백만 뇌리를 지배했었습니다.

하얗게, 하얗게, 하얗게, 하얗게.

어딘가 잘려 나가버린 것 같은 감각에 휩싸인 채 무의식중에 꽉 쥐었던 손에서 피가 흘러나왔습니다.

상처가 깊게 파이는데도 신기하게 통증은 느껴지지 않아서.

뚝뚝 떨어지는 피를 핥아 마시며, 입속에 남는 철의 맛을 음미하면서.

모조리 전부 작동이 멈춰버렸던 머릿속은 그 순간 지난 울분을 해방시키듯 확 터져 나와서 새하얘졌던 사고를 새빨갛게 물들였습니다.

주인님과 슈리아가 아니었다면 아마도 곧장 충동에 휩싸여 죽여버렸을 테죠.

"하하, 저번 결혼식 때는 정말로 신세 많이 졌습니다."

"이것저것 새 가구도 구해주셨잖아요……. 덕분에 남편과 함께 신혼 생활을 한껏 즐기고 있답니다."

"게다가 저번에 구해주셨던 이 활도 상태가 몹시 좋더군요. 얼마 전 말입니다, 이 활로 3미터는 되는 뿔닭을 해치웠습니다. 정수리에 일격으로 말이죠!"

"어휴, 못살아. 이이가요, 정말로 많이 기뻤나 봐요. 자꾸자꾸 이 얘기를 늘어놓는다니까요."

호호호, 행복하게 웃는 여자.

그 옛날 근처에 살았던 저 여자가 어머니의 후처 자리에 앉았다는 것은 그런대로 납득이 됐습니다.

저희에게 돌을 던지던 마을 사람들 중 특히 희색이 돌았던 얼굴이 또렷하게 기억나니까요.

"두 분 모두 행복한 신혼 생활을 보내시는 듯하여 아주 기쁩니다."

지금 당장에 이곳에서 갈가리 찢어버리고 싶을 정도로요.

죽어버려, 죽어버려, 죽어버려.

붉게 가열된 분노의 감정을 끌어안은 채, 그러나 무턱대고 토함으로써 계획을 망치지는 않도록.

억제하고, 억제하고, 억제하고, 지금 한순간만 냉정하게.

일단 불필요한 사냥꾼 아저씨와 갈라지도록 대화를 유도해야 합니다.

그렇게 대화의 흐름을 살피던 중에 기회가 돌아왔습니다.

"아, 맞군. 그래서 활의 손잡이에 두른 가죽끈을 바꾸고 싶은데 좀 팔아주겠나?"

"……예, 촌장님과 얘기도 이미 끝났으니까요, 괜찮습니다. 마침 몇몇 개 재고가 남아 있으니 보여드리지요."

"어머나, 그러시면 저희 집에 오세요. 환영할게요. 어때요? 여보."

"그렇군, 지금 출발해서 도회지에 돌아가려면 많이 고단하실 테고, 우리 집에서 묵고 가십시오."

웃고, 웃고, 웃고, 웃는다.

뭐가 행복하다고 그렇게 웃나요? 네? 네? 네? 네?

"오오, 고마운 말씀입니다. 그러면 호의를 감사히 받아들이겠습니다."

아아, 이제 곧, 얼마 안 남았습니다. 조금만 더 견뎌주세요.

이 사람들이 구태여 저를 자기들 집에 초대해준다잖아요.

"자, 자아, 이쪽입니다."

저는 안내해주는 대로 낯익은 길을 걸어갔습니다.

이윽고 보인 가옥은 저와 어머니가 살았던 집.

그곳의 문을 열었을 때 잠시나마 그리운 집 안의 광경이 겹쳐 보였지만, 곧 현실의 광경이 보여주는 내부 모습이 지난 환영을 깨부쉈습니다.

저와 어머니가 살았던 시절의 가구는 무엇 하나도 안 남았기에 저희의 냄새가 묻지 않은 실내는 이제 전혀 생소한 공간에 불과했습니다. 목제 가구를 선호했던 어머니의 흔적은 사라졌고, 색깔을 칠해 호화롭게 장식한 가구는 금속의 냄새를 풍깁니다.

이 장소는 분명히 저와 어머니의 집이었지만, 이제는 더 이상 저와 어머니의 집이 아닙니다.

"멋진 집이지요? 아, 나는 집에 대해서는 전혀 모릅니다만, 아내가 추천해주는 대로 따라서 이것저것 배치해봤더니 이전과 비교해서 꽤 많이 안락하더군요."

"예전에는 너무 고루한 집이었거든요. 썩 넓은 집은 아니지만, 아무쪼록 사양 마시고 쉬다 가세요."

"네, 실례하겠습니다."

배알이 마구 뒤틀리는 기분이었지만, 이 인간들이 행복한 삶을 누린다는 것이 썩 나쁜 소식은 아닙니다.

그럼요, 행복하면 행복할수록, 내일은 오늘보다 좋은 날이 오리라고 믿으면 믿을수록.

——……지옥 밑바닥에 처박혔을 때의 절망은 더욱 깊고 절절할 테니까요.

자, 아버지, 다음은 당신이에요.

저와 어머니를 내버리고 제법 즐거운 생활을 누렸나 봐요.

그러니까 이제는 괜찮겠죠? 이제 충분하잖아요?

"……『진침빙독(塵針氷毒)』."

푹, 피부를 꿰뚫는 감각을 느끼면서 독을 얼려서 만든 얼음 바늘을 찔러 넣었습니다.

"실례할게요. 전부를 부수기 위해."

"윽, 아, 끅? 몸에서, 힘이……." "이, 이게, 뭐, 야……."

털썩, 털썩, 허물어지는 두 사람과 함께 제 자신에게 묶여 있었던 쇠사슬이 닳아 떨어지는 소리가 들렸습니다.

"행복했나요? 행복했습니까? 이제 충분히 다 즐긴 셈이죠?"

그렇게 말하고 저는 자신에게 걸어 둔 환술을 풀었습니다.

"어? 아니잇?!" "거, 거짓말!"

"우후훗, 그럼 이번에는 제가 즐길 차례군요?"

"미나리스……? 세상에, 말도 안 돼……."

얼빠진 낯짝으로 말을 잇지 못하는 아버지를 내려다보면서 저는 맨얼굴로 웃어줬습니다.

"듬뿍듬뿍, 당신들 몸에 진흙탕을 욱여넣어 드릴게요. 지금 마지막 안식의 시간을 즐겨주세요."

자, 환영할게요. 아버지.

이제부터 갈 곳은 지난날 버림받았던 저희가 떨어진 지옥 밑바닥이랍니다.

☆

있잖아요, 케릴.

당신이 모험하자는 말을 꺼내서 마을 변두리의 사냥꾼 오두막에 셋이 숨어들었다가 혼났던 적이 있었죠.

있잖아요, 루샤.

「미나리스, 신부 수업이야」라는 말을 꺼내면서 저와 함께 식사 준비를 도왔던 적이 있었죠.

네? 네? 네? 네?

그때 케릴과 루샤와 저는 어떤 얼굴로 웃었던가요?

기억이 나지 않아요.

케릴을 그렇게 잔뜩 괴롭혀줬는데도 그 시절의 자신을 무엇 하나 떠올릴 수가 없어요.

"저기요, 슬슬 잠든 흉내는 그만두고 대화를 하죠? 아버지."

"……미나, 리스. 흐갸아아아아아아아아아!!"

아버지와 새로 맞아들인 부인을 집에서 데리고 나와서 끌고 온 숲속 깊숙한 곳.

이름을 불렸을 뿐인데도 짜증이 솟아서 저는 손톱을 뽑은 오른쪽 손바닥에 나이프를 박아 세웠습니다.

"어떻게 생각하세요? 아버지. 옛날에 저는 어떤 표정으로 웃었던가요?"

"흐극, 아파, 아파아……. 제길, 제기라아알……."

바닥을 애벌레처럼 굴러다니는 남자에게 가만히 물었습니다.

왼쪽 손바닥을 베어 갈랐고, 오른쪽 위팔을 불로 태웠고, 왼쪽 발목을 뭉개버렸고, 오른쪽 넓적다리를 이상한 방향으로 꺾어 구부렸고, 허리에는 무수히 많은 독침을 박아 넣었고.

비명 소리를 선명하게 듣기 위해서 목부터 위쪽만은 손대지 않고 남겨 놓았습니다. 얼굴은 눈물에 침과 고통에 찬 주름이 가득해서 제법 보기에 말끔합니다.

"아니면, 너무 옛날 일이라 전부 다 잊어버렸나요? 한참 나이가 어린 새 부인과 지낸 생활이 그렇게 즐거웠나요? 저 여자의 목소리를 들으면 뭔가 떠올릴 수 있겠어요?"

"으윽……!!"

조금 떨어진 위치로 걸어가서 손발을 묶어 둔 한 명의 여자를 짓밟았습니다.

벌렁 나자빠져서 바닥을 구른 여자의 알몸뚱이는 전신이 울퉁불퉁 추하게 문드러진 화상 자국과 긁혀서 지렁이처럼 부어오른 선, 굵은 바늘로 찌른 듯 뚫린 구멍이 남아 있었습니다.

화상 자국은 표피가 타서 눌어붙도록 불길에 구운 뒤 탄화된 부분을 베어 내고 주변에 널린 까끌까끌한 흙을 주워다가 정성스럽게 고루고루 발라준 결과입니다.

온몸에 뚫린 구멍은 가시가 붙은 채찍을 몇 번인가 휘둘러서 만들어줬습니다.

이따금 포션을 뿌려줬기에 죽지도 못했습니다. 정성에 정성을 들여 몰아붙일 때마다 아버지를 괴롭힐 수 있는 멋진 카나리아가 되어 울어주고 있습니다.

"그, 그만둬라아앗!! 더는 아내에게 손대지 마랏!!"

아아, 도대체 왜 이제 와서 저따위 대사를 듣게 되는 걸까요.

"어머, 멋져라. 뭐, 제가 알 바는 아니지만요."

그런 생각을 품는 한편으로, 그 탓에 더더욱 생긋 얼굴에 미소를 띠며 고문을 속행합니다.

"끄그으으으윽, 그마해에에에에에, 아퍄, 아퍄아아!! 배갸 터저버러어!!"

"앗, 힘이 좀 과하게 들어갔네요. 실수, 실수였어요♪"

여자의 배꼽 아래 부근을 밑창이 딱딱한 구두 바닥으로 짓밟자 내장이 찌부러지기라도 했는지 눈물이며 침이며 거품을 쏟아 냈습니다.

픽 죽어 나가도 곤란한지라 빠끔빠끔 여닫히는 입에 포션을 부어 줍니다.

"부, 부탁한다. 제발 아내만은 살려다오……. 내 목숨보다 소중한 여자란다……."

울면서 애원하는 아버지였던 작자.

아내만은 살려달라고요?

자기 자신보다 소중한 상대라고요?

대체 왜 하필이면 네가 그따위 말을 지껄이는 겁니까.

저와 어머니를 그토록 간단히 외면하고 내버렸던 주제에!!

“그렇습니까? 그렇다면 저 여자에게 오히려 더욱 큰 고통을 선사해드려야죠♪”

“꺼흑?!”

저는 감정을 억제하지 않고 아버지였던 남자에게 다가가 얼굴을 걷어찼습니다.

그리고 이번에는 다시 여자의 곁으로 돌아와서 횃불을 꺼내 불을 붙인 뒤 얼굴에 바짝 가져다 댑니다.

“힉?! 이, 이러지 맛! 얼굴, 얼굴만은, 제발아아아아아아아!! 흐으으으으으으으으윽!!”

“머, 멈처라아……. 멈처다오오오오…….”

“우후훗♪ 멈출 리 없잖아요~!”

여자의 간원을 걷어차고 남자의 비통한 목소리에 혀를 차면서, 그럼에도 자기 내면의 분노는 수그러들 낌새가 없습니다.

“도대체 그딴 발언을! 어떤 염치를 가졌길래 지껄일 수 있는 겁니까?”

“끄가아아아악?!”

제법 재미있어진 여자의 얼굴에 요리용 소금을 찰싹 처바릅니다.

“아내만은 용서해달라? 소중한 여자? 그래서 뭘 어쩌라고요? 이봐요, 그래서 뭘 어쩌라는 거죠?!”

“끅?! 끄겍, 끄끄끄끄끄으으아까까게에에엑!!”

꼬옥꼬옥이 아닌 꾸욱꾸욱과 같은 세기로 소금을 깊이 처바릅니다.

까끌까끌한 감촉을 고통에 찬 비명과 함께 깊숙이 맛보면서.

“어머, 어쩌죠. 소중하고 소중한 아내분께서 아파 신음하고 울고 계시네요? 정말 용서받고 싶어요?”

“요, 용셔해댜오…….”

고개 돌려서 묻자 마치 구원이라도 발견한 표정으로 남자는 입을 열었습니다.

“뭐, 설마 용서해줄 리가 없지만 말이에요~?”

“끼에에에에에아아아아아아아아악!!”

방금 전 여자에게 문댔던 불길이 붙은 횃불을 이번에는 아버지였던 작자에게 가져다 문댔습니다.

“아하하하하하♪ 말 한마디에 덥석 용서해주지는 않아요. 당연하잖아요?”

웃는 얼굴로 왼쪽 어깨를 꾹꾹 불태워주다가 표면이 눌어붙었을 때 어깨를 밟아 부쉈습니다.

“어머, 이제 완전히 두 팔이 모두 못쓰게 되어버렸네요. 이래서는 사냥꾼 일도 폐업해야겠죠?”

“끅……. 꺽, 끄흑…….”

쿡쿡 조소를 퍼부어줘도 불분명하게 신음할 뿐 뭐라 반응할 여유마저 없는 듯했습니다.

그러니까 저도 다시금 말을 토했습니다.

“용서할 리가 없잖아요? 어머니는 긴 시간을 괴로워하고 고통에 시달리다가 사죄하며 죽어 가셨는데, 대체 뭘 어떻게 해야 제가 당신들을 용서할 수 있을까요?”

제 마음속 증오의 불길은 지금 이렇게 활활 타오르는걸요.

"……괴로워하고, 괴로워하고, 괴로워하고. 당신은 절망의 구렁텅이에서 죽을 겁니다. 전부를 잃고 진흙탕 밑바닥에서 죽을 겁니다."

"으으, 으으으으으으……."

"자, 이제야 좀 분위기가 나는 기분입니다만, 지금은 일단 이쯤에서 일단락을 짓고 넘어가죠. 더 이상 이 여자를 살려 놓은들 돌아가신 어머니에 대한 모욕밖에 안 되니까요."

"히끅?! 히이익?!"

저는 둥글 주머니에서 옅은 먹색으로 빛나는 거대 가위를 꺼내 들었습니다.

가위의 주둥이를 크게 벌려서 여자의 얼굴을 사이에 두고 지면에 박아 세웠습니다.

재갈에 칼날이 스치자 천이 쓰르륵 떨어졌습니다.

"얘, 얘야, 이제 그만하자……? 이런, 잔인하, 응?"

"마지막에 남길 말은 그게 전부입니까?"

"아냐, 잠까! 살려, 살려줘! 잘못해서, 잘못해서요!"

"멈쳐라앗, 멈쳐댜오오오오오오옷!!"

꾹, 손에 힘을 넣어서 지면을 득득 파헤치면서 가위의 주둥이를 다물렸습니다.

"아핫♪ 아하하하하핫. 자, 안녕히 가시길. 언젠가 지옥 밑바닥에서 다시 만나죠."

"그만! 아퍄, 이거, 장난이, 지……? 셜마, 끄으가악……."

싹둑, 가위가 소리를 내고, 묵직하게 빛나는 쇳덩이가 여자의 목숨을 끊었습니다.

"아아, 아아아아, 아아아아아아아아아아앗!!"

"우후훗, 자, 다음은 아버지 차례예요. 당신이 떨어질 곳은 어둡고 어두운 암흑 밑바닥. 끝은 아직도 먼 피와 진창의 지옥."

"헛소리 지버치워라……. 이딴, 이따위, 꿈이다, 꿈이라고오……. 이딴 건, 이상하잖아……. 내가 도대체, 뭘 잘못했다고……."

미친 사람처럼 옛적에 아버지라 따랐던 남자가 웃습니다.

"그러니까 아주 잠시만 괴로워하며 잠들어주세요. ……망령에 깃들어 허기진 배로 기어 다니는 하얀 벌레여. 너희 날갯짓이 세계를 핥아 물들일 때까지. 『소환(서먼즈), 하얗게 물든 설충(舌蟲)(호와클리아).』"

다른 벌레보다 특별히 더 마력을 담아 만들어 낸 것은 몸길이가 5센티미터쯤 되는 유백색의 구더기.

손바닥에서 살짝살짝 꾸물거리는 그 녀석을 벌렁 나자빠지도록 걷어찬 이후 지금껏 멍하니 벌어져 있는 남자의 입에 떨어뜨렸습니다.

"쓸쓸하지는 않을 거예요, 아버지. 당신도 정성 들여서 하얗게 하얗게 물들인 끝에 부숴드릴 테니까요. ~~우훗, 우후훗, 우후후후후훗~~♪"

그러고 나서 얼마쯤 뒤에 다음 단계의 준비를 진행하던 두 분이 돌아왔습니다.

"미나리스 씨~ 이쪽 작업은 전부 완료하였어요!"

"마침 그쪽도 다 끝났나 보군. 나도 오늘 분량은 끝났어."

"주인님, 슈리아. 네, 이쪽도 끝났습니다. 남은 건 이제 마무리뿐이에요."

저는 복수의 흥분을 천천히 식히면서 대답했습니다.

대죄의 검을 쓴 사전 준비에 임하고 계신 주인님은 성녀의 저주 때문에 약간 안색이 나빠졌습니다.

그 사실에 면구스러움을 느끼는 한편「미나리스의 복수를 더욱 멋지게 가다듬을 수 있는데 고작 약간의 괴로움 때문에 망설일 이유가 어디에 있다는 거야」라는 말까지 들은 이상에는 너무나 기쁜 나머지 아무것도 대꾸할 수가 없는 처지가 되고 말았습니다.

"그런가, 예정한 대로 내일이면 시작할 수 있겠군. ……기대된다, 미나리스."

"미나리스 씨에게 받은 벌레의 배치도 다 끝났고요, 남은 건 다른 후방 지원을 하면서 견학하는 게 전부여요. 아무도 방해꾼은 용납하지 않겠어요."

"감사합니다. 두 분."

제가 감사의 인사를 전하던 때에 휘이이이잉, 싸늘한 바람이 불어닥쳤습니다.

그리고 깜박깜박 가라앉는 듯한 하얀 눈이 떨어집니다.

"날이 쌀쌀하더니 눈이군요. 어쩐지 춥다 했습니다……."

구름의 상태를 봐서 이렇게 한번 내리면 하룻밤 지나도록 눈이 내리쌓이고 내일 아침에는 개일 테지요.

"정말 그날이 이어지는 것 같습니다."

그러니까, 아아, 더욱더, 더 많이 내리쌓이면 좋겠습니다.

"우훗, 우후후훗."

있잖아요, 루샤.

저요, 지금은 이런 식으로 비웃음을 짓는답니다.

이런 식으로 당신을 비웃어주면 옛날에는 어떻게 웃었는지 제가 떠올릴 수 있을까요?

"후후, 내일이 기대됩니다. 지옥처럼 하얀 세계에서 그날의 끝을 맞이하도록 하죠."

그래요, 당신의 길은 이 눈에 파묻히는 것처럼, 하얗게 물들어서 망가지고 끝날 테니까요.

☆

미나리스의 폭거를 목격했던 우리가 우케이에게 끌려온 지 오늘로 열흘째 되는 아침.

휘잉, 뺨을 때리는 쌀쌀한 공기가 나를 얇은 수면에서 깨웠다.

"음, 레오네. 일어났나? 기분은 어때."

"……최악이야. 뻔히 다 알면서 묻지 말아줄래? 도대체가 말이야, 이런 짓을 저질러 놓고 왜 갑자기 이름을 막 부르는 거야?"

"이제 와서 『씨』를 붙여줄 만한 관계는 아니게 되어버렸잖냐."

키키토 마을 부근의 숲속, 비바람을 면하는 게 고작일 만큼 너덜너덜한 사냥꾼 오두막.

비교적 따뜻한 계절이 아닌 한 사용하지 않는 오두막이라서 주위에 우리 말고는 인기척이 없었다.

손발을 묶인 채 건초만 대충 깔아 둔 바닥에 누워 있어야 하는 처지인 데다가 가끔 건물의 빈틈으로 쌀쌀한 바람이 불어닥친다.

"윽, 그게 다 누구 때문인데."

"너희들 때문이잖냐? 나는 분명히 경고했단 말이지. 너희는 우리를 이해할 수 없다고. 이 자리에 오게 된 것은 너희가 선택한 결과지. 괜한 참견만 안 했다면 지금쯤 너희는 따뜻한 도시에서 느긋하게 지내고 있었을 거다."

"……너희가 복수처럼 괜한 짓에 고집만 안 부렸다면 이렇게 되지는 않았어."

"하하핫, 억지소리는 하지 마."

전혀 흥미가 없다는 듯이 우케이는 쾌활하게 웃고는 모닥불로 끓인 차를 홀짝거렸다.

"뭐가 억지소리야! 그만큼 강한 힘을 갖고 있다면 다른 데 얼마든지 사용할 방법을 선택할 수 있었을 텐데, 어째서!"

"……후우, 어째서냐고 물어도 난감한데. 흠, 내 이야기로 예를 들어볼까. 나는 잠투정을 좀 하는 편이거든, 깼다가 다시 잠들려고 하면 여동생이 억지로 이불을 잡아 빼버려. 아버지도 나와 마찬가지로 아침마다 고생이라서 어머니가 귀를 잡아당겨서 깨우고는 하지. 어머니는 도무지 손재주가 늘질 않는 분이라서 말이야, 몇 번을 해봐도 자꾸 빵이 살짝 타버렸어. 음, 학교에서는 매일 친구들과 바보짓을 하지. 그때마다 선생님한테 전원 다 꿀밤을 얻어맞는 거야. 언제 적 얘기냐고 조금 당황하려나? 지금 와서는, 모두, 나에게는 소중한 사람이라고 말할 수 있는 사람들이었어."

"……그럼 그렇게 소중한 사람들에게 부끄럽지 않은 삶을 살란 말이야. 지금 네가 하려는 짓을 그 사람들에게 보여줄 수 있어?"

"흠, 지금의 나 말인가? 보여줄 수도 없고, 보여주고 싶지도 않군."

저 말은 에누리 없는 본심이었다.

스킬로 색을 확인할 것도 없이 저 향수로 가득 찬 모습이 거짓이라고 여겨지진 않는다.

저번에 들었던 『본래 세계로 돌아가는 방법을 찾는 여행』이라는 말도 분명히 전부가 거짓말은 아니다.

"있잖아, 이제 그만두자. 원래 세계에도 언젠간 분명……."

그런 확신이 있었기에 더더욱 나의 설득은.

"그런데 말이야, 그런 건 이제 상관없거든. 지금의 나를 보여주고 싶지 않은 사람은 전부 죽어버렸어. 내가 이 세계에 불려왔던 소환의 대가는 말이야, 소환 대상의 주위에 있는 이백 명과 가족 대여섯 명이었어."

진정한 의미에서, 의미를 잃어버렸다.

"……지금, 뭐라고."

"내가 소환된 곳은 학교였거든. 아침의 조례 시간 전, 어떤 전조도 없이 나를 둘러싸면서 발밑에 마법진이 펼쳐졌고 나는 빛의 벽 안에 갇혀버렸어. 즉 당시에 주위에 있던 사람들은 모두 내 친구나 은사였지."

흡사 자신을 베어 내는 독백이었다.

무엇인가 이야기하고자 입을 열다가, 그러나 어떤 말도 목소리가 되지 못한 채 사라져 간다.

내 일이 아닌데도 마치 나 자신의 발밑도 붕괴하는 듯 그런 허전함이 가슴속에 퍼져 나갔다.

“이봐, 너는 다시 시작할 기회라고 말한 적이 있었지? 그렇다면 말이야, 이번에야말로 구할 수 있다면 말이야. 내 가족을, 친구를, 내 인생을. 이봐. 돌려달라고……. 전부, 돌려주고, 정말 없었던 일로 지워버리고, 처음부터 다시 시작할 기회를 줄 수 있겠어……?”

“……아, 나는, 나, 나는……!”

“……미안하다, 너를 들볶는다고 뭐가 달라질까……. 그래도 나는 네가 진심으로 부럽다. 살릴 수 있다고 진심으로 주장할 만큼 긍정적일 수 있는 네가 부럽고 부럽고 부러워서 질투 때문에 머리가 돌아버릴 것 같아서 견딜 수가 없단 말이지.”

그때 나를 바라보는 눈빛에 서린 감정은 분명한 선망.

손쓸 도리가 없이 먼 곳에 떨어져 있는 무엇인가를 갈망하는 동경의 색.

“제아무리 자기 자신을 타일러 봐도, 자꾸자꾸 한심하다는 생각만 치솟더라도, 그래도 울부짖고 싶을 만큼, 나는, 나는…….”

지금 자신이 처한 상황 전부를 잠시 외면한 채 내게 연민의 마음이 생겨났다.

목소리가 안 나와서, 건네줄 말을 찾지 못해서, 무엇인가가 무엇인가를 닫는 소리가 났다.

“……뭐, 어쨌거나 결국에 다른 이야기지. 나도 너도 휴식은 끝이다. 슬슬 다시 『색욕』의 상자에 들어가줘야겠다.”

그 말에 저절로 몸이 흠칫흠칫 떨렸다.

이미 길 잃은 소년 같은 분위기는 싹 사라졌고, 단지 어둡고 허망한 해골과 같은 누군가가 있었다.

그리고 우케이의 입에서 본인이 내는 것 같지가 않은 새된 어린아이의 목소리가 새어 나왔다.

"—같이 놀아요, 같이 놀아요, 같이 놀아요.

—정원이라면 만들어줄게요. 사람을 죽일 장소도 만들어줄게요. 나의 상자를 만들어줄게요.

—괴로워하고, 울먹이고, 녹아내리고, 문드러지고, 잘려 나가고, 추락하고, 전부를 내게 바쳐주세요.

—꿈도 현실도 한데 섞어서 다 같이 다 같이 놀아요.

—온갖 색깔로 물든 보물 상자를, 예쁘고 예쁘게 빛나는 상자를, 보석 같은 재화가 담긴 상자를.

—【대죄의 검, 채색된 상자의 소녀】."

순간, 모든 소리가 휩쓸려 사라졌다.

"『아하하하핫, 바깥이다~! 바아까알~♪』"

나타난 것은 일곱 살 정도의 여자아이.

허리까지 내려오는 머리카락은 무지개처럼 일곱 가지 색깔로 그러데이션을 이루고 있다.

투명하리만큼 하얀 피부를 감싸는 하얀 원피스에 천진하게 웃는 소녀.

손목에 매단 리스트 밴드에서 뻗어 나오는 일곱 가지 색깔로 빛나는 털실이 우케이의 오른손과 연결돼 있다.

“『있잖아, 있잖아~. 오빠야, 놀자! 놀아줄 거지? 노올자~!』”

울려 퍼지는 천진난만한 목소리가, 주인을 닮지 않은 목소리가 들려온다.

“윽, 제길……. 버겁군.” “으으, 더는 싫어어.” “악몽이라면 빨리 깨어나달라고요…….”

그 목소리에 나와 마찬가지로 바닥에 누워 있었던 동료들도 눈을 떴다.

“그래, 또 여기 네 사람이 상대해줄 거다. 놀아라, 러스트. 『극채색의 철궤(啜櫃)』.”

““““윽!!””””

다음 순간, 우리는 이음매 없이 유리로 만든 상자에 다시 갇혀버렸다.

따뜻하지도 춥지도 않고 끈적끈적한 반투명의 액체 속, 신기하게도 호흡에는 문제가 없다. 다만 피부 표면에 주체하지 못할 만큼 소름이 끼치고, 마치 빨아 마시듯 몸에서 마력이 빠져나간다. 최초의 몇 초 잠깐은 마치 천국에 온 것처럼 기분이 좋다. 그러나 이미 우리는 알고 있었다.

이것이 몸의 마력이 버티는 동안에만 주어지는, 채찍질 이전 마지막 사탕이라는 사실을.

“끄으으아아악?! 끄으으으윽. 멈춰! 멈춰!! 멈춰줘!!”

맨 처음에 경계선을 넘은 사람은 MP 총량도 항마도 가장 낮은 댄이었다.

“윽, 크으으으윽! 카아아아아아아, 끄으으으으.” “헉, 허억, 더는 안 돼…….”

이어서 정크와 슈피네가 한계를 맞이했다.

“크!! 이제 그만해! 내가 전부 감당할 테니까 동료들은 풀어줘!!”

“그 제안에는 무리가 있군. 너 한 명이어서는 목적하는 분량을 못 채우거든. 이번에는 조금 긴 시간을 이용할 테니까 MP를 미리 모아 둘 필요가 있어서 말이야, 포기해라.”

내 간절한 애원을 우케이는 쌀쌀맞게 거절했다.

의식이 자꾸 멍하게 흐려진다. 이제 곧 나조차 회복됐던 마력이 바닥나버린다.

“안심해라, 이번이 마지막이니까. 필요한 마력은 이제 다 모일 거야. 남은 건 전부가 끝날 때까지 지켜보는 것뿐.”

그 말이 끝날 무렵, 내 MP도 바닥이 났다.

순간, 몸을 감싸고 있던 기분 좋은 감촉이 확 바뀐다. 소름 끼치는 감각을 받고 있었던 피부가 질척질척 녹아내리는 것처럼 경계선을 잃어버린다.

또한 역류하는 액체와 함께 내 안에 무엇인가가 침입했다.

『아파, 그만둬, 괴로워, 힘들어서 못 버텨, 살려줘, 무서워, 슬퍼, 외로워, 도움이 필요해, 울고 싶어, 어두워, 곁에 있어줘, 혼자는 싫어, 춥단 말이야, 차가워, 썩는 것 같아, 사라지고 싶어, 죽고 싶어, 죽고 싶어, 죽고 싶어, 죽고 싶어, 죽고 싶어, 죽고 싶어, 죽고 싶어, 죽고 싶어, 죽고 싶어, 죽고 싶어, 죽고 싶어, 죽고 싶어, 죽고 싶어, 죽고 싶어.』

“흐그으으윽, 안 돼! 들어오지 마!!”

악의, 악의, 악의.

고작 한 방울로 전부를 거뭇하게 물들여버린다. 오직 부정적인 사고에 휘둘리는 무엇인가를 농축한 끈적거리는 액체.

피부를 넘어 살점에 스며들고, 혈관을 침범하여 온몸을 타고 돌아서 심장까지 쭉 퍼져 나감으로써 격하게 몸을 좀먹는다.

지난 며칠간 몇 번이고 반복되었고, 그러나 익숙해질 수도 저항할 수도 없었던 고통.

뭔가 사고할 여유는커녕 의식을 유지하기조차 어려워진다.

"『아앗, 다들 상자 안쪽이 재미있나 봐. 자, 받아줘. 잔뜩 마력으로 바꿔줄 테니까.』"

"……아니, 정도가 조금 과한데. 러스트, 색깔을 살짝 빼라. 이래서는 사흘을 버틸 수 없어. 네가 감정에서 만들어 내는 마력도 충분히 『어둠 정령의 옷』에 저장해 놨다. 이 녀석들은 똑똑히 지켜봐야 할 의무가 있지. 이번에는 의식까지 온통 색칠되도록 짙은 색깔은 필요 없어."

"『엥, 그래도, 그래도~. 애써 멋진 색깔로 빚어냈는데. 싫어, 싫어, 싫어어!』"

"억지 부리지 마라. 군소리 말고 잠자코 지시를 따라."

"『흥, 칫이다. 네에~.』"

일곱 색깔 머리카락의 소녀는 살짝 입술을 삐죽거리며 불만스럽게 손가락을 빙글 돌렸다.

"큭, 쿨럭! 쿨럭!!"

그리고, 불쾌감은 사라지지 않은 채 갑자기 압력이 약해진다.

그럼에도 한번 공백이 됐던 사고는 쉽사리 형태를 다시 이루지 못했고, 무엇을 빨아들였는지도 알 수 없는 상자 안에서 거듭거듭 숨을 갈구하며 목이 움직거렸다.

"……놀아라, 러스트. 『상자 안 하늘 그림』."

그 목소리가 울려 퍼졌던 순간, 마치 상자가 조립되는 것처럼 주위의 세계에서 오두막 안쪽이 구획됐다.

"여, 여기는……?"

정돈되지 않는 사고 속에서 우리가 내려다보는 것은 하얗게 화장을 한 숲에 둘러싸여 있는 조그만 마을.

"『있잖아, 여기 놀이터야? 놀이터? 뭉개버려야지~♪』"

"윽, 이 녀석아, 멈춰!!"

제지하는 우케이의 말도 듣지 않고 소녀가 허공에 손 짚는 동작을 하는 동시에 숲이 소리를 내며 뭉개졌다.

마치 장난삼아서 벽에 손 도장을 찍는 어린애처럼, 가볍게 쓱.

"『아하핫, 뭉개졌다~?! 끄앙?!』"

울려 퍼지는 웃음소리가 갑자기 멎었다.

쭈욱, 뻗어 나가는 일곱 색깔의 털실이 소녀의 목에 두껍게 휘감겨서 그 가녀린 목을 세게 조른다.

"이봐, 러스트. 저곳은, 너의 놀이터가 아니다……. 알겠나?"

"『읏뀨우~! 읏뀨우~! 으읏~!』"

양쪽 팔다리를 버둥버둥하며 소녀는 불만에 찬 기색이나마 고개를 위아래로 흔들고 있다.

이제야 뭔가 생각을 할 여유가 생겼던 우리에게 혹독한 표정 그대로 이쪽을 향하는 웃음.

"자, 미나리스의 복수가 시작된다. 이러면 너희도 추이를 지켜볼 수 있겠지."

"……설마, 이 장소는……."

둔한 감각은 여전하지만, 이제는 조금이나마 돌아가는 사고로 눈에 비치는 저 장소가 어디인지를 이해하고 말았다.

시선을 향하면 마치 똑똑히 주시하라는 듯이 그 장소가 가깝게 보이고.

상자에 갇힌 채 내려다보는 저 곳은 틀림없는 키키토 마을이었다.

☆

나는 레오네를 비롯한 4인조에게 보이도록 『색욕』의 힘을 써서 미나리스가 가 있는 키키토 마을을 상자 정원으로 만들었다. 러스트가 독단으로 숲을 뭉갰을 때는 당황했지만, 마을에서 멀리 떨어진 위치이고 이번 복수의 대상에서 제외된 아이들을 격리해 둔 장소와도 떨어져 있다.

아이들을 격리한 뒤 이미 이쪽으로 향하고 있는 슈리아에게도 무사하다고 심화로 보고가 들어왔다.

그 사실에 일단 안심하는 한편으로 나는 마을을 새삼 내려다본다.

그러자 마을의 교회 한 곳이 요란하게 허물어져서 잔해의 산으로 바뀌어 있었다.

본격적으로 미나리스가 움직이는 것 같다.

나도 자신의 역할을 완수하자.

미나리스가 바란 무대를 최대한 연출하기 위해.

그리고 내 입에서 도저히 자신이 말한 것 같지가 않은 낮고 굵은 목소리가 울려 퍼졌다.

"—진흙처럼 파묻히고 싶다. 피곤하니까 오지 마라. 좁은 세계에서 들락거리지 마라.

—움직이지 마라, 움직이지 마라, 움직이지 마라, 움직이지 마라.

—귀찮게 하지 마라, 멀리 도망치지 마라. 아무도 나를 움직이지 마라.

—그저 오로지 평온하게. 그저 오로지 평온하게.

—뻗어 나가는 물결과 공방이 저물 때까지.

—【대죄의 검, 태기굴(怠忌窟)의 공방주】."

나타난 것은 트롤처럼 큰 몸집과 드워프 같은 용모를 지닌 거한.

대장장이처럼 갖춰 입었고 허리에는 거뭇한 빛을 띤 금제, 은제의 긴 망치를 달아 놓았다.

양어깨에 두른 금속 고리에서 벨트 같은 가죽끈이 내 손에 연결되어 있다.

"『……재료 없이는 공방을 못 만든다. 돌아갈 테다. 돌려보내라.』"

허공에 떠올라 있는 듯한 주위의 상태에서 거한은 풀썩 드러누우며 그렇게 말했다.

"느닷없이 어디로 돌아가겠다는 거냐, 슬로스. 공방을 하나만 만들면 그다음은 자도 괜찮으니까 복종해라."

진짜 제멋대로 나의 내면에 돌아가려고 하는 슬로스에게 나는 사전에 준비해 놓은『주혈상의 나이프』를 집어 던졌다.

"『……저번에 준 재료보다 상당히 질이 안 좋군.』"

"저번에 쓴 물건은 리치의『원암장(怨闇杖)』이었지. 사치스러운 소리는 마라, 그 수준의 물건이 어디 쉽사리 손에 들어오겠냐."

『주혈상의 나이프』를 준비하는 과정만 해도 상당히 고생스러웠다는 기억을 떠올리면서 한숨을 쉬고 또다시『색욕』이 만들어 낸 상자 정원을 내려다봤다.

"만들어 내라,『흑색 톱니바퀴의 공방』."

"『으으, 귀찮군.』"

꽈앙! 슬로스가 허리에 달아 둔 두 망치를 아무것도 없는 듯 보이는 마을 위에서 건네받은 나이프를 사이에 끼운 채 맞부딪쳤다.

부서져 흩날리는 파편이 빛의 입자로 승화하여 사라져 간다.

미니어처 같은 마을을 둘러싸면서, 천천히 회전하는 흑색 톱니바퀴를 띄운 빛의 벽이 나타났다.

이제 마을은『나태』의 공방 안쪽에 가둬졌다.

나는 레오네, 댄, 슈피네, 정크를 돌아보면서 말했다.

"너희는 자신들이 막고자 했던 게 어떠한 것이었는지 자기 눈으로 확인해라."

"……."

아무 대답도 않는 레오네에게서 시선을 뗀 나는 책상다리를 하고 앉은 채 아래쪽을 내려다봤다.

이제 이곳에서 공방을 유지하며 마지막까지 휴식과 함께 즐기도록 하자.

그 때문에 성녀의 저주로 인한 고통을 견디면서 『어둠 정령의 옷』에 레오네 일행에게서 확보한 마력을 쭉 저장해 놓았으니까.

"마음껏 즐겨라, 미나리스."

☆

"……그렇게 사악한 마물을 무찔렀던 마법 검사님은 줄곧 곁에 있어준 소꿉친구 아가씨와 행복하게 살았습니다. 끝."

"엥~ 벌써 끝이야~? 루샤 언니, 한 번만 더 읽어줘~."

"안 돼, 오늘은 이제 끝이야. 빨리 안 자면 내일 아침에 못 일어날걸? 내 결혼을 잔뜩 축하해준댔잖니."

나는 마을의 여자아이가 자꾸 졸라서 읽어줬던 그림책을 척 덮었다.

"저기, 저기~. 어째서 검사님은 공주님을 안 골랐던 거야~? 그러면 임금님이 될 수 있었을 텐데. 임금님은 높은 사람이잖아~?"

"그건 있잖니, 소꿉친구 아가씨를 사랑했기 때문이야. 누구보다도, 무엇보다도. 사랑의 힘은 강하거든. 눈앞에 어떤 장해가 나타나도 극복할 수 있는 힘을 주는걸. 나랑 케릴처럼 말이야."

나는 아이에게 이불을 덮어주고 촛불을 껐다.

살며시 톡톡 이불 위로 토닥여주자 곧 조용히 잠들어서 숨소리만 들린다.

내일은 결혼식의 예정일.

사실은 그저께 미리 케릴도 마을에 도착했어야 할 텐데, 트러블이 발생하는 바람에 조금 늦게 도착한다고 연락이 왔다. 원래 당일에 맞춰 방문할 예정이었던 우제스, 카틀레아와 함께 내일 이른 아침에 마을로 도착할 것이다.

케릴이 트러블을 끌어들이는 것은 언제나 있는 일이지만, 이런 시기만큼은 자중해주면 좋겠다는 마음이 있다. 그러면 부부가 아니라 연인으로서 마지막 시간을 흐뭇흐뭇하게 보낼 수 있었을 텐데…….

"후훗♪ 그래, 나, 드디어 케릴의 신부가 되는구나."

케릴과 결혼식.

언젠가 꼭, 줄곧 꿈꿨던 행복한 날.

케릴이 나를 바라봐주도록.

케릴이 내게 애정을 가져주도록.

케릴이 나를 무엇보다도 사랑해주도록.

케릴을 위해 요리를 배웠고, 케릴을 위해 외모에도 신경을 썼다.

노력하고, 노력하고. 노력했다.

그토록 노력해서 마법의 힘을 익혔고, 권력이 있는 상대도 내 편으로 만들었다.

여러 가지 수단을 써서 두 사람의 유대를 갈라놓으려고 하는 적들도 극복해왔다.

어떠한 일이 일어나도 케릴은 나를 믿어줄 것이다.

그렇게 생각하면 얼마든지 힘낼 수 있었다.

그 노력을 가로막을 수도 있었던 또 한 명의 소꿉친구는 아주 옛날에 쫓아냈으니까 지금쯤 분명 어딘가에서 객사나 했을 것이다. 그 무렵 어린아이였던 우리에게 어른들은 숨겼지만, 두 모녀가 노예로 팔려 나갔다는 사실을 나는 안다.

이제 아무도 나와 케릴의 사이를 방해하는 사람은 없다.

'내일은 빨리 일어나서 과일은 듬뿍 넣은 수제 파이를 만들자. 케릴, 기뻐해줄까?'

그 눈 내리던 날에, 방해꾼을 물리치는 방법을 배운 날에 채집했던 과일로 만든 파이.

케릴이 웃어주는 미래를 떠올리면 어떤 고생도 고생이 아니었다.

'후훗, 빨리 내일이 오면 좋겠어.'

내 행복의 붉은 과실이 내일이면 손에 들어온다.

다음 날, 어제 낮부터 줄곧 내렸던 눈이 멎고, 하늘은 화창하게 개어서 지평선의 빛을 받고 있었다.

얼음처럼 쌀쌀한 공기 속, 나는 발등이 파묻힐 정도로 쌓인 눈의 감촉을 즐기며 바깥으로 나섰다.

파이를 구우려고 빨리 일어났는데 생각했던 것보다 훨씬 빨리 일어나버렸다. 그러니까 잠깐 심심풀이 삼아서, 조금 감상에 잠기고 싶어서 케릴과 만든 추억이 가득 담겨 있는 마을 곳곳을 돌아다녔다.

저기 광장에서 열심히 뛰어다녔고, 저기 빈집에서 숨바꼭질을 했고, 그리고 저기 교회에서 장래를 약속했었다.

오늘 결혼식도 교회에서 올린다. 마을에서 빨리 일어나는 축에 속하는 신부님은 지금쯤 슬슬 깨어났을 무렵이려나.

나는 예배당의 문을 살며시 열었다.

아무도 없이 적요한 분위기가 가득 들어찬 장소.

제단 앞까지 가서 두 손을 맞잡고 기도를 올렸다.

"고마워요, 하느님. 저, 꼭 케릴과 행복해질 거예요. 앞으로도 저희를 쭉 지켜봐주세요."

그때 뒤쪽에서 끼이익, 살짝 문 열리는 소리가 났다.

들어온 사람은 하얀 수염을 수북하게 기른 인자한 노인.

"오오, 루샤로구나. 아침 일찍부터 기도 올리러 왔니?"

"신부님. 안녕히 주무셨어요? 조금 빨리 눈이 떠져서 하느님께 감사 인사를 드리러 왔어요."

"그래, 그렇구나. 신께서도 루샤를 지켜봐주고 계신단다. 걱정하지 말렴. 케릴 군도 루샤 양도 두 사람 모두 분명히 행복하게 살 수 있을 게야."

따뜻하게 웃어주는 신부님.

저 미소와 축복의 말이 마음을 따뜻하게 감싸준다.

머릿속에 마을 사람들 모두에게 둘러싸여서 축복받는 나와 케릴의 모습이 그려졌다.

"네, 신부님. 저요, 꼭 행복해질 거예요."

——……그렇지만, 그런 행복의 청사진에.

"아무렴. 아주 잘됐어. 사실은 줄곧 사과하고 싶었단다. 수인 따위 어리석고 야만스러운 종족이 마을에 숨어들었는데도 못 알아차렸잖느냐. 그 괴물의 자식이 루샤 양을 괴롭혔는데도 도와주지를 못했고……. 너희 두 사람이 행복해진다면 이보다 기쁠 수가, 끄가악?!"

——……뚝뚝, 누군가의 피가 방울져 떨어졌다.

"후우, 정말이지, 신부님은 변함없이 빨리 일어나시네요. 조금 방해되니까 비켜주시겠습니까?"

"……어? 뭐, 뭐야……?"

멍하니 선 채로 못 움직이고 있는 내 앞쪽에서 푹, 물렁한 과일을 자를 때처럼 소리가 났다. 그리고 신부님의 복부에서 솟아난 피에 젖은 검 끝이 뽑혀졌다.

"뭐갸, 으극, 으읏……. 피, 피가, 아파아, 누가, 살려."

"웬 호들갑이에요. 내장도 두꺼운 혈관도 건드리지 않았습니다. 당분간은 안 죽을 텐데요?"

"으끅?!"

눈앞에 불쑥 나타난 저 여자는 마치 친구에게 웃어주듯이 거리낌 없이 미소 짓더니.

당연하다는 듯이 부상당한 신부님을 걷어찼다.

"아, 아아, 죽기, 싫어……."

"괜찮습니다. 신께서 지켜보시잖아요? 그렇다면 행복해질 수 있지 않을까요?"

구멍이 뚫린 배에 손을 가져다 대고 몸을 웅크리는 신부님.

끔찍한 광경을 목격해도, 내 머릿속은 자꾸 헛돌 뿐이다.

"그렇죠? 루샤, 당신은 어떻게 생각하나요? 뭐, 저는 아무것도 안 하는 신께서 지켜봐 주신들 행복해질 수 있을 거란 생각은 도저히 안 듭니다만. 그 부분은 공감하지 않나요?"

"미, 미나리스? 정말……?"

아마색의 머리카락과 눈동자, 실룩실룩 쏙 뻗은 토끼의 귀.

고혹적인 미소를 머금은 채 날씬한 신체와 여성스러운 곡선을 요염하게 채색해주는 메이드복을 입고.

아주 옛날에 물리쳐서 내다 버렸던 또 한 명의 소꿉친구가 저기에서 있었다.

"어, 어떻게! 너는 노예상에 팔렸을 텐데……."

"어미, 케릴은 알지 못하는 눈치였는데 말이죠. 당신은 알고 있었나 봐요. 어차피 또 어른들 이야기를 제멋대로 훔쳐 들었을 테죠. 못써요, 들켰다간 호되게 야단맞는다고요."

쿡쿡, 웃음소리가 떨군 오싹한 한기가 등줄기를 내리달았다.

아침 공기보다 차갑고 예리하기에 고드름 송곳니를 박아 세우는 듯한 위기감이 덮쳐들었다.

"큭, 이제 와서 무슨 용건으로 나타난 거야. 나랑 케릴의 결혼을 축하라도 해주러 왔어?"

"그럼요, 물론이죠. 소꿉친구의 새출발이잖아요. 당연히 찾아와서 축복해줘야 하지 않겠어요?"

천연덕스럽게 받아치고 웃음 짓지만, 숨기려는 의도조차 없는 살기가 쏟아진다.

"그래? 그런데 유감이야. 신부님을 살해한 못된 악당은 이쪽에서 사절이거든. ……그러니까, 이번에야말로 내가 죽여줄게. ―타오르는 흙의 짓무른 혀에 감겨서 허물어져라. 『라바즈 스네이크』!!"

파바아앗, 공기가 흔들거릴 만큼 거세게 열을 발하는 뱀과 같이 검붉은 색을 띤 용암 덩어리가 달린다.

'상대는 수인, 피한 뒤 접근을 시도하면 파이어 월로 쪄서 구워주겠어.'

그러나 내 계산은 곧바로 뒤집혔다.

"안 죽였다니까요, 아직은. 『아이시클 스피어』."

"뭐?!"

미나리스가 날린 얼음 마법이 내 마법과 부딪치더니 얼어붙은 내 마법이 바닥에 쿵 떨어진다.

"불과 흙 속성의 합성 마법입니까? 흠, 제법 괜찮은 위력이었어요."

"어, 어떻게. 수인이 무영창으로 스피어 계열 마법을 쓰다니……!"

"수인의 마력은 몸 바깥으로 떨어지면 금방 흩어지는 것 아니었냐고요? 바보네요. 몸과 가까운 위치면 위력이 별반 감쇄되지 않는답니다? 수인 중에도 마법검을 구사하는 인물이 있다던데요. 학원의 수업에서 그런 얘기를 들었거든요?"

"읔, 새벽의 불 정령에게 갈망한다, 불길은 달려서 속죄를 위한 제물에게 덮쳐들리라. 『불 정령의 숨결』!!"

모든 것을 불사르는 정화의 힘을 지니는 정령의 불은, 용의 브레스와 동격의 불꽃이다.

미나리스는 공중을 달리는 업화를 여유로운 표정을 무너뜨리지 않은 채 건물 내부를 이리저리 뛰어다니며 회피했다.

"이런, 첫수가 기습도 못 되는 영창 마법, 그다음 두 번째 수도 위력만 센 정령 마법이라뇨. 장난처럼 치르는 실전밖에 못 겪어봤군요? 이래서는 그냥 포대잖아요?"

"시끄러워, 닥쳐!!"

쿡쿡 웃음 지은 채 피하는 미나리스를 보자니 급속도로 위기감이 높아진다.

위험해, 위험해, 위험해.

순수한 후위인 내가 수인의 신체 능력을 당할 도리는 없다.

케릴이 옆에 없는 지금은 근처까지 접근을 허락하기 전에 죽이지 못하면 내 안위가 위험해진다.

'수단을 가릴 상황이 아니야! 죽이겠어. 다음 일격으로 기필코 죽이겠어!!'

이제 미나리스가 어떤 이유로 내 앞에 나타났든 아무 상관도 없었다.

나와 케릴의 세계에 미나리스 따위는 필요 없어! 아예 존재해서는 안 되는 녀석이니까!!

"우후훗, 이런 구석도 어릴 적과 변함없군요. 기억나요? 술래잡기를 하면 언제나 루샤가 꼴찌였잖아요? 우후훗. 술래야, 이쪽이야. 손뼉 소리 쪽이야♪ 우후후훗!"

"큭!! 이 마법은 쓰고 싶지 않았지만! 여유 넘치는 네 얼굴을 흔적도 남기지 않고 싹 날려줄게!!"

나는 도구 주머니에서 비장의 수단을 꺼내 들었다.

그것은 내가 계약한 정령의 힘을 한계까지 끌어낼 수 있는 촉매, 홍란석(紅蘭石)이라는 불의 마력이 담긴 보석. 싼값이 아닌 데다가 한 번 쓰면 마력을 잃어 평범한 돌멩이가 되고, 이런 곳에서 사용하면 건물째 다 날아가버릴 위력을 발휘하겠지만 더 이상은 망설일 여유가 없다.

“크, 나를 해하려 드는 전부를 휩쓸어버리는 업화의 폭격! 『불 정령의 분노』!!”

그 순간, 주위의 마력이 모여들면서 보석은 붉게 달아올라 색깔이 변화됐다.

발동의 기점이 된 나를 중심으로 하얀 불꽃이 주위를 집어삼킨다.

폭음과 함께 와르르 건물 허물어지는 소리가 멎었을 때는 주위가 온통 잔해의 산이 되어 있었다.

“이, 이겼어……? 후, 후훗! 바보 같은 년. 내 앞에 나타나지 않았다면 죽지는 않았을 텐데.”

끓어넘치는 안도감에 후유, 한숨을 쉰다.

이제 와서 옛날의 악몽과 마주치다니 정말이지 웃기지도 않는다.

“아, 그나저나 교회가 부서졌네. 오늘 결혼식, 어떻게 하…….”

“어머, 그따위 일로 고민할 필요는 없답니다?”

“앗…….”

오싹, 바로 뒤쪽에서 귓가에 대고 속삭거리듯 목소리가 들렸다.

그 사실을 인식하는 동시에 푹, 어깨에 날붙이가 틀어박히면서 통증이 치달렸다.

“꺄, 아아아아아앗?!”

‘아팟, 큰일 났다. 어떻게든 해야 하는데……!!’

“끄읏, 극, 치, 치유의 언덕에 머무르는 저, 정령이여. 『힐』.”

뿌리치다시피 미나리스와 거리를 벌리고 무릎 꿇은 채 격통을 견디면서 회복 마법을 걸었다.

"애당초 말이죠, 신부님을 죽일 뻔한 주제에 결혼식 걱정이라니 변함없이 정말 대단한 염치네요. 제가 데리고 나오지 않았다면 벌써 편하게 보내드릴 참이었잖아요. 어휴, 기가 막혀라. 우후후♪"

따뜻한 녹색 빛을 받아서 아픔은 점점 가신다. 그러나 심장을 거머쥔 듯한 한기가 사라지지 않는다.

나를 벌레처럼 내려다보는 미나리스의 시선에서 주체할 수 없는 공포가 끓어올랐다.

"뭐, 뭐냐! 무슨 일이야?" "이봐! 교회가 잿더미가 되어버렸어!!" "잠깐, 아이들은 어디 있는지 못 봤어?" "이게 도대체. 아, 아니! 저기, 루샤 앞쪽에 있는 녀석은 미나리스 아닌가?!"

소란을 감지한 마을 사람들이 주위에 모여든다.

그 광경을 보고 미나리스는 기쁘게, 정말이지 기쁘게 웃었다.

"우후훗, 무대 준비는 끝났습니다. 자, 시작하죠."

"뭐, 뭐야……?!"

다음 순간, 마을 주위를 통째로 둘러싸면서 어두운 빛의 벽이 나타났다.

벽에 떠올라 있는 검은색 톱니바퀴가 삐걱삐걱 소리를 내며 돌아가고, 그 위용은 어째서인지 가만히 보기만 해도 자꾸자꾸 불안이 솟구치게 만들었다.

"우훗, 우후후훗, 드디어, 드디어예요. 자, 루샤. 이제부터 본 공연이 시작됩니다. 전부, 전부 다, 부수고, 부수고, 부수고, 부숴드릴게요. 우훗, 우후후훗, 아하하핫!!"

홍소가 울려 퍼졌을 때, 그때 처음으로 나는.

짜증도 아닌 조바심도 아닌 적의도 아닌.
미나리스에게 진심으로 우러나온 공포를 느끼고 있었다.

☆

술렁거리는 관중들.
모여드는 것은 곤혹스러워하는 마을 사람들의 시선과 루샤의 두려움이 섞인 시선.
“오랜만이에요, 여러분. 기분은 좀 어떠신가요? 우후훗, 저는 몹시, 몹시도 기분이 좋답니다. 후후훗, 아아, 이런 아침이면…….”
“이봐! 더러운 수인이 우리 마을에 무슨 용, 카아아아아아아앗!!”
“저기요? 지금 제가 말하는 중이잖아요. 어딜 불쑥 끼어드는 거죠? 다른 사람이 말을 마치면 기다렸다가 자기도 말한다. 이런 기본적인 예절도 지킬 줄 모릅니까? 네? 못 배웠어요?”
무영창으로 발사한 얼음 창은 정확하게 겨냥한 대로 남자의 다리를 꿰뚫어서 지면에 붉은 핏방울을 떨어뜨립니다.
“이, 이년! 건방지, 캬아아아아악!!”
“어디서 감히! 끄으으으으으으윽?!”
“우스워라, 왜 경계하는 시늉도 않는 건가요? 아니면 예전에 학대하고 누명을 씌웠던 제가 반항한다는 생각을 아예 못 하는 건가요? 정말이지 정신 상태가 유감스럽네요, 여러분은.”
컹컹 물어뜯겠다고 으르렁대던 상상력이 부족한 들개 두 마리의 어깨를 마법으로 꿰뚫었습니다.

쓰러진 그자들을 돌보겠다고 다가드는 다른 마을 사람들의 눈에서는 분노와 두려움이 분명하게 엿보였습니다.

"아아, 좋은 눈빛이에요. 제가 딱 원하는 눈빛입니다."

쿡쿡, 저는 비웃음 소리를 내고 마음속 깊은 곳에서 끓어오르는 빨갛고 검은 충동에 휩쓸린 채 유열에 잠겼습니다.

"한 가지, 처음에 미리 선언하겠습니다. 저는 무엇 하나도 사양하지 않을 작정이랍니다. 왜냐하면 어떠한 행위를 하든 주저할 이유가 제게는 없기 때문이죠. 제가 주저할 만한 이유는 전부 저의 소중한 공범자가 제거해줬습니다. 그래요, 예를 들자면, 이런 식이죠."

"꺽, 쿨럭, ㄲ흡?!"

도끼를 손에 들고 뒤쪽에서 몰래 접근하던 남자의 심장을 검날로 꿰찔렀습니다.

"아, 칼리프 씨였군요. 여전히 하시는 짓이 단세포네요. 유리아 씨와 결혼하셨으면 조금은 점잖아져야 하지 않겠어요?"

"칼리프?! 아, 안 돼에에에에에에!!"

푹 꿰뚫었다가 칼리프 씨에게서 검을 빼내고 걷어차자 누구의 눈으로 봐도 명백하게 치명상을 입은 저자에게 유리아 씨 한 사람이 달려갔습니다.

즉사하고도 남을 심각한 상처를 입은 칼리프 씨가 **큰 목소리로 연거푸 고함지릅니다.**

"ㄲ아아아아아아악! 아파, 아파, 아파아아앗! 죽는다, 죽는다, 죽는다?!"

"카, 칼리프……?!"

흘러 떨어지는 피와 너무나 깊은 중상, 슬쩍만 봐도 당장에 죽고도 남을 상태였음에도 불구하고 칼리프 씨는 통증에 넋을 놓은 채 계속 소리칩니다.

"걱정하지 않아도 아직은 절대 죽지 않는답니다? 이곳은 그런 우리로 바뀌었거든요. **당신들의 혼은 지금 몸에서 떨어지지 못해요, 언데드처럼 혼이 변질될 수도 없어요**. 마음껏 고통을 즐겨주세요. 아셨죠? ~~우후훗, 우후후후후훗~~♪"

"어, 아……. 어?"

유리아 씨가 당혹감 서린 목소리를 낸 까닭은 칼리프 씨가 죽지 않는다는 것을 알게 되었기 때문일까요. 아니면 죽을 것 같은 중상을 입은 채 아프다고 괴로워하는 모습을 이해하기를 거부했기 때문일까요.

그러니까 저는 친절을 베풀어서 루샤에게 시선을 돌렸습니다.

"자, 루샤? 회복 마법으로 치료해드리지 않아도 되는 건가요?"

"크, 이게, 사악한 년……!"

"어머, 너무해라. ~~우후훗~~. 저를 사악하게 만든 사람은 여러분인걸요."

친절하게 지적해줬는데 루샤는 실례되게도 제게 눈을 부릅떴습니다.

"그래도 루샤, 저는 당신의 소꿉친구이니까 당신에게 이유를 만들어줄게요. 예를 들어서 이런 이유는 어떨까요? **어느 틈인가 마을에서 사라져버린 아이들을 인질로 잡혔기 때문에 손쓸 도리가 없었다**든가. 히로인 같아서 루샤 취향에는 딱 맞지 않아요?"

"뭐?! 설마 아이들까지……?!"

"글쎄요, 어떻게 했을까요? 우후훗."

이것저것 열심히 망상하고 상상하도록 의미심장하게 웃어 보입니다.

"아니면 이것 하나로는 이유가 부족할까요? 그렇다면 이런 건 어때요? 「다친 사람이 너무 많아서 미처 손쓸 수가 없었다」든가?"

"아, 안 돼……!!"

깜짝 놀라는 루샤를 저는 비웃고 주위에 투척 나이프를 흩뿌렸습니다.

"카아아아아악!!" "아, 아팟!!" "끄가아아아아악! 내, 내 다리가아아앗!"

"무, 무슨 짓을 한 거야!! 내 마력이 회복되지 않은 걸 뻔히 알면서! 넌 사람으로서 인정도 없는 거야?!"

"아하하핫!! 그딴 감정은 아주 옛날에 다 망가져버렸답니다. 떼로 몰려들어서 괴롭혔잖아요? 여러분이 직접 밟아서 산산조각 부숴주셨잖아요?"

아아, 유쾌합니다. 너무나 유쾌합니다.

울려 퍼지는 비명에 제 마음이 춤을 춥니다.

심어 넣은 씨앗에서 발아할 싹을 슬슬 맞이해볼까요.

"그런 것보단, 보세요, 이제 곧 시작된답니다?"

"어……?"

부상당한 아픔에 몸을 웅크리는 마을 사람들 사이에서 변화가 일어났습니다.

"잘 봐요, 이제 얼마 안 남았어요. 곧 싹이 움트고."

"히끅, 끄극, 이게 뭐냐……. 징그러워……." "그, 그만해. 이게 뭐야, 도대체 이게 뭐야아."

"도, 도대체 무슨 짓을……."

"……저의 벌레가 흘러넘치는군요♪"

또 한 번 깊숙이 굴러떨어지고 있는 지옥 앞에서 저는 더더욱 그윽하게 미소 지었습니다.

"끄윽!! 카아아아아아아아아?!"

깊게 도려져 나간 상처 부위에서 뚝뚝 흘러넘치는 수십 마리의 하얀 구더기.

"카, 칼리프?! 힉, 뭐, 뭐야, 이게?!"

"괴, 괴로워어……! 유, 리아, 카아아아악?!"

"우훗, 우후훗! 힘들 테지요, 아플 테지요. 괴로울 테지요. 저는 너무나 기쁘답니다."

희번뜩, 몰리는 분노와 두려움이 섞인 눈빛은 몹시 기분이 좋습니다.

왜냐하면 저 눈빛은 이 돼지들이 저보다 아래에 위치함을 자각하고 있다는 증거니까요. 그러니 이제부터 더욱 혹독하게 굴러떨어져서 지옥과 맞닥뜨렸을 때 어떤 표정을 지어줄까 생각하면 등줄기가 자꾸 오싹오싹합니다.

"루샤야! 부탁이야! 이대로 두면, 이대로 두면 칼리프가, 어……?"

어리둥절하여 소리를 낸 사람은 유리아 씨.

그 광경을 목격하고 휘둥그레 눈을 뜬 것은 마을 사람들과 루샤.

"어때요? 두 분은 부부잖아요. 부부 사이니까 아픔도 나눠 가지는 게 맞겠지요?"

저는 입가를 초승달처럼 구부린 채 유리아 씨의 목을 칼리프 씨가 벌레투성이 입으로 물어뜯는 광경을 만족스럽게 바라봤습니다.

"흐그윽, 머, 멈춰, 칼리프. 아파앗, 아파앗, 아파아아아아아아아앗?!"

걸신들린 듯 꽉꽉 머리를 갖다 누르면서 상처 부위에 흡사 구더기를 밀어 넣는 모양새로 입을 움직이고.

"아, 아, 아, 미아, 미안. ……그래도, 그래도 그래도 그래도, 참을, 수가, 없다고오오오오오!!"

"끼아아아아아아아아앗?!"

"아핫♪"

울려 퍼지는 비명은 연주를 시작하는 첫 번째 음.

그리고 곡은 첫 번째 음이 울려 퍼졌던 순간부터 물 흐르듯 수많은 음이 따라서 연주되는 법이죠.

"……윽, 꺼헉? 뭐, 뭐냐, 이게? 삐기이이이이이익?!"

다음에 멋진 소리를 울린 사람은 인색하고 심술궂은 약국 할머니.

주름살 진 피부 아래가 물풍선처럼 부풀어 올라 혹덩이가 만들어졌고, 안쪽에서 과하게 수가 불어난 벌레는 피부와 살점을 먹어서 찢고 바깥으로 기어 나왔습니다.

트득트득, 쩌걱쩌걱, 부슉부슉, 소리를 내며 벌레는 숙주와 어울리도록 추접하게 피를 빨아 마십니다.

눈에서, 귀에서, 코에서, 입에서, 흘러넘치는 구더기 때문에 비명 소리가 잠겨 들어가자 더욱 꼴불견이 됩니다.

그다음은 사냥꾼의 부인, 그다음은 촌장의 아들, 그다음은 올가미꾼 할아버지, 다음, 다음, 다음.

똑같은 증상이 눈 깜짝할 사이에 퍼져 나갔고, 모여들었던 마을 사람들 중 5분의 1에 가까운 인원에게서 벌레가 움텄습니다.

"윽, 히이익!! 윽, 뭐야! 너! 떨어져! 저리, 저리 가! 오지 마아아아앗! 끄그."

그 광경을 보고 공포에 질린 마을 사람들 중 어느 남자가 거품을 물고 도망치려고 했을 때 구더기를 뱉으며 쓰러져 있던 한 사람이 발목을 붙잡더니 옷자락 위로 장딴지를 물어뜯었습니다.

그리고 상처 부위의 안쪽에 자기 몸속의 구더기를 집어넣고자 열심히 입을 움직입니다.

"우후훗. 어서, 어서요. 빨리 도망쳐야죠? 마을 안에서 술래잡기를 하는 거예요. 붙잡히면 어떻게 되냐고요? 지금 다들 보셨잖아요?"

"싫어어어어어어엇!!" "도망쳐, 도망쳐라아앗!!" "도, 도대체 뭐냐고오오오오오오!!"

비명 지르며 마치 거미 새끼가 흩어지듯이 마을 사람들은 달려 나가고, 그러다가 미처 도망치지 못했던 몇 사람이 붙잡혀 넘어지면서 또 다른 먹잇감이 되었습니다.

비명과 함께 벌레의 숙주 신세가 된 마을 사람은 또다시 다른 마을 사람을 찾아 방황합니다.

"우후훗 자, 저는 루샤를 만나러 가야겠군요."

저는 싹이 움트는 광경을 확인한 뒤 소란을 틈타 행방을 감춘 루샤가 있는 곳으로 이동했습니다.

그곳에서는 예상한 대로 추태를 부리는 루샤를 볼 수 있었습니다.

"제길, 도대체 뭐야, 이 벽은!"

필사적인 얼굴로 벅벅 할퀴는 꼴이 가소로워서 자꾸 웃음이 새어 나옵니다.

"그런 짓을 해 봤자 시간 낭비랍니다? 주인님께서 말씀하시기를 사룡(邪龍)마저도 이 우리에서 벗어날 수는 없었다니까요, 당신 따위가 어떻게 손쓸 수 있는 수단이 아니지요."

"윽, 미나리스……!"

이쪽으로 고개 돌려서 매섭게 노려보는 루샤를 제가 또 비웃어줍니다.

그때 조금 떨어진 위치에서 주먹을 세게 내리치고 있는 마을 사람이 보였습니다.

루샤처럼 도망치던 중 주인님께서 만든 우리와 맞닥뜨리고 당황하는 모습입니다.

"장난하는 거냐아앗!! 젠장, 도대체 이게 뭐냐고오오!! 히익, 오, 오지 마! 오지 마! 오지 말라고오오오오오!! 꺽, 끄윽, 제길, 끄으읏……. 캬악?!"

"흑……!"

벌레에 에워싸인 마을 사람은 저항도 못 하고 부숙, 빠걱, 소리를 내며 잡아먹혔습니다.

조금 시간이 지나면 저 몸도 벌레의 모판이 되겠지요.

경련을 일으키는 루샤의 얼굴을 제가 다시 바라봅니다.

"우후훗, 아아, 루샤, 걱정하지 않아도 저 마을 사람들은 당신을 덮치지 않을 거예요. 소꿉친구는 특별 대우랍니다. 어때요? 기쁜가요?"

"……이따위 짓을 저지르면 너는 무사할 것 같아? 이것은 카번헤임에 대한 명백한 반역 행위야. 게다가 이제 곧 나와 알고 지내는 군인도 이곳으로 찾아올 거야. 그러면 확실하게 너는 군대에 토벌 당할걸."

"……흠, 그 말은 조금 예상 밖이네요."

"그만 포기하시지? 지금이라면 나도 말을 거들어줄 테니까. 그럼 조금은 감형될 수도 있고……."

그 즉시 제 낌새를 살피고 있던 루샤의 표정이 휙 바뀌어 자신의 우위를 확신하는 듯 당당해졌습니다.

우후후훗♪ 아아, 좋아요. 여기에서 다시 시작하죠.

당신과 나의 지난날은 그 표정에서 다시 시작하는 겁니다.

그렇게 하지 않으면 망가져버린 지난날의 세계를 저는 제대로 끝낼 수가 없을 테니까요.

"있잖아, **루샤야**, 너는 의외로 눈치가 안 좋았었지? 지금 상황을 제대로 파악한 거니? 내가 「소꿉친구는 특별 대우랍니다」라고 말했는걸?"

"……어?"

마치 약점을 발견하기라도 한 듯이 내비쳤던, 어릴 적 마지막으로 봤던 루샤의 조롱 섞인 표정이 얼어붙습니다.

저는 주인님이 『색욕』의 힘으로 빌려주셨던 『천재의 전검』의 힘을 써서 천천히 미리 준비했던 한 남자를 불러들였습니다.

"우후훗. 있잖아, 루샤야. 소꿉친구는 소중하게 아껴줘야 할 귀한 사람이잖니?"

"뭐, 뭐야……. 무슨 소리야……."

제 옆쪽 지면에 나타난 마법진은 직경 1미터쯤 되는 원.

열화된 전이 능력은 무척 느릿하게 한 남자를 이곳으로 불러냅니다.

"둘 다 똑같다는 생각도 하기는 해봤거든. 그런데 역시 두 사람을 동시에 해치우는 건 조금 아닌 것 같았어."

"도대체, 무슨, 무슨 소리를 하는 거야……."

발밑에서 마력의 입자가 쌓여 굳어지면서 나타난 그 모습은.

"응, 따로따로 성의껏 상대해주는 게 맞아. 둘 다 평등하게 대해주지 않으면 한쪽이 불쌍해지는걸?"

문드러져서 칙칙한 빛깔로 변색된 피부, 검게 말라붙어서 지저분한 핏자국, 부자연스럽게 푹 뭉개져서 구부러져 있는 팔, 명백하게 비정상적인 크기로 비대화된 다리, 똑바로 서서 머리를 살짝 숙이고 있는 모습은.

"그러니까 봐, 케릴이 어떻게 됐는지. 두 사람 모두 평등하게……. 내가 괴롭히다가 죽여줄게."

"케, 케리이이이이이이이이일!!"

루샤가 어떤 행동이라도 저지를 만큼 사랑하고 사랑하는 케릴의 모습이니까요.

그러니까 나에게, 괴로워하는 모습을 더 보여줄래?

"아하하하하핫!! 케릴이 구해주러 올 거라는 생각이라도 했니? 유감입니다아아아아아, 벌써 한참 전부터 케릴은 이런 꼴이었습니다아아아아아, 아하하하하핫!!"

"이, 이게 도대체……! 뭐야, 어떻게 된 거야……!!"

"우후훗♪ 케릴은 있잖아, 먼저 온몸을 마구 때려줬어."

응? 더 보여줄 거지?

"아아, 아아아, 싫어, 싫어싫어싫어어……."

"하나하나, 두 팔의 뼈를 정성 들여서 부러뜨리고, 꺾인 상태에서 붙게 만들었어. 다리에는 달군 쇠막대기를 몇 개씩 박아 넣었단다?"

응? 더 많이, 많이 보여줘.

"온몸에 슬라임의 가루를 섞어서 끈적끈적하게 만든 열탕을 흩뿌려줬어. 그다음 소금 침대 안쪽에 넣어줬단다?"

"그만, 그만해에……. 이런 건, 거짓말이야……!"

그래, 머리카락을 마구 쥐어뜯고, 목소리를 떨고.

"혀를 뻗으면 닿는 위치에다가 독을 섞은 포션을 얼려서 놓아줬거든. 아픔이 가시도록 열심히 핥아서 녹일 때마다 독이 함께 스며드는 거야. 응, 예리한 통증이 전부라면 질려버리잖니? 썩은 과일처럼 내장을 못 쓰게 만드는 독을 골라줬어♪"

"아…… 아……. 아아아……."

비통하게 얼굴을 일그러뜨리고 싫어, 싫어, 울부짖고.

"그리고 말야, 이 마을의 다른 사람들과 똑같이 몸속에다가 벌레를 넣어 파먹게 했어. 그런데 있지, 온몸을 다 먹어버리면 이게 케릴인지 못 알아볼 수도 있잖니? 그러니까 몸의 표면은 오래 버티도록 여러 가지 독을 골고루 발라준 거야. 살짝 색깔이 바뀌어버렸지만, 보렴, 결과는 보다시피 분명하게 누군지 알아볼 만한 상태로 데려올 수 있었어. 그치?"

"미나리스, 이 빌어먹을 년아아아아아아아아아아아앗!!"

"아하하하하하핫!! 좋아요, 좋아요! 그 얼굴이에요, 루샤아아아아!!"

얼굴을 분노로 물들인 채 까닭도 없이 짜증을 내는 아이처럼 루샤는 화염구를 던졌습니다.

겨냥도 위력도 엉망진창인 공격을 저는 최소한으로 자신에게 영향이 없도록 베어 냈습니다.

"언제나! 언제나! 언제나 방해나 하고오오오오오오!! 나는! 케릴과! 행복해질 거야아아아아아아아아!! 도대체 왜 이제 와서 나타난 건데엣!! 이제 곧, 이제 곧 이루어졌을 텐데!!"

"응응, 알아, 다 알거든? 그래서 내가 여기에 나타난 거야. 오로지 너의 꿈을 부숴주기 위해서 내가 여기까지 이렇게 돌아온 거야! 아하하하하핫!!"

아아, 이리도 멋진 얼굴이 있을까요.

그러나 무의미한 저항도 곧 끝납니다. 마력이 바닥났군요.

"……크윽, 더는, 안 돼에……."

툭, 실이 끊어진 것처럼 허물어지는 루샤.

차가운 바닥에 손을 짚은 채 털썩 엎드린 모습은 지난날의 저와 어머니를 쏙 빼닮았습니다.

"……이제, 다 됐어……. 어서 죽여……. 죽이고 싶지……? 이 괴물아……."

"응, 네 말이 맞아. 나는 줄곧 루샤를 죽이고 싶어서 죽이고 싶어서 견딜 수가 없었어."

그래도, 아직입니다. 아직이랍니다? 아직 지옥의 밑바닥까지 떨어뜨렸다기에는 부족합니다.

아직은 지난날의 제게도 못 미칠 지경입니다.

그러니까 지금은 **당신이 원하는 대로 움직여드리죠**.

모든 희망을 밟아 뭉개주기 위해서.

"……우후훗, 자, 루샤가 기다리잖니? 곁에 가주렴."

"부바아부아……. 바아아아아……."

뚝뚝 입속의 구더기를 뱉어 떨어뜨리면서 케릴이 루샤의 옆쪽으로 비틀비틀 걸어갑니다.

그러나 곧 균형을 잃고 쓰러졌습니다. 그럼에도 네발이 달린 짐승처럼 기어서 루샤의 곁으로 다가갑니다.

"그 벌레가 깨어나면 뇌를 제외한 온몸의 살점을 마구 파먹거든. 그 대신 살점의 유사품을 몸속에 심어 넣어. 그렇게 심겨진 살점은 금방 융합돼서 다른 구더기의 먹이가 되고. 너무나 괴롭고 괴로워서 벌레를 떠넘길 곳을 찾아 돌아다니지. 물어뜯는 이유는 벌레가 입속에서 가장 잘 번식하기 때문이야."

"괴로, 워어……. 괴로워어어어어……."

"케릴, 미안해……. 이렇게 될 때까지, 구해주지 못해서, 미안해……."

루샤는 주저하지 않고 구더기가 흘러넘치는 케릴에게 손을 뻗었습니다.

"쿡쿡. 그래, 맞아. 오늘이 결혼식이었구나. 입맞춤이라도 한번 해주는 게 어떨까?"

"……천벌을 받을 거야. 넌 역시 괴물이야. 사람의 껍질을 뒤집어

쓴 악마의 자식."

"그렇구나. 그럼 어쩔 수 없겠네. 응, 괴물을 건드려 버렸으니까 절망 끝에 괴로워하다가 잡아먹히는 게 운명이잖니?"

체념과, 그럼에도 미처 버리지 못하는 적의가 서린 표정.

아아, 봐요, 안 된다고요.

그런 표정이어서는 옛날의 저는 속이더라도 지금의 제게는 통하지 않는답니다. 루샤.

"좋아해, 좋아해, 좋아해, 좋아해. 케릴, 나는 너를 이 세상의 누구보다도 사랑해."

"사려줘어……. 싫어어, 괴로워어……. 괴로워어."

"함께 행복해지자. 설령 네가 어떠한 모습으로 바뀐다 해도 내가 반드시 구해 낼 테니까."

꿈을 이루지 못한 채 쓰러져서 궁지에 빠진 영웅과 그 곁에 다가서는 연인.

"나느은……. 카아, 아아아아아아……!"

"미나리스, 복수인지 뭔지 모르겠는데 우리를 가로막지는 못할 거야. 케릴은 나의 영웅이니까……. 네가 원하는 대로 절대로 놓아두지 않아. ……마음속 비를 이이에게 전해주세요. 『생명의 노래(라이프 송)』. 으응."

마치 이야기 속의 한 장면 같은 입맞춤.

루샤가 무척 좋아할 법한 전개.

"끄아아아아아아아아아아아아아아앗!!"

파아아아아아아아아아아앗! 퍼져 나가는 빛은 생명력의 정령의 가호로 바꿔 넘겨준다는 증거.

정령술사 중 일부 한정된 인물밖에 쓰지 못할 만큼 비전에 속하는 마법.

결코 짧다고 말할 수 없는 수명을 대가로 바침으로써 빛을 전해 받은 인물은 빈사의 상태에서 심신이 모두 최고의 상태로 쾌유됩니다. 그리고 그 강력한 가호를 받은 대상은 일시적으로 모든 능력치가 대폭 향상되지요.

"……흐음, 이것이 정령술사의 비전입니까."

그 빛을 받은 몸에서, 몸속에서 이물질이 밀려 나옵니다.

말의 앞뒤를 맞추기 위해서 넣어 놓았던 녹슨 철 말뚝이며 몸속에 들어가 있던 벌레들이 공중에 떠올라서 정화되고 사라집니다.

"우훗♪"

그렇겠죠, 루샤. 당신이 이 상황에서 바라는 종막은 이런 장면이었겠죠?

목숨을 대가로 바친다는 게 어떤 감각인지 모르겠습니다만, 결코 편안하지는 않을 겁니다.

빈사의 인간을 되살리는 만큼 수명 중 절반 정도는 쓰지 않았을까요.

그럼에도 자신의 집착을 선택하는 당신을, 제게도 집착하는 대상이 생긴 지금이라면 조금은 이해할 수 있습니다.

그런데 말이에요, 루샤.

그날 이후로 정말 긴 시간이 흘렀고, 그동안 줄곧 줄곧 쭉 고민해 왔답니다.

"헉, 허억. 이걸로 형세 역전이야. 언제까지 여유를 부릴 수 있을까? 부활한 케릴한테는 내 가호가…….”

“있잖아, 루샤.”

당신이 상상하는 이야기의 전부가 결국 어긋나서.

“곰곰이 떠올려볼까? 난 그게 케릴이라고 한마디도 말한 적 없지 않았니?”

“……뭐?”

부서지는 세계의 눈물에 휩쓸려서, 전부가 떠내려가는 그 순간을.

……줄곧 기다려왔어요.

“케릴이…… 아냐?”

몸속에서 이물질을 토해 낸 다음은 몸의 표면을 뒤덮은 **독투성이의 허물**도 정화되어 사라집니다. 팔에서, 다리에서, 배에서, 그리고 얼굴에서 부슬부슬 공기에 녹아들듯이 사라져 갑니다.

“있지, 루샤야. 나한테 가르쳐줄 수 있을까?”

어안이 벙벙한 루샤에게 속삭이듯이, 속삭이듯이, 속삭이듯이.

“케릴은 말야, 사흘 전에 가죽만 남긴 채 죽어버렸는데 어떻게 부활한 거야?”

“싫어어어어어어어어어어어어어어어어어어어어어어어!!”

“응? 응? 루샤야. 지금 기분이 어때?”

“아, 아아아, 아아아, 이, 이게, 이럴 수가…….”

“으, 끄윽, 아아, 하하하……. 돌아와 버렸군……. 겨우 죽었는데, 아, 아아아, 아아아아아.”

그 허물 안쪽에서 나타난 자는 케릴이 아닌 현기증에 비틀거리는 내 아버지였던 작자의 모습.

“자기 수명까지 바쳐 가면서 내 아버지였던 작자를 되살린 지금 기분이 어때? 응? 가르쳐줘. 우훗, 우후후후훗!! 아하하하하하하핫♪”

“미나리스으……!! 아아아아아아아아아아아아아아아아앗!!”

피가 배어나도록 입술을 꽉 깨물고 저를 올려다보는 루샤의 얼굴!!

좋아요, 좋습니다. 아아, 이리도 기분이 좋을 수가!!

“바보 아니에요오?! 당신이 바라는 전개를 위한 희망 따위야 한 가닥도 남아 있을 리 없잖아요? 기대했어요? 응? 기대했냐니까요? 자기가 구한 케릴이 되살아나서 멋지게 역전하고 케릴과 꼭 부둥켜 안는 전개라도 기대했던 거예요? 그래도 유감이네요, 그딴 미래는 내가 밟아서 부숴버렸어♪ 우후훗♪”

“아아아아아아아아악! 죽여버릴 거야, 죽여버릴 거야, 죽여버릴 거야!! 미나리스으아아아아아아!!”

체온에 녹아 진흙이 섞인 눈 속에서 버둥버둥 바닥을 기며 매도의 말을 쏟아 냅니다.

수명을 깎고 체력도 바닥이 났을 텐데 뚝뚝 흘리는 눈물이 너무, 너무나 추했기에.

“죽어, 죽어, 죽어, 죽어어어어어어!! 뭐하자는 거야아아아아아아!! 으으아아아아아아아아!!”

오싹오싹, 쾌감이 몸을 휘감습니다.

달콤하고, 짭짤하고, 살짝 쓴맛과 신맛도 섞여 있고, 온몸이 녹아내릴 것 같은 쾌락의 소용돌이.

"왜 이제 와서 나타났냐고오오오오오!! 이제 곧 행복해질 수 있었는데!! 사라져, 꺼져버려! 죽어버려어어어어어!!"

목을, 공기를, 혼을 찢어 가르는 지리멸렬한 절규.

이런 모습을 보고 싶었죠. 이런 모습을 보고 싶었습니다. 줄곧, 줄곧 보고 싶었습니다.

"케릴을! 내 행복을 돌려줘어어어!! 도둑년, 도둑년, 도두……! 쿨럭."

"잘도……. 잘도 날 되살려 놨겠다, 이 빌어먹을 꼬마가아아!! 겨우 망가졌는데! 이제 곧 죽을 것 같았는데!! 어째서 제정신으로 돌려놓았냐아아아아!! 전부 나아버리면 또 처음부터……! 아아아아, 싫다, 싫다, 싫다, 싫다!! 이제 싫단 말이다아아아아앗!!"

"끄윽, 끅, 컥."

"우후훗♪ 큰마음 먹고 수명까지 깎아서 구한 상대인데. 정말 불쌍하네요, 비참하네요, 꼴사납네요. 아아아아, 정말로 좋은 멋진 기분입니다."

저기요, 루샤. 그날 당신도 이런 기분으로 저를 보았던가요?

네? 네? 네? 네? 네? 네? 네? 네? 네? 네? 네? 네? 네? 네? 네? 네?

부탁이니까 더, 더욱더 제게 이 광경을 보여주세요.

"아하핫, 하하하하하하핫!! 괴로워해요, 괴로워해요, 괴로워해요!! 제가 만든 이 지옥의 구렁텅이에서, 제가 기어 다녔던 지옥의 구렁텅이보다 더욱 깊숙이!! 웃고, 울고, 부르짖고, 아우성치고!!"

그렇게 절망의 끝에서 죽어버리세요. 아하핫, 아하하하하핫!!

해가 저물고, 떠오르고, 저물고, 떠오르고, 저물고.

그렇게 이제 곧 꼬박 사흘이 됩니다.

동트기 전 하늘을 뒤덮은 구름에서 고요하게 내리는 눈이 모든 소리를 흡수하는 것 같았습니다.

첫날은 벌레의 고통이며 제게 베여서 침범했던 독 때문에 공포와 증오와 혼란만 가득 넘쳐흘렀습니다.

둘째 날은 증오가 가득했습니다.

그리고 셋째 날이 끝나는 지금 마을은 온통 하얗게 물들어버렸습니다.

어제부터 또 쏟아지기 시작한 눈의 하얀색.

먹이를 찾아 이리저리 기어 다니는 구더기들의 하얀색.

구더기에게 모든 살점을 다 파먹힌 마을 사람들의 혼만 남아서 달라붙어 있는 뼈의 하얀색.

마지막으로 남은 것은 똑바로 누운 채 속이 빈 눈동자로 하늘을 올려다보고 있는 루샤뿐.

지독하게 고문한 결과로 두 팔과 두 다리가 사라졌고, 활짝 열린 복부에는 생활에 사용되었던 여러 철제 기구가 꽂혀 있습니다. 두 눈은 도려내서 움푹 파인 구멍만 남겨 놓았고, 한참 전부터 온몸의 피를 잃어버린 피부는 눈과 경계를 알아보지 못할 만큼 하얗습니다. 벌레가 마구 파먹어서 훤히 드러나 있는 분홍색의 살점도 우묵한 곳마다 쌓인 눈 때문에 더는 보이지 않게 되었습니다.

어떻게 봐도 더 이상은 살아 있을 수 없는 모습입니다만, 그럼에도 루샤가 일단은 말이라고 표현할 만한 소리를 입에 담을 수 있는 까닭은 주인님의 결계 덕분입니다.

결계 안쪽에서 지정 대상의 변화를 허락하지 않는『나태』의 힘.

그 공방 안에서는 설령 사신의 낫일지라도 산 자에게 안식을 부여할 수 없습니다.

“잘못…… 했어……. ……못, 했어…… 요…….”

잠꼬대처럼 중얼대는 사죄의 말.

비명이 한 번 터져 나올 때마다 저는 눈물을 흘릴 것 같은 평온한 마음의 잔물결에 흔들거리고 있었습니다.

“……이제 끝난다고 생각하니까 길기도 하고, 짧기도 하고, 신기한 기분이에요.”

잠든 채 깨어나지 못했던 어머니도 마지막에는 이런 식으로 제게 사죄만 했었습니다.

똑같은 말인데도 전혀 다른 말.

저런 루샤의 말을 제 마음속에 지필 때마다, 거세게 불티를 흩날리며 검고 탁한 빛깔을 띠었던 불꽃이, 고요하게 타오르는 파랗고 투명한 불꽃으로 바뀌어 갑니다.

“……못, 했어……. ……못했어요……. 잘못…….”

지난 사흘간 마을 사람들이 고통스러워하는 모습을 듬뿍 맛봤습니다.

친하게 알고 지냈던 사람들끼리 고통을 서로 떠넘기려는 모습을.

아픔에 애원하고, 고통에 헐떡이고, 비애에 눈물짓고, 절망에 파묻히는 모습을.

제게 울분을 토하다가 짓밟히고, 제게 아첨을 떨다가 썰려 나가고, 제게 동정을 구하면서 벌레에게 잡아먹히는 모습을.

듬뿍 듬뿍, 온몸에 뒤집어쓰도록 푹 잠겨서…….

“그래도, 모자라요, 모자라다고요…….”

모자라요, 모자라요, 모자라요!! 모자라지 않을 리가 없잖아요!!

아아아아아아아아앗!! 스스로의 모자란 재능이 한탄스럽습니다! 더 많이, 더 많이, 더 많이 괴롭혀주고 싶었는데!!

“……그래도, 이제 시간이 없습니다. 그러니까 저는, 줄곧, 줄곧 저 얼굴을 잊지 않겠습니다. 죽을 때까지 당신을 용서하지 않아요. 죽어도 당신들을 용서하지 않아요. 제 손이 못 닿는 곳에 가서도 줄곧 고통에 시달리기를 기원하죠. 영원히, 영원히, 영원히, 영원히잇!”

뚝, 뚜둑, 멀리서 소리가 들립니다.

주인님께서 준비해주셨던 결계가 이제 허물어지려나 봅니다.

정말로 이제 시간이 없습니다. 마지막은 성대하게 해치우도록 하죠.

“당신이 살아 있는 한 이 세계는 지옥입니다. 당신이 사라져도 분명 바뀌지는 않을 테지요. 그래도, 그럼에도 지난 사흘을 떠올리면 저는 살아갈 수 있습니다.”

“용서해줘어……. 행복하게, 살고 싶었을 뿐이야아……. 내가, 전부 다 잘못했어어.”

“혹시 아나요? 누구나 행복해지고 싶죠. 저도, 분명히 어머니도요. 있잖아요, 루샤. 제게도 진심으로 사랑하는 분이 생겼거든요. 누구보다도, 무엇보다도 깊이 연결되고 싶은 분께서 생겼거든요. 그러니까 말이죠, 그날 당신이 저질렀던 짓. 지금이라면 아주 조금은 그 마음을 이해할 수 있답니다?”

“아파아……. 괴로워어……. 몰라아, 어째서어, 어째서어…….”

“그러니까 진심으로 축하드릴게요! 케릴과 행복해지지 못한 채 끝나서 유감입니다아아아!! 당신에게는 구더기 밭에 파묻혀 있는 신부의 모습이 모옵시도 잘 어울리네요! 아하하하하하하핫!!”

“““쿠이이이이이이이이이이이!!”””

제가 꼼짝 못 하도록 『대기』시켜 놓았던 벌레들이 일제히 루샤에게 떼 지어 몰려듭니다.

“싫어어, 싫어어……. 살려, 주세요……. 죽고 싶지, 않아아. 행복…… 하고…… 싶…….”

절망에 젖어 일그러지는 표정이 다른 해골들처럼 바뀔 때까지 긴 시간이 걸리지는 않았습니다.

그리고 마치 이때를 기다렸다는 듯이 결계가 소리를 내며 허물어졌고, 살짝만 개인 구름의 사이에서 아침 햇살이 비쳤습니다.

하늘에서 흩날리는 눈이 반짝거리고, 충분한 영양분을 얻은 구더기들이 우화 준비에 들어가고자 활동을 멈춥니다.

“아아, 알겠습니다. 확실히 주인님과 슈리아의 말이 맞았습니다. 이래서는, 도저히 멎을 것 같지가 않아요.”

뚝뚝, 흘러서 떨어지는 눈물.

햇살에 노출되어 스륵스륵 녹아내리는 감정의 얼음을 어찌할 도리가 없습니다.

“자, 이제 갈까요.”

그렇지만 아직, 아직은 상대해야 할 사람이 남아 있습니다.

슈리아와 주인님이 있는 곳으로 가죠. 그래야 끝납니다.

두 번, 세 번 눈물을 닦아 훔치고 저는 걸음을 옮겼습니다.

모든 것을, 전부를 온통 하얗게 물들여버린 구더기 밭의 마을에 등을 돌리며.

☆

다음 날, 키키토 마을로 친구의 결혼식에 참석하고자 방문했던 일행은 예정보다 많이 늦어져서 목적한 장소에 도착했다.

도중에 부자연스러울 만큼 빈번하게 덮쳐든 마물 무리를 물리치고 겨우 도착했건마는 그들은 여기가 정말 목적했던 장소인지 확신을 갖지 못했다.

왜냐하면 그 장소에는 사람의 생기가 티끌만큼도 존재하지 않았기 때문이다.

지난 몇백 년 동안 그저 폐허로 존재했던 것처럼 정적이 가득 들어차 있던 그곳에는 내리쌓이는 눈과 주민으로 짐작되는 백골.

그리고 온 마을을 뒤덮을 만큼 수많은 하얀 나비 떼.

환상적인 광경은 너무나 아름다웠던 까닭에 찾아온 이들에게 방문을 거절당하는 듯한 기분을 불러일으켰다.

그 후 갑자기 폐허로 화한 키키토 마을에 조사단이 파견됐지만, 결국 분명한 원인은 알아내지 못했다.

교통편의 불편함과 폐허로 화한 경위의 섬뜩함으로 인해 사람들은 점점 더 멀어졌고, 이윽고 아무에게도 알려지지 않은 빈터로 바뀌었다.

그 마을의 터는 정식 명칭으로 불리는 일 없이 가장 처음에 방문했던 일행의 수기에 기록됐던 『하얗게 물든 마을』이라는 이름으로 극히 소수의 사람만 아는 곳이 되었다.

에필로그

"다녀왔습니다, 주인님."

"그래, 어서 와라." "어서 오셔요."

마을을 뒤로하고 주인님과 슈리아가 기다리고 있는 오두막까지 돌아왔을 때 그 안쪽은 『색욕』의 영향하에서 다른 공간이 되어 있었습니다. 아래쪽으로 키키토 마을의 주위가 보이기에 하늘이 떠올라 있는 듯한 감각은 조금 신기했습니다.

다정하게 미소 지으며 맞이해준 사람은 주인님과 슈리아까지 두 분.

실내에는 바닥에 뒹굴뒹굴 누워 있는 『나태』의 거한과 그 거한의 위에 달라붙어서 옷자락의 끈을 잡아당기며 놀고 있는 『색욕』의 소녀.

그리고 바닥에 누운 채 기절한 듯 보이는 레오네 씨와 동료들 네 명.

"좋아요, 좋아요. 유도 완료하였어요. 이제 마을로 접근하는 집단이 격리해 놓은 아이들을 보호해줄 거예요."

"이것이 『색욕』, 상자의 힘입니까……. 정말 굉장하네요."

이 광경과 실제 상황은 아마도 동기됩니다. 슈리아는 지면에 손을 뻗어다가 숲의 마물을 쫓아내거나 여러 나무를 쓰러뜨려서 진로를 막음으로써 마을에 오려고 하는 인간들을 방해해줬습니다.

덕분에 지난 사흘간, 방해받지 않고 복수를 즐길 수 있었습니다.

사용 후 디메리트는 크지만, 상자로 인식하여 구획된 공간 안에서 자유롭게 법칙을 설정할 수 있는『색욕』의 능력. 심지어는 주인님께서 지닌 심검의 힘을 제가 사용할 수 있다는 법칙마저 만들어 냅니다.

발동에 필요한 조건은『색욕』의 소녀가 내킬 때마다 요구하는 분량의 피를 바치는 것인데, 주인님께서 말씀하시기를 다른 대죄의 검과 비교해서 발동 조건을 만족시키기도 수월하다는 듯합니다.

『나태』의 능력도 치사하다는 말이 나오도록 특별한 힘이었습니다.

비록 저주받은 무기를 대가로 치러야 한다지만, 공방이라는 이름으로 모든 영향을 자유롭게 선택해서 거절할 수 있는 결계를 만들어 내는『나태』의 능력은 얼마간 저항이 가능하다는『색욕』의 능력과 달리 사룡마저도 법칙에 저항할 수 없다고 들었습니다.

어쨌든 간에 주인님의 대죄 시리즈는 반칙의 부류에 속할 만큼 강력합니다.

"미나리스, 실컷 즐기고 왔나?"

"네. 이제 이곳만 정리하면 끝납니다."

그렇게 대답하고 저는 레오네 씨의 곁으로 다가갔습니다.

마지막 뒤처리가 남아 있습니다.

"이제 정말로 전부 끝입니다. 안녕히 가세요, 레오네 씨."

저는 나이프를 뽑아서 손에 들고 레오네 씨의 목에 칼날을 내리찍—.

"……무슨, 뜻입니까? 주인님."

"뭘, 공범자가 바보짓을 하게 가만히 둘 수는 없잖냐. 물론 말려야지."

칼끝이 목에 파고들기 직전, 나이프는 주인님의 손에 쥐여서 저지되고 말았습니다.

"바보짓이요? 어째서죠? 이 사람들은, 적입니다. 저희에게 이 마을의 위치를 숨겼습니다. 『거짓말하지 않는다』는 계약이라는 입발림 말로. 뒤늦게 알아차리지 못했다면 이번 사흘간의 복수는 불가능했겠죠. 속였습니다, 저를요."

"그러게. 공갈 비슷한 뒷거래라면 또 모를까, 제대로 된 계약 교섭은 거의 경험했던 적이 없었어. 계약에 구멍을 뚫어 놓은 건 완전히 내 실수다."

뚝뚝, 주인님의 손에서 피가 흘러 떨어집니다.

"그렇다면 어째서 말리시는 겁니까!! 레오네 씨도, 다른 사람들도 적이라고요!! 감히 복수를 방해했습니다!! 죽여야 해요, 당장에 죽여버려야 해요!!"

"……그렇다면 그런 표정으로 손을 떨면서 죽이려고 하지 말라고, 바보."

"읏! 앗……!"

곧이어 주인님의 손에 빼앗겨서 튕겨 날아간 나이프가 짤그락짤그락 소리를 내며 미끄러졌습니다.

그 나이프에 실이 뚝 끊어진 것처럼 제 몸에서 힘이 빠져나갑니다.

"저, 저는……."

어째서인지 제 뺨에는 눈물이 흐르고 있었습니다.

그래도, 이런 건 이상합니다.

"잘 들어라, 미나리스. 복수는 끝났어. 즉 지금 이 녀석들은 절대 우리를 방해할 수 없게 된 거야. 굳이 죽여야 할 이유가 더는 없다고."

"그래도, 그래도!!"

그렇잖아요, 적이잖아요. 죽여야 한단 말이에요.

"이 녀석들은 복수를 제지하려고 했을 때조차 너를 다치게 하지 않고자 조심했던 바보들이다. 마냥 청렴결백하지 않은 만큼 꽤 호감이 가지."

"그래도…… 그래도요!!"

레오네 씨는, 이 사람들은 적입니다.

손이 떨리다니요, 실은 죽이고 싶지 않다는 말인가요?

"적이라고요……. 적은, 죽여야 해요. 꼭, 죽여야 해요……!"

"정말로 눈이 부시도록 착한 녀석들이지. 나의 엉뚱한 화풀이에도 상처를 받는 바보다. 이렇게까지 악의가 없다면 딱히 정든 사이가 아닌 나라도 생각이 많이 든다고."

걱정해줘서 한 행동인 줄은 알지만, 그래도 적은 기필코 죽여야만 합니다!!

"그래도! 어쩔 수 없잖아요!! 레오네 씨는 물론 이 사람들은 전부 저희의 적이라고요!!"

"미나리스!!"

짝, 따귀 소리가 울려 퍼졌습니다.

도리도리 고개를 젓는 제 얼굴을 주인님이 두 손으로 거칠게 붙잡습니다.

"알겠어? 잘 들어, 죽이고 싶다면 죽이면 돼! 그런데 말이지, 죽이고 싶지 않는 상대를 죽이는 그런 바보짓을 대체 무슨 이유로 하겠다는 거냐!!"

몸을 비틀어 벗어나려고 하는 저를 주인님은 놓아주지 않았습니다.

"첫 번째 때 나는 그러지 못했어. 어떻게 하면 좋은지 알 수가 없어서, 어떻게 하고 싶은지도 알지 못해서. 결국 마지막에는 누구보다 소중한 상대를 손수 해쳤지. 몇 번이고 몇 번이고 후회했다. 꼭 그랬어야 했나, 다른 길은 없었던가. 잘못된 선택을 했던 내가 정말 이대로 살아가도 괜찮은가."

주인님이 벌레를 씹은 듯한 얼굴로 눈을 감습니다.

"그래도 너까지 그따위 짓을 할 필요는 없잖아. 죽일 테면 망설이지 마라, 망설일 테면 죽이지 마라."

한순간도 제게서 눈을 돌리지 않고 주인님이 말했습니다.

"미나리스, 이제 끝내도 괜찮아. 너의 세계를 망가뜨렸던 놈들에게 해야 할 복수는 이제 끝났어."

그 말이 마지막 일격이었습니다.

"……치사해요. 그런 말씀을 하시면, 죽일 수가, 없잖아요."

"그런 생각을 한다는 데서 벌써 첫 번째 때의 나보단 네가 훨씬 훌륭한 사람이야."

어깨를 으쓱거리고 주인님은 쓴웃음을 지었습니다.

아아, 정말로 치사합니다. 몸에서 힘이 빠져나가니까 무엇을 어떻게 할 수가 없습니다.

"부탁드려요, **카이토 씨**. 꽉 안아주세요. 부서질 만큼 강하게. 부탁드려요. 머리카락을 쓰다듬어주세요, 뺨을 만져주세요. ……잘했다고, 말해주세요. 소중하다고, 말해주세요."

"그래, 당연하지. 너는 나의 소중한 공범자다. 정말 잘했어. 멋진 복수였다. 그러니까 지금은 마음껏 울어도 된다."

"훌쩍, 으아아아아아아아아아아아아아아아아아아앙!! 아아아, 아아아아아앙!!"

결국은 둑이 터진 것처럼 흘러넘치는 눈물과 소리가 멎질 않습니다.

마음도 몸도, 감정 전부가 제멋대로 움직일 뿐 제어가 되지 않습니다.

주인님에게 안긴 채 저는 그저 갓난아기처럼 소리를 지를 수밖에 없었고.

"거참, 어쩔 수 없는 녀—."

"이제야 빈틈을 보이는구먼."

"뭣, 끅?!"

"……아?"

그자는 마치 그림자에서 쓱 기어 나오듯 나타나서 주인님에게 독이 방울방울 묻은 두 자루의 단검을 박아 넣었습니다.

☆

하나의 복수가 종막을 맞이했던 탓에 마음이 풀어졌다고 말할 수밖에 달리 도리가 없다.

오싹, 뱀이 휘어 감기는 듯한 기척.

예리한 통증과 함께 어깻죽지에 꽂힌 두 자루의 칼날에서 일제히 독이 쏟아진다.

"히햣?! 싫어어~! 아직 덜 놀았단 말이야아앗!" "후우, 귀찮군, 귀찮다고."

독의 영향으로 러스트와 슬로스가 나의 내면에 강제 복귀된다.

그와 동시에 색욕의 능력, 즉 상자가 사라지듯 해제된 탓에 주위는 다시 본래의 오두막으로 형상이 바뀌었다.

'이 독은, 설마 『성배의 저주독』인가?! 제길, 위험하다, 위험하다, 위험하다!!'

"골드……. 이 자식……. 쿨럭……?!"

대죄 시리즈 두 자루가 모두 몸속으로 돌아옴으로써 성녀의 저주가 덮쳐들었다.

온몸에 난도질을 당한 듯 핏방울이 흩날리고 마비와 비슷한 통증이 마구 치달렸다.

고유 능력을 무효화하는 『성배의 저주독』 이외에 마비독도 발라서 찌른 듯 색욕의 사용 후 디메리트, 『상태 이상 저항력 상실』에 따라 더욱더 빨리 독이 몸속으로 침투하고 있다.

"호훗, 뭐냐, 이 늙은이를 알고 있었던가. 그건 그렇고 실수했군. 그 상태에서 반격을 가할, 줄이야. 괴물, 녀서……."

스르륵 허물어지는 골드의 몸은 내가 손에 든 『시초의 심검』이 정확하게 심장을 꿰뚫고 있다.

그러나 상황은 몹시 절박했다. 『성배의 저주독』을 사용했다는 것은, 짐작건대…….

"주인님!!" "카이토 님?!"

"방심하지 마라!! 전투 준비!!"

서둘러 두 사람더러 경계하라고 소리 높였지만, 내 경고는 도움이 되지 못했다.

“『수류섬(水流閃), 설붕(雪崩)』, 『수뢰구(水牢球), 심해(深海)』.”

“앗, 으끅?!” “햑, 아, 끅?”

철썩, 철써덕, 소리를 내며 흘러든 수류가 오두막의 벽을 휩쓸었고, 뒤이어 즉각 첨벙하는 소리가 들리면서 나타난 물의 막이 달걀 껍데기처럼 미나리스와 슈리아를 감싸 구속했다.

“이 기술은……!! 메테리아, 어째서 네가 이곳에 있지!!”

“후후훗, 아아, 드디어 이렇게 만나 뵙네요. 카이토 님.”

숲속에서 들리는 것은 방울이 울리는 듯한, 흐르는 물을 방불케 하는 청아한 목소리.

천천히 나타나는 인물, 비단처럼 윤기 있는 물색의 머리카락에 여성스러운 몸매를 지녔는데도 요염한 인상이 느껴지지 않고 청초한 분위기가 흘러나온다. 역대 성녀 중 특별히 뛰어난 소질을 지녔다고 평가받는 여인.

몸에 걸친 복장은 백색 신관복, 손에 든 지팡이는 별하늘을 연상케 하는 머리 부분에 소용돌이치듯 마력이 집중되어 있다. 메테리아 로렐리아, 성녀가 이곳에 나타났다.

“후후, 길었어요. 여기에 올 때까지, 정말로 길었습니다.”

감개무량하다는 듯이 말을 흘리고 메테리아는 누구라도 넋을 잃고 바라보게 될 수밖에 없는 미소를 지었다.

“자, 카이토 님. 어긋나버린 이야기는 이제 처음부터 전부 다시 만들어 나가도록 해요. 정말로 이루어져야 할 이야기를 맞이하기 위해서.”

『성배의 저주독』은 법국의 비전 중 하나.

성녀의 위치에 있는 메테리아밖에 만들어 내지 못하며 보존이 안 된다는 점을 제외하면 딱히 결점다운 결점이 없는 독.

'어째서냐, 어째서 이 녀석이 이곳에 나타났지!!『불멸자의 상여』를 공략하고 있는 게 아니었나? 아니, 그 이전에 그 부패한 교황이 버티고 있는 이상은 이렇게 쉽게 행동할 수가 없었을 텐데……!'

대죄의 검을 사용함으로써 메테리아에게 내 위치가 전달된다는 사실은 알고 있었다. 저주의 폐해가 최소한에 그치도록 힘을 억제했다고는 하지만, 특히 지난 사흘 동안은 연속해서 대죄의 검을 사용했다.

머지않아 이곳에 조사단이 올 줄은 예상했다만, 그럼에도 여기에 온 속도가 너무 빠르다.

'게다가 이 힘은, 설마, 던전을 벌써 공략하고 나왔나?! 제기랄, 최악이군. 이쪽은 싸울 수 있는 상태가…….'

『나태』와『색욕』을 사용한 후 디메리트에다가 성녀의 저주와 골드에게 당한 부상 및 독, 공방을 유지하기 위해 저장했던 마력도 고갈됐다. 아울러 기습을 받은 미나리스와 슈리아도 구속된 상태.

수뢰구에 갇힌 미나리스와 슈리아가 애써 빠져나오고자 몸부림치고 있지만, 저것은 간단하게 빠져나올 수 있는 기술이 아니었다.

극히 압축된 물의 벽은 견고한 감옥이 되었고, 소리마저 새어 나오지 않는다.

그러나 내 조바심마저 비웃듯 메테리아의 말은 이어졌다.

"아아, 카이토 님. 이렇게 상처 입으시다뇨……. 정말 면목이 없습니다. 제가 너무나 부족한 탓에. 신의 존귀한 손길이 **시간을 되돌**

리기 이전에도 제가 카이토 님의 전부를 뒷받침해드렸다면 괜한 고통도 겪지 않으셨을 텐데 말이에요."

"뭐?! 서, 설마……. 너! 저번…… 기억이 있나?"

"네, 물론이에요. 카이토 님과 지냈던 어떤 짤막한 한 순간도 흘리지 않고 저의 가슴에 각인해 놓았답니다. 모든 것은 루나리스 님의 인도에서 비롯된 결과. 신의 귀한 의중을 받들어 모시고 있는 저희는 이 세계에서 진정한 의미로 특별하니까요."

"……뭐? 뭐라고?"

나의 곤혹감은 아랑곳 않고 눈물을 훔친 메테리아가 뭔가 소중한 대상을 끌어안는 것처럼 가슴에 손을 가져갔다.

"그보다, 정말, 정말로 면목 없습니다. 또 카이토 님을 상처 입히는 행동을……. 제가 너무나 부족한 탓에, 이리도 많은 고통을, 아아, 얼마나 괴로우셨을까요. 곁에 함께할 힘도 없었기에……. 저는 저 자신이 너무 한심해서 견딜 수가 없었습니다."

"메테리아……."

그렇게 말하면서 메테리아는 슬피 눈물을 뚝뚝 흘렸다.

저 모습에서 거짓은 발견할 수 없었다. 진심으로 나를 염려하는 분위기였기에 술렁거리는 마음이 차마 제어되지 않는다.

이런 상황인데도 불구하고 줄곧 마음속에서 떨치지 못한 채 타오르던 의문이 피어올랐다.

"너는, 어째서 나를 배반했지……? 나를 죽여서, 대체 무엇을 얻고자 했지?"

줄곧, 줄곧 의문이었다.

메테리아만큼은 배반한 직후, 대죄 시리즈에 성녀의 저주를 걸었던 이후 집요하게 나를 추적했던 다른 녀석들과 다르게 거의 모습을 드러낸 적이 없었다.

첫 번째 세계가 끝나는 그때에도 눈 감고 손을 맞잡은 채 나를 쳐다보려고 하지 않았었다.

아무리 돌이켜봐도 다른 녀석들이 나에게 쏟아부었던 악의 및 적의는 느껴지지 않았다.

모순이다. 도무지 앞뒤가 맞질 않는다.

"……저는, 카이토 님을 배반하려는 뜻은 결코 없었습니다."

"큭, 헛소리 집어치워! 대죄 시리즈를 봉인하고, 나를 이단자로 지정해 놓고 무슨 말도 안 되는!!"

"어디까지나 카이토 님을 구원하기 위해서였어요. 마왕에게 유혹을 받아 강제로 속박되어버린 혼을 해방하려면 달리 방법이 없었답니다."

절레절레 메테리아가 고개를 흔든다.

"혼을, 해방하기 위해서……?"

"맞아요. 따라서 저는 신의 인도에 복종했습니다! 용사와 성녀는 맺어지는 것이 옳다고, 그렇게 규정된 세계이니까요!"

"너, 도대체 무슨 소리를……. 알아들을 수 있게 설명해!!"

"루나리스 님께서 바라시는 이상 그렇게 하는 게 올바릅니다! 아무것도 고민할 필요 따위는 없으세요. 후후훗."

무엇인가에 씌어버린 듯한 저 모습은 내 마음속에 풀어낼 수 없는 위화감이 난동을 치게 만들었다.

『—저희 둘만의 비밀이에요? 사실은요, 저는 루나리스 님의 계시를 별로 좋아하지 않는답니다.』

아득하게 들리는 이미 지나간 날의 환청.

가만히 호수에 걸쳐 있는 얇은 다리에서, 별빛을 받아 반짝이는 숲의 정적에 둘러싸인 채 들었던 말.

『꿈에서 만난 루나리스 님은 어쩐지 싸늘하세요……. 들려주시는 말씀에 나아갈 길을 조종당하는 듯한 기분이 자꾸 들거든요. 그러니까 생각을 그만두고 싶지 않아요, 고민을 그만두고 싶지 않아요. 성녀라는 신분에는 안 좋은 태도일지도 모르겠지만요…….』

그 말대로 메테리아는 어떤 상황에서도 계시를 이유로 들지 않았었다.

성녀로서 신의 계시라고 말하면 다 해결될 상황에서도 상세한 내용을 자신의 말로 표현했고, 이치를 따져 생각했고, 고민하면서 상대에게 설명했다.

그 때문에 감당할 필요가 없는 노고를 감당하며 상처 받았던 모습을 봤다.

"……너, 정말로, 메테리아가 맞나?"

"네? 그러면 다른 누구로 보인다는 말씀인가요?"

"그렇다면 어째서 고민할 필요 따위가 없다는 말이 네 입에서 나오지?"

"……아?"

내 말을 들었을 때 메테리아가 분명히 움직임을 멈췄다.

"어떤 때에도 고민이며 생각을 그만두지 않겠다고 했던 말은 거짓이었나?"

"거짓……? 어라, 아니에요, 저, 저는……. 아니야, 그럴 리가……."

이상하게 겁을 먹은 듯 메테리아가 갈팡질팡하고, 그러나 나 자신도 심장이 쿵쿵 울리면서 시야가 일그러지는 증상까지 나타났다.

'크, 큰일, 났군……. 본격적으로 독이 돌잖아.'

"앗, 주인님!!" "이게, 으으으읏!!"

"앗?! 『수뢰구, 와조(渦潮)』!!"

미나리스와 슈리아가 마법 제어력이 허술해졌던 메테리아의 수뢰구를 깨뜨릴 뻔했지만, 수뢰구에는 다음 단계가 있다.

구체였던 물은 마치 뱀처럼 두 사람의 몸에 휘감겨서 움직임을 구속했다.

"……저희의 해후를 방해하지 말아주겠어요?"

"윽, 끄읏……!" "흐읍, 으으……!"

빠득, 물 밧줄이 미나리스와 슈리아의 가느다란 목에 파고들었다.

"멈춰, 멈춰엇!!"

"안심하세요, 카이토 님. 이 자리에서 죽이지는 않아요. 여기 날벌레 두 마리가 카이토 님께 기생했다는 사실은 잘 이해하고 있답니다. 섣불리 손을 쓸 수는 없지요. ……지금은, 아직."

곧장 차분한 모습을 되찾았던 메테리아의 손에 의하여 미나리스와 슈리아는 의식을 잃어버렸다.

다시 이쪽을 돌아보며 생긋 웃는 메테리아의 얼굴에는 방금 전 혼란은 없었다.

"그래요, 아무것도 고민할 필요 따위는 없답니다. 저는 다만 아직껏 마왕에게 사로잡힌 채 헤어 나오지 못하고 계신 카이토 님의 혼을 정화하고 구원해드릴 뿐이에요."

"큭……!!"

메테리아의 말을 들었을 때 머릿속에 첫 번째 세계에서 맞이했던 죽음의 광경이 되살아났다.

"아, 괜찮아요. 걱정하지 않으셔도 이번에는 과격한 수단을 쓸 필요가 없답니다. 그러한 비극은 단 한 번이라도 일어나서는 안 됐어요. 그러니까 다시 시작하도록 해요! 카이토 님은 또다시 용사가 되어 이 세계를 구원해주셔야 하니까요."

"……웃기는 소리 지껄이지 마라! 이제 와서 내가 그따위 짓을 할 리 없잖냐!!"

"아아, 카이토 님, 가엾으셔라. 그러나 괜찮답니다. 다시 걸어 나아갈 길은 전부 제가 준비해 놓을 테니까요. 이번에야말로 제가 카이토 님을 뒷받침해드리겠습니다. 저희는 행복해질 거예요."

메테리아는 정말로 꿈을 꾸듯이 웃음 지었다.

대화가 맞아떨어지는 듯 맞아떨어지지 않는 데다가 저 기이한 태도 때문에 한기가 치솟는다.

"너, 도대체 무슨 생각이야?!"

"다시 시작하는 거예요. 카이토 님은 이 세계를 마족의 손에서 구원하실 테고, 왕녀도 물리치고, 용사로서 저와 행복하게 사실 거예요. 그러니까 카이토 님. 잠시만 원래 세계에서 기다려주세요."

"뭐! 원래, 세계라고……?"

"네, 들으신 말이 맞습니다. 그동안 제가 이 세계를 깨끗하게 치워 두지요. 카이토 님을 제물로 이용하려고 드는 전부를 제가 깨끗하게 치워 두겠어요. 왕녀의 세력을 꼭두각시로 만들고, 마왕은 세대교체를 통해 최대한 약체화 시킨 뒤 또다시 카이토 님을 이 세계로 불러들이겠습니다. 그렇게 하면 첫 번째 세계에서 반편이 왕녀가 모아들였던 동료(방해꾼)도 필요 없어지는걸요. 카이토 님은 이번에야말로 용사로서 저와 단둘이 세계를 구원하는 영웅이 되실 거예요."

"……뭐라고, 너! 무슨 헛소리냐!! 돌려보내고, 다시 불러온다?! 얼마나 많은 생명을 제물로 바칠 셈이지!! 애당초 그딴 짓거리를 해봤자 내가 따라줄 것 같냐?!"

"걱정하지 마세요. 다정하신 카이토 님이 염려할 만한 행동은 하지 않아요. 아직 마왕을 손수 해치지 않은 카이토 님이라면 왔던 길을 통해서 카이토 님을 돌려보낼 수 있답니다. 문을 여는 데 쓸 제물은 이 보주로 대신할 수 있어요. 비록 육체는 없다 하여도 이 보주의 안쪽에는 분명『불멸자의 상여』의 보스였던 리치가 모아 둔 수많은 인간의 혼이 담겨 있으니까요."

"뭐, 라고……?"

그렇게 말한 뒤 꺼내 든 물건은 흑색에 가까운 자색의 빛을 발하고 있는 불길한 보주였다.

"이렇게 하는 게 이상적이고 올바른 세계의 형태예요. 그 증거로 필요한 재료를 확보했을 때 기다렸다는 듯이 카이토 님은『나태』와 『색욕』의 힘을 사용하셨죠. 『색욕』의 사용 후 디메리트는『상태 이상 저항력의 완전 상실』, 『나태』의 디메리트는『발동 장소 및 주위의 영향력을 상실』. 마음은 괴롭습니다만, 이제 카이토 님을 보내드리는 의식도 저항받을 요인이 사라졌군요."

보주에 메테리아가 마력을 주입한 순간, 나를 중심으로 일곱 가지 색깔로 빛나는 마법진이 펼쳐졌다.

"이제껏 너무 괴로운 경험을 많이 겪으셨어요. 죄송합니다, 제가 한심한 탓에. 그러나 본래 세계로 돌아간 용사는 이 세계에서 겪은 기억을 잊어버린다는군요. 카이토 님이 제 기억까지 잊어버리시는 것은 너무나 슬픕니다만, 다시 한 번 소중한 추억을 만들어 나가도록 해요."

그 마법진은 왕도에서 본 소환의 방에 새겨져 있는 소환진과 어쩐지 비슷한 문양이었다.

주위를 둘러싸는 빛은 내가 이 세계에 소환됐을 때 본 빛과 똑같은 빛.

"자, 잠깐! 이봐, 잠깐만 기다려봐!!"

이런저런 상황이 너무 갑작스러워서 머리가 좇아가지 못한다. 그럼에도 머릿속에서 반향하며 말이 돌아다녔다.

『본래 세계로 돌아간다』는 말이.

『이 세계에서 겪은 기억을 잊어버린다』는 말이.

"자, 너무나 서운하고 아쉽습니다만, 사랑의 속삭임은 다시 만났을 때 나누도록 해요. 다시 처음부터 시작하기 위해서, 이번에야말로 카이토 님을 올바른 길로 돌려놓기 위해서, 해야 할 일은 잔뜩 있으니까요."

"머, 멈춰라……. 이게 뭐야, 농담하지 말라고."

그리고 내 마음에 끓어오르는 감정은 분노와 공포.

"웃기지 마, 웃기지 마라! 웃기지 마라아아아앗!!"

본래 세계로 돌려보낸다고? 이 세계에서 겪은 기억을 잃게 된다고?

그러면 어떻게 되지? 너무도 많은 상실이 기다리고 있을 본래 세계에서.

어째서 그렇게 되었는가 알지도 못한 채 가족도 친구도 없는 세계에서 홀로 살아가야 하는가?

헛소리 마라, 헛소리 집어치워라!!

"멈춰라!! 젠장, 나는 이 세계에서 할 일이 있단 말이다!! 이딴, 이따위 형태로 본래 세계에 돌아갈까 보냐!! 아직 다 끝내질 못했다고!!"

머릿속이 펄펄 끓어오르는데도 마비독에 침식된 탓에 팔다리가 일어서는 것조차 허락해주지 않는다.

"괜찮습니다, 카이토 님. 전부를 다시 시작하는 거예요. 쓸데없는 기억은 전부 잊고, 카이토 님은 또다시 용사가 되어 이 땅에 내려오실 거예요. 이번에는 제가 언제나 꼭 곁에 함께하겠습니다. 고독도 아픔도 받아드릴게요, 기쁨과 행복을 함께 나눠요."

"도대체 뭘 하고 싶은 거야, 너! 어째서, 어째서 이따위 짓을 하는 거냐고!!"

"어째서? 당연한 질문을 하시는군요."

쓱 뻗는 손이 내 뺨을 감싸더니 엷은 분홍색 입술이 살짝 열렸다.

"사모합니다, 카이토 님. 어떠한 일이 일어나더라도 이 마음만큼은 변치 않습니다. 설령 이 전부가 신께서 인도하신 길일지라도 이 마음만큼은 저의 『진심』이랍니다, 으응."

"으읍?!"

저항할 틈도 없이 입술에 닿은 따뜻하고 부드러운 감촉은 살짝 촉촉했고.

다음 순간, 내가 이 세계에 왔을 때와 똑같은 감각이 몸을 덮쳤다. 그리고 나와 미나리스, 슈리아를 이어주는 연결 고리가 절단되는 것을 느꼈다.

아찔, 시야가 일그러지고 녹아내린다. 주위가 어떤 색이라고 표현도 할 수 없는 색채의 흐름으로 온통 뒤덮인다.

위도 아래도 분간할 수 없는 공간에서 진구렁 같은 저항감을 맛보며 그저 오로지 떨어져 간다.

그런 가운데 검은 그림자 비슷한 손이 꾸물거리는 뱀처럼 뻗쳐서 다가왔다.

"꺽, 끄윽, 안 돼! 안 돼, 안 돼, 안 돼에에에에에엣!!"

그림자는 피부를 투과해서 나의 깊숙한 밑바닥에 있는 무엇인가를 거침없이 손가락으로 붙잡아 잡아당겼다.

손톱 끝을 세워서 벅벅 긁어 댄다. 그렇게 한 장 한 장, 소중한 무엇인가를 떼어 내서 빼앗아 가려고 한다.

"크아아아아아아아아아아악! 저리 꺼지란 말이야아아아아!!"

사라진다, 사라진다, 사라지고, 사라진다.

내 마음속 무엇인가가 떨어져 나갈 때마다 감정과 기억이 소실되

는 것을 느낀다.

"내, 것이란 말이야아아아아아!! 멋대로 건드리지 마라아아아아아아아!!"

아무리 구역질 나는 기억과 감정이어도 전부, 전부, 전부, 다른 누군가가 건드려서는 안 된단 말이다!

그렇지만 그런 내 절박함을 더한 기세로 휩쓸어서 흘려보낸다.

"으그으윽, 끄아아아아아아악!!"

이물질이 두뇌 속을 휘젓는 듯한 불쾌감.

그럼에도 꽉 쥐어서 으스러뜨릴 만큼 강하게, 기억의 파편을 나는 잡아 쥐었다.

잊어버리지 않는다! 절대로 잊어버리지 않을 테다!!

"윽, 끄윽, 헉?!"

굳은 일념을 가슴에 품은 채 영원과 같은 한순간을 넘어서 유리 바닥을 부수고 통과한 감각 다음에 등부터 무엇인가에 부딪치고 그 기세 그대로 바닥에 굴러떨어졌다.

와장창, 쨍그랑 소리가 귓가에 먼 곳에서 울려 퍼졌다.

"꺄아아아아?!" "뭐, 뭐냐아?!" "이, 이거 누구야, 코스프레?"

내 주위를 둘러싸고 있던 끈적거리는 무엇인가는 사라졌고, 왠지 모르게 그리운 공기를 피부로 느꼈다.

그러나 주위 상황에 신경을 쓸 여유가 내게는 없었다.

"웃기, 지 마라. 그것들은, 내 것이란, 말이다!!"

내 정신 속 그림자 손은 지금도 끈질기게 날뛰고 있다.

까딱 긴장을 늦추면 ××××도, ××××도, 정말 전부를 다 잊어버릴 것이다.

아직 내 마음에 또렷하게 각인된 기억은 저 이세계에 기필코 죽여버려야 할 상대가 남아 있다는 사실과 머리가 타버릴 기세로 미쳐 날뛰는 복수심.

"큭, 아아아아아아아아아아아아아아아아아악!!"

잊지 마라! ××××가 나에게 한 짓을.

가족도, 친구도, 평온했던 생활도 전부 짓밟혔다.

놓지 마라! 놓아주지 마, 놓아주지 마라!! 이 마음까지 농락당할 순 없다!!

"저, 저기, 되게 아파 보이고 피투성이잖아? 구급차 부를까?" "아니, 경찰이지. 어떻게 봐도 수상한 사람이잖냐." "진정들 하고, 일단 선생님부터 불러와."

더 이상 아무것도 빼앗기지 않겠노라고 있는 힘껏 파편들을 긁어모아서, 거머쥐고, 그럼에도.

"오라, 버니……?"

저 목소리는, 못 견디게 바라 마지않았던 목소리는.

흔들리는 의식 속에서 가뜩이나 나지막하게 중얼거리는 목소리는 꿰뚫어 버리듯 다가들었고.

새하얗게 물든 머릿속으로 얼굴을 들었을 때 저편에 비친 것은 모두, 전부가 낯익은 교복과 교실.

얼마나 그리워했던지 알 수도 없는 광경보다도 내 눈을 붙잡고 놓아주지 않는 모습.

"……거짓말이야, 이런 건, 거짓말이야."

무릎 부근까지 기른 윤기 있고 긴 흑발과 허벅지 부근에서 머리카락을 묶어서 정리한 하늘색 리본.

기억 속 모습보다 살짝 키가 자랐을까. 얼굴 생김새도 조금 어른스러워졌고.

만나고 싶었다. 만날 수 없다고 생각했다.

몇 번이고 꿈에서 봤고, 그때마다 절망했고. 죽기 살기로 나약해지는 마음을 뿌리쳤고.

그런데도.

"아무리 그래도 이건 아니지, 이건 아니잖아. 아무리 그래도……."

소중한 추억도, 잊어버리지 않겠다 각인했던 흉터도, 전부, 전부, 전부.

모래가 새어 떨어지는 것처럼 내 손바닥 바깥으로 녹아 사라진다.

"이런 건…… 비겁하다고."

꺼져 가는 의식 속에서 멍한 눈에 비치는 여동생의, 마이의 모습만이 까맣게 구멍이 뚫린 내 마음속으로 비집고 들어왔다.

☆

억지로 비틀어 열어젖혀서 개방한 문에 카이토 님이 떨어져 가는 모습을 지켜본 뒤 문을 닫았습니다.

카이토 님은 무사히 세계의 벽을 넘어서 본래 세계로 돌아가셨습니다.

후후, 카이토 님, 카이토 님, 카이토 님.

그곳에서 잠시만 기다려주세요. 세상 전부를 깨끗하게 치워 낸 다음에 이 길을 통해서 다시 한 번 모시겠습니다.

마왕도, 주변에 들러붙는 해충도, 카이토 님을 상처 입혔던 전부를 처분한 뒤 제가 혼자서 맞이하겠습니다.

"후후훗, 아무도 방해하지 않는 단둘의 여행……. 벌써부터 기다려져서 견딜 수가 없네요."

그렇게 밝은 미래를 상상만 해도 가슴이 따뜻해집니다.

"자, 그러면 먼저 여기에 잡아 둔 해충부터 퇴치를……."

『유우감이야. 미안해, 그건 좀 힘들겠네.』

"윽?! 누굽니까?!"

갑자기 목소리가 울려 퍼졌기에 저는 황급히 고개 돌렸습니다.

그러자 마치 맨 처음부터 저곳에서 머무른 듯한 자연스러움으로 한 명의 여성이 공중에 떠 있는 모습이 보였습니다.

어깻죽지에 살짝 걸치는 길이의 머리카락은 끝부분이 심하게 곱슬거리고, 루나리아 교의 의상과 **언뜻 비슷할 뿐 전혀 생소한** 수도복을 갖춰서 입은 저 여성은 장난기 강한 성격이 묻어나는 표정으로 깔깔 웃고 있습니다.

"……성직자의 데미 리치? 그렇다기에는……. 아뇨, 루나리아 교도를 사칭하는 파렴치한 자가 레이스로 전락한 겁니까. 죽은 자는 마땅히 머물러야 할 곳으로 돌아가십시오. 『정화(퓨리파이)』."

영체 형태의 마물을 없애버리는 청정한 빛이 여성을 감쌉니다.

애써 일단락을 짓고자 하던 때 불청객이 나타났습니다만, 이제는 끝났…….

『리치에 레이스에, 어휴, 실례잖아. 게다가 처음에 먼저 베낀 건 그쪽이란 말이지~.』

"아니?!"

그러나 제 예상과 달리 히죽히죽 웃음 짓는 여성은 아무런 이상이 없었습니다.

"……당신은, 대체 누구입니까?"

『글쎄? 지금의 나는 과연 누구일까요오? 뭐, 너무 오래 죽치고 있다가 본인이 튀어나오면 귀찮아지니까 이 아이들은 내가 데려갈게. 아, 그쪽에 있는 아이들도 겸사겸사 챙겨야겠네.』

"설마?! 어림없습니다!!"

『이미 늦었어.』

무영창으로 날린 아쿠아 랜스가 지면에 틀어박히기보다 빨리 바닥에 나동그라져 있던 해충이 일순간 열린 구멍에 빠져서 사라집니다.

『그럼 빠빠이~♪ 네 계획이 성취되기를 진심으로 기원해줄게용♪』

"거기 멈춰요……!!"

깔깔 웃으며 여성은 흔적도 남기지 않고 사라집니다.

여기에는 이제 저 한 사람과 골드의 시체만 남겨졌습니다.

"~~~~——!! 전이의 흔적은, 추적이 안 되는군요. 아아, 어째서 저를 방해하는 존재가 나타나는 걸까요. 저는 단지 카이토 님과 올바른 길을 걷고 싶을 뿐이었는데요."

저는 제자리에서 깊이, 깊숙이 한숨 쉬었습니다.

아무튼 지금은 냉정하게, 먼저 도시로 돌아가서 대책을 마련하도록 하죠.

이미 카이토 님을 본래 세계로 돌려보내자는 계획은 성공했습니다. 세계를 사이에 둠으로써 저 해충들과 카이토 님의 연결과 두절됐습니다.

저것이 무엇인지 알 수는 없습니다만, 카이토 님을 순수한 상태로 돌려놓을 수 있다면 문제는 되지 않습니다.

그렇게 생각의 정리를 마친 뒤 도시로 돌아왔던 저를 비웃듯 소식이 들어왔습니다.

『마족의 대군이 법국을 습격했다』고.

스테이터스

우케이 카이토 Lv1

Ukei Kaito 18세 남

HP : 1,245/9,345 MP : 340/8,140(8,569)
근력 : 4,264 체력 : 5,364
내구 : 6,545 민첩 : 5,587
마력 : 2,137 항마 : 4,547

고유 능력:「심검▽」「타 언어 이해」

스 킬:『주먹질 Lv 1』『추적 Lv 34』『기척 은폐 Lv 53』
『시각 진화 Lv 22』『신검술 Lv 29』『천구 Lv 65』
『신각 Lv 31』『사고 가속 Lv 25』『신체 조작 Lv 39』
『마력 조작 Lv 42』『명상 Lv 32』『제왕의 위압 Lv 12』
『자연 치유력 향상 Lv 33』『체술 Lv 22』『발도술 Lv 45』
『기척 감지 Lv 72』『탈취 Lv 31』『낚시술 Lv 5』

상 태: 불량(상태 이상 저항력 무효화, 영향력 상실, 기억 봉인)

심검의 해방 상황: 64종류 중 24종류가 미해방.

대죄 시리즈: 『질투』『색욕』『나태』: 【해방 완료】
『오만』: 【미해방】【필요 해방 경험치: 300,000】
『탐욕』: 【미해방】【필요 해방 경험치: 300,000】
『분노』: 【미해방】【필요 해방 경험치: 300,000】
『폭식』: 【미해방】【필요 해방 경험치: 300,000】

배분 가능 경험치량: 318,554

두 번째 용사는 복수의 길을 웃으며 걷는다 5
~허영에 잠긴 마을 사람들~

초판 1쇄 발행 2019년 6월 20일

지은이_ Kizuka Nero
일러스트_ Sinsora
옮긴이_ 김성래

발행인_ 신현호
편집국장_ 김은주
편집진행_ 최은진 · 김기준 · 김승신 · 원현선 · 권세라
편집디자인_ 양우연
국제업무_ 정아라 · 전은지
관리 · 영업_ 김민원 · 조인희

펴낸곳_ (주)디앤씨미디어
등록_ 2002년 4월 25일 제20-260호
주소_ 서울시 구로구 디지털로 26길 111 JnK디지털타워 503호
전화_ 02-333-2513(대표)
팩시밀리_ 02-333-2514
이메일_ lnovelpiya@naver.com
L노벨 공식 카페_ http://cafe.naver.com/lnovel11

NIDOME NO YUSHA WA FUKUSHU NO MICHI WO WARAI AYUMU
-KYOEIBITARI NO MURABITO- Vol.5
©Kizuka Nero 2018
First published in Japan in 2018 by KADOKAWA CORPORATION, Tokyo.
Korean translation rights arranged with KADOKAWA CORPORATION, Tokyo.

ISBN 979-11-278-5091-3 04830
ISBN 979-11-278-4600-8 (세트)

값 9,800원

*이 책의 한국어판 저작권은 KADOKAWA CORPORATION와의
독점 계약으로 (주)디앤씨미디어에 있습니다.
저작권법에 의해 한국 내에서 보호를 받는 저작물이므로 무단전재와 복제를 금합니다.

*잘못된 책은 구매처에 문의하십시오.

Copyright © 2018 Kumo Kagyu
Illustrations copyright © 2018 Noboru Kannatuki
SB Creative Corp.

고블린 슬레이어 1~9권

카규 쿠모 지음 | 칸나츠키 노보루 일러스트 | 박경용 옮김

"나는 세상을 구하지 않아. 고블린을 죽일 뿐이다."
그 변경의 길드에는 고블린 토벌만 해서
은 등급까지 올라간 희귀한 모험가가 있다…….
모험가가 되어 처음 짠 파티가 괴멸하고 위기에 빠진 여신관.
그때 그녀를 구해준 자가 바로 고블린 슬레이어라 불리는 남자였다.
그는 수단을 가리지 않고, 수고도 마다치 않으며 고블린만을 퇴치한다.
그런 그에게 여신관은 휘둘려 다니고, 접수원 아가씨는 감사하며,
소꿉친구인 소치기 소녀는 기다린다.
그런 가운데 그의 소문을 듣고서 엘프 소녀가 의뢰를 하러 나타났다—.

압도적 인기의 Web 작품이 드디어 서적화!
카규 쿠모 × 칸나츠키 노보루가 선물하는 다크 판타지, 개막!
TV 애니메이션 방영작!

BOOKS

라이트노벨의 새로운 빛! L북스의 신간은 매월 20일에 발매됩니다. http://cafe.naver.com/lnovel11

Copyright © 2018 Kumo Kagyu
Illustrations copyright © 2018 Shingo Adachi
SB Creative Corp.

고블린 슬레이어 외전: 이어 원 2권

카규 쿠모 지음 | 아다치 신고 일러스트 | 칸나츠키 노보루 캐릭터 원안 | 박경용 옮김

누나가 누나가 아니게 된지 사흘이 지났다. 그래서 그는 움직이기로 했다.
고블린의 습격으로 가장 사랑하는 누나와 마을을 잃은 소년이 있었다.
5년 뒤, 변경 도시의 모험가 길드를 찾아온 소년은 모험가가 된다.
그리고 5년 전, 돌아갈 마을을 잃은 소녀는 과거의 소꿉친구와 만났다.
최하급 클래스, 백자 등급이 된 소년은 장비를 갖추고,
오로지 혼자서 고블린이 둥지를 튼 동굴로 간다—.
이것은, 그가 고블린 슬레이어라고 불리게 되는 이야기.

대인기 다크 판타지 「고블린 슬레이어」의 전일담.
카규 쿠모 × 아다치 신고가 선사하는 외전 「이어 원」 스타트!

라이트노벨의 새로운 빛! L북스의 신간은 매월 20일에 발매됩니다. http://cafe.naver.com/lnovel11

BOOKS

L BOOKS

© Okina Baba, Tsukasa Kiryu 2019
KADOKAWA CORPORATION

거미입니다만, 문제라도? 1~10권

바바 오키나 지음 | 키류 츠카사 일러스트 | 김성래 옮김

분명히 여고생이었을 텐데 정신을 차리고 보니
「나」는 본 적도 없는 곳에서 《거미》라는 괴물로 전생해버렸다?!
어미 거미의 동족 포식을 피해 도망쳤지만 방황 끝에 도착한 곳은 괴물들의 소굴.
독개구리, 왕뱀, 거대 늑대, 심지어 용까지 설치고 다니는 최악의 던전.
힘없는 조그만 거미인 「나」는 이곳에서 무사히 살아갈 수 있을 것인가……?
으악, 되도 않는 소리는 작작 하란 말이야!
나를 이런 상황으로 몰아넣은 놈 누구야! 당장 튀어나와!!

수많은 인터넷 독자들이 응원하는
거미양의 서바이벌 생활, 당당히 개막!

라이트노벨의 새로운 빛! L북스의 신간은 매월 20일에 발매됩니다. http://cafe.naver.com/lnovel11

BOOKS

L BOOKS

© 2018 by MOJIKAKIYA, toi8
EARTH STAR Entertainment Co.,Ltd

모험가가 되고 싶다며
도시로 떠났던 딸이 S랭크가 되었다 1~2권

모지 카키야 지음 | toi8 일러스트 | 김성래 옮김

고향 시골에서 은퇴 모험가 생활을 보내던 벨그리프는
숲에서 주운 소녀를 안젤린이라 이름 붙여서 친딸처럼 키웠다.
벨그리프를 동경하여 도시로 떠나 모험가가 된 안젤린은
길드에서 최고위《S랭크》까지 올라 분주한 나날을 보낸다.
어느덧 5년이 지나 안젤린은 힘겹게 장기 휴가를 내서
정말 좋아하는 아빠 벨그리프를 만나러 가려 하지만
느닷없이 마물 토벌에 동원된다거나 도적단과 맞닥뜨리며
좀처럼 귀로에 오를 수가 없었다.

"도대체 나는 언제쯤이면 아빠랑 만날 수 있는 거야……!"

따뜻한 이야기와 모험이 가득한 하트풀 판타지!!

라이트노벨의 새로운 빛! L북스의 신간은 매월 20일에 발매됩니다. http://cafe.naver.com/lnovel11

BOOKS